CWILSYN A'R GENHEDLAETH OLAF

CWILSYN A'R GENHEDLAETH OLAF

Addasiad: Meinir Wyn Edwards

o

QUILL AND THE LAST GENERATION

Arlunwaith gan Marina Vidal

y lolfa

CARYL LEWIS

Cyhoeddwyd yn Gymraeg yn 2026 gan
Y Lolfa, Talybont, Ceredigion, SY24 5HE

Cyhoeddwyd yn wreiddiol yn Saesneg yn 2026
gan Macmillan Children's Books, argraffnod o Pan Macmillan.

Dymuna'r cyhoeddwyr gydnabod
cymorth ariannol Cyngor Llyfrau Cymru

Rhif ISBN: 978-1-80099-821-6

Cyhoeddwyd ac argraffwyd yng Nghymru
ar bapur o goedwigoedd cynaliadwy gan
Y Lolfa Cyf., Talybont, Ceredigion, SY24 5HE
e-bost ylolfa@ylolfa.com
gwefan www.ylolfa.com
ffôn 01970 832 304

I Guto, yr arbenigwr dreigiau yn ein tŷ ni

Ogof y Dreigiau
& Afon Tân
Dinas y Gogledd
Ogof (Goleuni'r
Byd)
Ffynn
Eneid
Cwm Ffawd
Castell
y Cysgodion
Caer Siddi
Dinas
Harbwr
(llongau'r isfyd)

Ynys Sidan Môr
Y Dderwen
Sanctaidd
Castell y Drychau
Tŷ Erin
Annwfn

Prolog

YR ISFYD

"Pa mor bell yw e nawr?" sibrydodd Finn, ei anadl fel niwl yn yr oerfel.

"Ddim yn bell..." atebodd Deryn, oedd ychydig o'i flaen. Roedd hi'n cropian ar ei phedwar ar hyd y creigiau du llithrig, a llafn ei dagr rhwng ei dannedd rhag ofn y byddai hi ei angen ar frys. Roedd Finn druan yn ceisio dal i fyny â hi; roedd twnnel yr ogof yn mynd yn gulach ac yn fwy cyfyng. Diferai dafnau tywyll o ddŵr ar eu cefnau o'r to anwastad wrth i'r ddau fynd yn ddyfnach dan ddaear.

"Ac wyt ti'n siŵr na ddown ni ar draws Dreigiau Madfallog?"

"Finn, ni wedi bod trwy hyn..."

"Dwi'n gwbod. Ond dwi'n eu casáu nhw'n fwy nag unrhyw ddreigiau eraill."

Doedd dim ots gan Finn am y Cynffonnau Corniog na'r Sgrechwyr, oherwydd roedd hi'n bosib eu clywed nhw'n dod. Ond roedd y Dreigiau Madfallog yn fater gwahanol. Er eu bod nhw ymhlith y dreigiau lleiaf, roedd eu lliw gwyn gwelw yn arswydus ac roedd pawb yn gwybod am eu natur ffyrnig. Roedden nhw bron yn gwbl ddall, oherwydd eu bod yn byw mewn tywyllwch dudew ac wedi datblygu'r gallu i hela drwy wrando ar sŵn.

"Aw!" Trawodd Finn ei ben ar y graig.

"Shh!"

Roedd Deryn a Finn wedi bod wrthi ers misoedd yn chwilio am yr ogof hon, yn holi hwn a'r llall, gan geisio peidio codi unrhyw amheuon. Roedd Deryn wedi mentro i'r ddinas i stelcian o gwmpas, a gwrando tu allan i ffenestri; a Finn wedi clustfeinio ar filwyr wrth iddyn nhw yfed yn y tafarndai. Roedden nhw wedi cropian i mewn i gannoedd o ogofâu, ond y tro yma, roedden nhw'n sicr eu bod nhw yn y lle cywir.

Roedd hi'n tywyllu, ac roedd Finn yn mynd yn fwy a mwy pryderus.

"Deryn?"

Roedd Deryn wedi diflannu'n llwyr i'r düwch.

"Deryn!" Crynodd llais Finn mewn panig wrth iddo gropian yn ei flaen, a'r ogof yn cau amdano. Neidiodd pan deimlodd law oer dros ei geg. Roedd wyneb Deryn reit o'i flaen. Gallai weld gwyn ei llygaid yn y gwyll. Roedd hi'n amneidio tuag at y tywyllwch, a sylweddolodd Finn yn sydyn eu bod ar ymyl dibyn, a bod cwymp o gannoedd o fetrau islaw. Llamodd am yn ôl ar ei ben-ôl, a'i galon yn rasio.

Rhoddodd Deryn ei bys ar ei gwefusau, yn arwydd iddo fod yn dawel. Eisteddodd y ddau yno yn y mwrllwch, gan anadlu'n drwm wrth i ryw olau ysbrydol ymddangos drwy'r tywyllwch.

Gorweddodd Deryn ar ei bol a symud yn araf bach yn agosach at y dibyn. Gwnaeth Finn yr un peth, gan grafu ei bengliniau, nid am ei fod eisiau gweld beth oedd yno, ond oherwydd ei fod yn teimlo'n fwy diogel wrth ymyl Deryn.

Arhosodd y ddau'n llonydd, gan edrych dros y dibyn. Roedd yr ogof wedi agor yn ofod enfawr, ac ar y gwaelod roedd llyn tanddaearol. Blinciodd Finn, ei lygaid yn dechrau cynefino â'r golau.

Roedd lliw'r dŵr yn rhyfeddol, yn disgleirio'n las arallfydol. Yn ei ganol, yn y man dyfnaf, roedd fel lliw perlau pinc a phorffor, fel petai wedi'i oleuo o'r tu mewn.

"Waw!" meddai Finn, yn reddfol. "Mor hardd!"

Cafodd broc gan Deryn yn ei asennau.

"Sori."

"Shh," meddai Deryn.

Cafodd y ddau eu hudo wrth i'r golau greu cysgodion ar waliau'r ogof, a gwneud i'r gwagle mawr eglwysaidd ddawnsio i rythm tonnau o liwiau. Gwenodd Finn a throi i edrych ar Deryn, ond yn sydyn aeth popeth yn dywyll eto. Edrychodd yn ôl at y llyn, ond roedd y dŵr wedi diflannu. Estynnodd yn llawn ofn am law Deryn, ond yna daeth y golau yn ôl. Yn wan i ddechrau, ac yna'n gryfach. Yn crynu, gan gynnau a diffodd, cynnau a diffodd, yna'n gyson, gan ddisgleirio eto. Gwelodd Finn yr ofn yn wyneb Deryn.

"Mae e'n wir, felly," sibrydodd, â ias yn ei llais. "Mae goleuni'r byd yn diffodd. Rhaid i ni ddod ag e fan hyn."

"Ond wnaethon ni addo aros tan ei fod e'n hŷn."

"Sdim amser." Siglodd Deryn ei phen. "Rhaid i ni ddod ag e 'ma nawr. Dim ond fe all ein hachub ni."

Nodiodd Finn yn ddwys. Edrychodd eto ar y llyn a sylwi bod rhai o'r ffurfiau tywyll o amgylch y dŵr, yr oedd e wedi meddwl mai creigiau oedden nhw, yn symud rhywfaint. Yn raddol bach, yn y golau gwan, roedd y siapiau'n dod yn gliriach. Syrthiodd calon Finn i waelod ei stumog. Dreigiau oedden nhw. Llwythi ohonyn nhw. Yn llwyd golau yn y niwl. Cipiodd olwg ar wyneb Deryn – roedd hi wedi eu gweld hefyd.

"Dere mas," meddai gyda'i wefusau, heb sŵn.

Rhewodd Finn gan arswyd ond wrth iddo ddechrau codi, teimlodd ei droed yn cicio carreg. Edrychodd yn syn wrth iddi rolio tuag at ymyl y dibyn, a'r adlais yn yr ogof yn chwyddo'r sŵn. Ceisiodd gydio ynddi, ond bownsiodd y garreg o'i afael. Gwasgodd ei law dros ei geg wrth i Deryn lyncu gwynt. Doedd dim byd allen nhw ei wneud ond aros yno, yn ddiymadferth, wrth i'r garreg gwympo dros yr ymyl. Clywodd Finn hi'n syrthio, bang, bang, clac, ar y creigiau islaw. Taflodd y dreigiau eu pennau'n ôl wrth i'r garreg daro gwaelod yr ogof.

"Dreigiau Madfallog!" gwaeddodd Finn.

"Dere!" gwaeddodd Deryn, wrth i'r dreigiau agor eu hadenydd.

Pennod 1

YR UWCHFYD

Gwyliodd Cwilsyn y pentrefwyr yn taflu mwy a mwy o bren ar y goelcerth, gan fwydo'r fflamau a'u codi'n uwch ac yn uwch. Roedd y tân wedi cael ei gynnau ar y clogwyn uchaf uwchben y pentref, ac roedd rhu y gwynt o gyfeiriad y môr yn bwydo'r tanllwyth, gan wneud iddo dasgu gwreichion fel tân gwyllt i fyny i'r awyr eang uwch eu pennau. Edrychodd i lawr ar y pentref wrth yr harbwr. Roedd y lle bron yn dywyll, oherwydd roedd pawb a allai wneud hynny wedi dringo i ben y clogwyn yn un haid er mwyn ceisio gwthio'r tywyllwch i ffwrdd. Roedd yr unig olau islaw i'w weld yn nhŷ'r cychod lle gorweddai ei fam yn ei gwely. Fyddai hi byth wedi medru cerdded mor bell â hyn.

"Ti'n meddwl bydd hyn yn gweithio?" Clywodd Cwilsyn lais wrth ei ymyl, yn torri drwy rym y gwynt. Jona oedd yno, ei lygaid tywyll yn dawnsio yng ngoleuni'r fflamau.

Cododd Cwilsyn ei ysgwyddau.

"Dwi ddim yn gwbod, ond rhaid i ni drio *rhywbeth*."

"Ac mae'n esgus da i gael parti," gwenodd Jona.

Gwenodd Cwilsyn yn ôl ac yna crynodd gan oerfel. Y cyntaf o Fai oedd hi, a'r haf i fod ar ei ffordd. Ond ers deuddeg mlynedd roedd hi wedi bod yn aeaf di-dor. Roedd y pentrefwyr wedi diflasu, ac wedi cynnau coelcerth er mwyn teimlo gwres unwaith eto. Daeth ton o chwerthin i'w glustiau, a gwelodd rai o blant eraill y pentref yn edrych draw ac yn pwyntio. Teimlodd ei fochau'n llosgi ac edrychodd i ffwrdd.

"Paid cymryd unrhyw sylw," meddai Jona, gan edrych ar ei wyneb. "Mae dy dad ychydig yn rhy ofalus, dyna i gyd."

"Jona, dim ond nôl coed tân o'n ni," meddai Cwilsyn. "Doedd dim rhaid iddo fe ddod gyda ni! Mae pawb yn chwerthin arna i. Beth oedd e'n meddwl allai ddigwydd i fi?"

"Dwi ddim yn gwbod. Mae'n siŵr bod casglu coed tân yn *gallu* bod yn beryglus," meddai Jona yn garedig. "Gallai unrhyw beth fod wedi digwydd."

"Fel be?" Edrychodd Cwilsyn arno'n trio dod o hyd i reswm pam fyddai casglu ambell frigyn yn beryglus.

"Wel, gallet ti fod wedi cael sblinter cas *iawn*."

Chwarddodd Cwilsyn, a dechrau teimlo'i ysbryd yn codi. Fel hyn roedd pethau pan oedd y ddau gyda'i gilydd. Roedd y ddau fachgen mor wahanol. Roedd gan Jona wallt tywyll fel ei bysgotwr o dad, a gallai gario llond sach o goed tân ar ei gefn. Roedd Cwilsyn, ar y llaw arall, yn denau ac yn dal, a'i wallt bron yn wyn. Ac nid dim ond golwg y ddau oedd yn wahanol. Roedd Cwilsyn yn gymeriad tawel a difrifol, ac roedd Jona, wel, roedd e'n llawn egni ac yn wirion ac yn gwneud i Cwilsyn chwerthin lond ei fol. Ar yr wyneb, yr unig beth oedd yn gyffredin rhwng y ddau oedd eu bod yn rhan o'r genhedlaeth olaf. Ar ôl i'r gaeaf parhaol ddechrau, chafodd dim un babi ei eni dros y byd i gyd. Allai neb esbonio pam, na neb droi popeth yn ei ôl. Yn ddeuddeg oed, Cwilsyn a'i gyfoedion oedd y bobl ieuengaf yn y byd ac os na fyddai pethau'n newid, nhw fyddai'r olaf hefyd.

"Noswaith dda!" Mabon oedd yno, un o ddynion hynaf y pentref. Roedd rhaid iddo godi ei lais dros sŵn y gwynt a'r tonnau gwyn oedd yn taro'r creigiau islaw. "Fel ry'ch chi i gyd yn gwbod, mae wedi bod yn amser anodd i ni."

Aeth si trwy'r dorf – roedd effaith y blynyddoedd diwethaf i'w weld ar wynebau blinedig y bobl. Pan ddaeth yr haf cyntaf hwnnw ddim, teimlai pawb mai rhywbeth dros dro oedd hynny, ond wrth i'r blynyddoedd fynd heibio a dim plant yn cael eu geni, a heb dywydd braf yr haf, roedd y gobaith wedi diflannu. Roedd rhai wedi dechrau mynd yn sâl oherwydd yr oerfel parhaus: gan gynnwys mam Cwilsyn.

Aeth Mabon yn ei flaen. "Ar noson Galan Mai fel hyn, ry'n ni'n cynnau tân i geisio dod â gwres a golau i'r byd eto.

A gobeithio, erbyn y bore, bydd cylch natur wedi dod yn ôl, a bydd haf yma unwaith eto!"

"Ie, wir!" gwaeddodd rhai mewn gobaith.

Sylwodd Cwilsyn ar ei dad yn syllu i'r tân, a'r olwg ar ei wyneb yn awgrymu ei fod yn meddwl am Mam.

"Felly, heno, dewch i ni ganu a dawnsio a dangos ffydd bod dyddiau gwell i ddod!"

Gwaeddodd y dorf yn uwch; roedd pawb eisiau credu hynny.

"A hefyd," meddai Mabon gyda direidi yn ei lygaid, "dwi wedi darllen yn rhywle petai plentyn yn neidio dros y tân dair gwaith, byddai gwell cyfle i'r goelcerth lwyddo i ddod â'r goleuni'n ôl!"

Roedd cyffro yn yr aer – doedd dim llawer o hwyl wedi bod yn eu bywydau yn ddiweddar.

"Rhywun dewr a chryf!"

Roedd pawb yn siarad ymysg ei gilydd.

"Oes rhywun isie trio?" gwaeddodd Mabon.

Saethodd braich Jona i fyny mor sydyn fel ei fod bron â tharo Cwilsyn i'r llawr.

"Oes, yn wir! Diolch, Jona!"

Gwenodd Jona ar Cwilsyn. "Dere, bydd e'n hwyl," sibrydodd. Teimlodd Cwilsyn ei galon yn curo ynghanol y cynnwrf i gyd. Edrychodd ar y tân, a'r mwg yn chwerw yn ei ysgyfaint.

"Unrhyw un arall?"

Rhoddodd Cat ei braich yn yr awyr, a daliodd Cai

fraich Guto yn uchel. Gallai Cwilsyn deimlo'i law yn gwingo.

"Beth amdani, Cwilsyn?" holodd Mabon yn sydyn, gan droi ato.

Clywodd Cwilsyn Cat yn piffian chwerthin yr ochr arall i'r tân. "Ha, ydy e'n gallu neidio mor bell â hynna?"

"Mae e'n gallu neidio yn bellach na ti!" meddai Jona.

"Be ti'n feddwl, Cwilsyn?" gofynnodd Mabon yn dyner.

Roedd pawb yn edrych arno. Gwenodd Cwilsyn yn annwyl, gan agor ei geg i gytuno, ond clywodd lais yn dweud,

"Na." Roedd ei dad wedi dod i sefyll wrth ei ymyl. "Dyw Cwilsyn ddim yn neidio."

Teimlodd Cwilsyn ei fochau'n llosgi, ac nid oherwydd y fflamau.

"Dad…"

Roedd llaw oer ei dad ar ei fraich. "Na, wedes i." Roedd ei lais mor gadarn fel y gwyddai Cwilsyn nad oedd pwynt iddo ddadlau.

"Iawn 'te, Jona, dere…"

Dechreuodd pawb siarad yn llawn cyffro eto, ond teimlai Cwilsyn yn chwithig, ac roedd presenoldeb ei dad wrth ei ymyl fel cwmwl mawr du. Gwyliodd Cwilsyn Jona yn rhedeg at y tân a rhoi naid dros y fflamau gan wneud pawb yn hapus. Roedd Jona hefyd yn chwerthin, yn clapio'i ddwylo er mwyn annog pawb i glapio gydag e.

Gwnaeth yr un peth ddwy waith, tair gwaith. Roedd pawb yn clapio'n frwd erbyn hyn, ond doedd Cwilsyn ddim yn hapus. Trodd, a dechrau cerdded i ffwrdd ar hyd y llwybr ond clywodd sŵn traed ei dad yn ei ddilyn.

"Cwil?"

Roedd Cwilsyn eisiau dianc rhag y tân, a'r dorf, a'i dad.

"Cwilsyn!"

Arhosodd Cwilsyn tan eu bod yn ddigon pell i ffwrdd cyn troi arno.

"Be?! Oedd rhaid i ti neud hynna? O flaen pawb? Ofni 'mod i'n mynd i fethu?"

"Trio cadw ti'n saff—"

"Bach o sbort yw e."

"Ma fe'n beryglus…"

Rholiodd Cwilsyn ei lygaid. "Dwi bron yn dair ar ddeg, Dad!"

"Deuddeg wyt ti," cywirodd ei dad e.

Safodd y ddau, gan edrych ar ei gilydd mewn rhwystredigaeth.

"Dim ond dy warchod di ydw i," meddai ei dad.

"Gwarchod rhag be?!" gwaeddodd Cwilsyn. "Alli di ddim fy ngwarchod i rhag y ffaith ei bod hi'n ddiwedd y byd! Na'r ffaith fod Mam yn sâl."

Roedd ei dad yn syllu arno, a sylwodd Cwilsyn ei fod e'n edrych yn hŷn yn sydyn. Roedd y rhychau o gwmpas ei lygaid yn ddyfnach yn yr hanner tywyllwch.

"Trio cadw ti'n saff."

"Ond pam?" holodd Cwilsyn, a'i freichiau ar led.

"Dyna 'ngwaith i."

"Dy waith di?" gofynnodd Cwilsyn yn blwmp ac yn blaen. "Ai dyna beth ydw i i ti? Gwaith?"

"Na, ddim gwaith," atebodd, gan roi ei law ar ei dalcen. "Fi yw dy dad di."

"Ond na. Ddim ti *yw* fy nhad iawn i, ife?" meddai Cwilsyn, a'i lais yn fflat fel crempogen. "A ti ddim hyd yn oed yn fodlon siarad â fi am hynna."

Roedd Cwilsyn wedi difaru, yn syth ar ôl i'r geiriau ddod o'i geg. Edrychai ei dad fel petai rhywun wedi ei daro.

"Dwi'n gweld," meddai'n syml.

Safodd y ddau mewn tawelwch, a'r gwynt oer yn chwyrlïo o'u hamgylch. Teimlodd Cwilsyn ei gorff yn oeri.

"Dwi angen llonydd," meddai, gan edrych ar y llawr. Ysgydwodd ei ben a dechrau cerdded i ffwrdd.

"Ble ti'n mynd?" gofynnodd ei dad.

"I glirio 'mhen," atebodd Cwilsyn yn siarp dros ei ysgwydd.

Eisteddodd Cwilsyn ar y clogwyn ac edrych allan ar y môr. Roedd yn dal i allu clywed y pentrefwyr yn y pellter, yn dawnsio, chwerthin, yn gwneud y gorau o'r goelcerth. Croesodd ei goesau, a'r cywilydd am yr hyn ddywedodd e wrth ei dad yn pwyso'n drwm arno. Roedd e'n brifo – popeth yn brifo tu mewn.

Roedd hi'n amlwg i Cwilsyn erioed ei fod e'n wahanol, ond bob tro roedd e'n dechrau holi, byddai ei dad yn newid y pwnc yn syth. Roedd Cwilsyn yn gwybod ei fod wedi cael ei fabwysiadu, ond roedd yna rywbeth arall, rhywbeth mwy rhyfedd na hynny. Ers pan oedd e'n fabi, byddai adar yn cael eu denu ato. Ei fam sylwodd gyntaf: bydden nhw'n dod at ei ffenest pan oedd e'n cysgu. Ac wrth iddo fynd yn hŷn, bydden nhw'n glanio ar ei ysgwydd pan oedd e allan yn chwarae. A phan fyddai'r plant eraill yn tynnu ei goes am hyn, byddai'n mynd at ei dad yn ei waith i chwilio am loches. Roedd ei dad yn creu'r hwyliau gorau yn y byd – roedd pawb yn meddwl hynny. Yn creu hwyliau oedd yn gwneud i'r cychod hwylio ymhellach a mynd yn gynt, rhai allai ddal yr awel ysgafnaf, a gwrthsefyll y gwyntoedd cryfaf. Pan oedd Cwilsyn yn blentyn bach roedd e eisiau bod fel ei dad. Byddai'n swnian arno i'w ddysgu sut i dorri a gwnïo. Byddai ei dad yn cynnau lamp a gosod defnydd dros y gadair fel pabell, a Cwilsyn yn eistedd odani ac yn gwthio'r nodwydd i fyny drwy'r cynfas, tra byddai'i dad yn adrodd straeon am deithiau anturus y cychod hwylio, a'r gwyntoedd teg a chwythai drwy'r hwyliau ar y môr. Ond wrth i Cwilsyn dyfu'n hŷn aeth ei dad yn fwy tawel a mwy cadarn, ac erbyn hyn doedd y ddau ddim fel petaen nhw'n adnabod ei gilydd rhagor.

Clywodd Cwilsyn siffrwd adenydd a throdd ei ben i weld cysgod yn y tywyllwch. Sgleiniai'r adenydd yn ddu-las. Y gigfran oedd wedi bod yn ei ddilyn ers rhai dyddiau.

Daeth yr aderyn yn nes ac aeth Cwilsyn yn flin.

"Cer o 'ma, wnei di!" gwaeddodd.

"O, diolch yn fawr!"

Llamodd calon Cwilsyn wrth weld Jona'n agosáu. Edrychodd Cwilsyn yn ôl a gweld bod y gigfran wedi mynd.

"Sori, Jona, ddim gyda ti o'n i'n siarad…" Cododd ei ysgwyddau. "O'n i jyst… yn… o, dim byd."

Daeth Jona i eistedd wrth ei ymyl ac edrychodd y ddau allan ar y môr mawr.

"Ti'n archarwr nawr 'te," meddai Cwilsyn yn sych.

"Dwi wastad wedi bod!" atebodd Jona.

Edrychodd Cwilsyn ar Jona.

"*Fe* anfonodd ti draw, ife?"

Ddywedodd Jona ddim gair.

"O'n i'n gwbod."

"Paid bod yn grac," meddai Jona. "O'dd e isie i fi neud yn siŵr bod ti'n iawn."

Roedd Cwilsyn wedi blino gormod i fod yn flin. Teimlodd y cywilydd yn lapio amdano fel blanced. Roedd tawelwch rhyngddyn nhw am funud. Roedd Jona'n adnabod ei ffrind yn ddigon da i roi amser iddo ddod ato'i hunan.

"Ddwedes i wrtho fe nad fe o'dd fy nhad i."

Tynnodd Jona anadl siarp. "Awtsh."

"Dwi'n gwbod."

Roedd hi'n oeri o ddifri erbyn hyn.

"Ddwedodd e ei fod isie 'nghadw i'n saff, ond mae e'n mygu fi."

Meddyliodd Jona am hyn am eiliad.

"I fod yn deg, *mae*'r byd 'ma'n lle digon od," meddai, gan wthio sawdl ei esgid i'r llawr wrth siarad. "Ni yw'r genhedlaeth olaf, Cwil—"

"Ond rhaid i ni fyw," torrodd Cwilsyn ar ei draws.

Edrychodd ar Jona. "Dyw e ddim yn gadael i fi neud

unrhyw beth, na siarad am unrhyw beth. Mae'n siŵr bod e'n meddwl 'mod i'n dwp. Mae oedolion yn meddwl bod plant yn dwp weithiau, a'n bod ni ddim yn sylwi ar bethau."

"Falle dy'n nhw ddim isie i ni boeni?" cynigiodd Jona, gan bwyso'n ôl ar ei ddwylo.

"Wel, dwi *yn* poeni," cyfaddefodd Cwilsyn.

"Bydd popeth yn iawn, gei di weld," meddai Jona, gyda'i wên barod eto. "A ni'n mynd i ddeffro bore fory a bydd y goelcerth wedi gweithio a bydd hi'n gynnes ac yn heulog ac yn haf am y tro cynta."

Ystyriodd Cwilsyn hynny wrth i'r gwynt rhewllyd chwythu o'u cwmpas.

"A dwi'n mynd i fynd â ti i bysgota yng nghwch Dad, a gawn ni ddilyn yr haul a dal pysgod a neidio i'r môr," meddai Jona yn freuddwydiol. "Ac os na fydd e'n digwydd fory, fe fydd e ryw ddiwrnod, dwi'n addo i ti."

"Gobeithio," meddai Cwilsyn yn dawel bach.

Pennod 2

Allai Cwilsyn ddim agor ei lygaid yn iawn. Roedd hi'n eithriadol o oer. Roedd e'n gwybod, ym mêr ei esgyrn, na fyddai coelcerth neithiwr yn cael gwared â'r gaeaf, ond suddodd ei galon rywfaint serch hynny. Roedd e wedi cyrraedd adref yn hwyr y noson gynt, wedi sleifio i fyny'r grisiau ac esgus cysgu pan glywodd sŵn traed ei dad ar y landin yn dod i weld oedd e adre'n ddiogel.

Edrychodd Cwilsyn drwy'r llenni ysgafn ar y balconi a'r harbwr islaw, gan wrando ar synau cyfarwydd ei dad yn y bore. Yr un drefn arferol ers i Cwilsyn gofio. Ei dad yn ei siwmper wlân lawn tyllau wrth y stof fach lawr grisiau, a'i freichiau'n llwythog gan naddion pren ar gyfer cynnau tân. Yna byddai'n tanio matsien gan estyn ei freichiau'n bell oddi wrtho, ac aros i'r fflamau gydio a chynhesu'r lle, cyn mynd ati i lenwi'r tegell. Ychydig funudau wedyn, âi â phaned o de i fam Cwilsyn yn ei gwely cyn mynd i'r gweithdy i barhau â'r gwaith o wnïo hwyliau.

Cododd ar ei eistedd ac edrych ar y wawr yn dechrau torri. Yn raddol bach, sylwodd ar sŵn cras aderyn yn tarfu ar y tawelwch.

Aeth Cwilsyn at y balconi, tynnu'r llenni net ar led, ac agor y drysau dwbl. Heblaw am y crawcian cyson roedd hi'n dawel fel y bedd, a sylweddolodd mai cigfran oedd yn gwneud y sŵn. Edrychodd o'i gwmpas ond methai ei gweld. Roedd y crawcian yn agosach nawr. Mor agos roedd fel petai'r sŵn o'i gwmpas i gyd. Camodd Cwilsyn allan i'r balconi ac edrych i fyny ar yr hen do, ac yna syrthiodd cigfran o'i flaen yn un gawod o blu.

"Beth yn y byd!" ebychodd, gan ddal ei law ar ei galon mewn sioc. Teimlodd yn flin mwya sydyn wrth iddo wylio'r aderyn yn clwydo wrth ei ymyl ar falconi tŷ'r cychod. Syllodd yr aderyn arno mewn penbleth, ei blu tywyll yn sgleinio fel petrol yn y goleuni gwan. Herciodd tuag ato, a sylweddolodd Cwilsyn mai'r un aderyn ag a welodd neithiwr oedd hwn, yr un oedd wedi bod yn ei ddilyn.

"O, ti yw e eto, ife?" meddai, gan grychu ei dalcen. "Cer o 'ma!" Chwifiodd ei law ato, ond safodd y gigfran yn llonydd.

"Meddwl bod ti'n ddewr, wyt ti?" gofynnodd, fel petai'n disgwyl ateb.

Roedd y gigfran yn rhyfeddol o bowld; ei llygaid

fel petaen nhw'n chwerthin arno. Ysgydwodd ei phlu a dal ei phen yn gam, yn ei herio.

"Be ti isie, y twpsyn? Jyst gad fi fod!" Ond symudodd yr aderyn ddim.

"Gad fi fod, wedes i!" gwaeddodd. Trodd Cwilsyn oddi wrth yr aderyn ac roedd ar fin cau'r drysau dwbl yn glep y tu ôl iddo pan glywodd lais a yrrodd ias i lawr ei gefn.

"Alla i ddim neud hynny."

Clywodd Cwilsyn yr aderyn yn symud ei blu eto a gweld corff y gigfran yn troi'n niwl du. Aeth ei wddw'n sych a chamodd yn ôl wrth i'r aderyn ddechrau newid ei siâp, a'i adenydd yn tyfu. Rasiodd calon Cwilsyn mewn rhyfeddod, wrth i'r gigfran droi'n ferch. Merch go iawn. Yno, o'i flaen. Eisteddai ar wal isel y balconi, ei chroen yn welw yn yr awyr lwyd, ei llygaid disglair yn ei astudio, un goes yn hongian yn llipa ac un droed ar sìl y ffenest, a rhyw hanner gwên ar ei hwyneb wrth iddi ei weld yn edrych yn syn.

“Mae angen i ti fod yn fwy cwrtais,” meddai hi, wrth dynnu ei chlogyn pluog o’i chwmpas i’w chynhesu.

Roedd Cwilsyn wedi rhewi mewn sioc.

“Paid edrych arna i fel’na,” meddai. “Dere, mae’n rhaid bod ti’n gwbod nad yw popeth fel mae’n ymddangos ar yr olwg gynta.”

Neidiodd i lawr o’r balconi. “Deryn dwi,” meddai’n hamddenol, “ac mae’n ddrwg ’da fi am roi gymaint o sioc i ti.”

“Dyw hyn… dwyt ti…”

Doedd Cwilsyn ddim yn gallu siarad. Doedd y geiriau ddim yn dod. Doedd dim byd yn gwneud synnwyr. Blinciodd a throi i ffwrdd, ond pan edrychodd yn ôl, roedd hi’n dal yno. Roedd hi’n astudio’i wyneb, yn ei gymharu â rhywun arall yn ei phen.

“Dwi ’di bod yn chwilio amdanat ti,” meddai, gan edrych yn ofalus ar ei lygaid, lliw ei wallt, “wel, dwi’n meddwl ’mod i. Hmm…” Arhosodd am eiliad. “Mae dy lygaid yn wyrddach nag o’n i wedi’i ddychmygu.” Gallai Cwilsyn deimlo’i llygaid yn treiddio i’w lygaid yntau, tan iddi sylweddoli ei bod wedi bod yn syllu arno am amser rhy hir, felly dyma hi’n troi ei phen a cherdded heibio iddo ac i mewn i’w stafell. Wrth iddi ei basio gwelodd Cwilsyn fod ei gwallt yr un lliw glas tywyll sgleiniog â’r plu. Sylwodd hi ar ei ddillad gwely blêr, y mapiau ar y wal, a’r lluniau cychod a gafodd gan ei dad.

“Ond mae hyn yn amhosib…” dechreuodd Cwilsyn eto.

"Ddim yn *debygol*, falle, ond nid yn amhosib, achos 'drycha, dwi yma." Gwenodd, a gwelodd Cwilsyn ei hwyneb yn meddalu ac yn dod yn fwy cyfeillgar. Edrychodd y ferch ar y glôb oedd ar y ddesg a dechreuodd wneud iddo droi.

"Sori," meddai Cwilsyn, gan ddod o hyd i'w lais o'r diwedd. "Dyw hyn ddim yn neud synnwyr."

"Faint o bethau sydd *wedi* neud synnwyr yn ddiweddar?" gofynnodd hi.

Meddyliodd Cwilsyn am hynny.

"Y gaeaf diddiwedd, dim plant yn cael eu geni?" meddai.

Yn sydyn, stopiodd y glôb rhag troelli, ei hwyneb yn troi'n ddifrifol. "Mae'n rhaid bod ti'n gwbod bod y byd yn dod i ben..."

"Wel, ydw, ond..."

"Y peth yw, dwi'n credu galli di helpu."

Ebychodd Cwilsyn. "Fi? Beth alla i neud?"

"Wel, os mai ti yw'r un dwi'n meddwl wyt ti, dim ond ti *all* helpu."

Ysgydwodd Cwilsyn ei ben.

"Dwi 'di bod yn trio dod o hyd i ti. Sylwes i ar yr adar yn dy ddilyn di, a meddwl, mae'n rhaid mai ti yw e."

"Fe? Pwy fe?"

Chwarddodd Deryn, a'i llygaid yn dal i edrych arno. "Dwyt ti ddim yn perthyn fan hyn. Rhaid bod ti 'di teimlo hynny?"

"Sori?"

"Mae'n bryd i ti agor dy lygaid."

Daeth ato a thynnu cadwyn aur, oedd â ffiol fach yn hongian arni, o'i gwddw. Roedd Deryn yn denau, yn esgyrnog hyd yn oed, ei dillad tywyll yn fawr amdani, yn llwm yn erbyn ei chroen gwelw. Tu mewn i'w throwsus roedd rhyw fath o gleddyf bach neu ddagr. Cododd ei breichiau, ac yn reddfol, gwingodd Cwilsyn a chamu am yn ôl.

"Paid â bod ofn," meddai, ac roedd rhywbeth yn ei llygaid oedd yn gwneud i Cwilsyn ei chredu. "Galli di fy nhrystio i, dwi'n addo."

Ceisiodd Cwilsyn dawelu ei nerfau wrth i Deryn agor y ffiol ac arllwys diferion o hylif du sgleiniog ar ei bys.

"Cau dy lygaid," meddai.

Felly, caeodd Cwilsyn ei lygaid a theimlo pen ei bys yn cyffwrdd â'i amrannau.

"Agora nhw nawr."

Gan edrych yn falch iawn, rhoddodd y caead yn ôl ar y ffiol.

"Ie?"

Edrychodd Cwilsyn arni. "Ie be?"

Gwgodd. "Dim byd?"

Astudiodd ei hwyneb. Roedd hi'n dal i fod yn aderyn-ferch, ac roedd hi'n dal i fod yn ei stafell. Yna edrychodd dros ei hysgwydd ac ar yr harbwr. Teimlodd ei stumog yn cwympo, a theimlodd yn oer drwyddo i gyd. Aeth ei wddw'n dynn ac eto, allai e ddim siarad. Roedd y geiriau'n

sownd yn ei geg. Gwthiodd heibio i Deryn a cherdded allan i'r balconi. Roedd e'n methu credu.

Drwy'r niwl roedd siâp anferth llong bren uchel yn ymddangos, a'r hwyliau aur yn llawn gwynt. Gallai glywed y mast yn gwichian, a gweld milwyr yn crwydro'r deciau du, â'u bwâu a'u saethau dros eu hysgwyddau.

Roedd y llong yn fwrlwm o siapiau duon. Siglodd y llong ac yna docio'n ddiogel yn yr harbwr, gyda tsiaen anhygoel o drwm yn cael ei gollwng i'w hangori. Roedd y tawelwch yn fyddarol wrth i'r llong ddod i stop a dringodd un heliwr ar y starn. Daliodd ryw fath o gorn anifail yn uchel a chwythu i fewn iddo, gan greu'r sain fwyaf hiraethus a glywodd Cwilsyn erioed. Yn sydyn, dechreuodd y siapiau tywyll ar y llong wneud sŵn llefain. Roedden nhw'n edrych fel cŵn hela. Dyma heliwr arall mewn lledr yn gosod ramp rhwng y llong a'r harbwr, a dechreuodd y cŵn redeg yn wyllt drwy strydoedd y pentref ac i fyny at y bryniau.

"Wyt ti'n credu nawr?" Anfonodd llais Deryn ias i lawr ei gefn.

"Be-be-beth ydyn nhw?" Roedd Cwilsyn yn cael trafferth siarad eto.

Syllai Deryn ar ei wyneb mewn rhyfeddod.

"Llong o'r isfyd yw hi."

"Yr isfyd?"

Rhoddodd ei llaw ar ei fraich. "Mae amser yn brin," meddai, ei hwyneb yn sydyn yn llawn pryder.

Edrychodd Cwilsyn arni, gan fethu credu'r hyn roedd e'n ei weld na'i glywed.

"Rhaid i ti ddod gyda fi…"

"I ble?"

"Adre," meddai gyda gwên.

"Ond fan hyn mae—"

Aeth Deryn i chwerthin a dechreuodd Cwilsyn deimlo'n flin. Edrychodd hi arno gyda'i phen i'r naill ochr.

"Sdim dewis 'da ti, sori," meddai'n ddiflewyn-ar-dafod, fel petai'r peth yn hollol amlwg. "Ti yw'r unig un sydd â'r cyfle i stopio hyn i gyd."

Ysgydwodd Cwilsyn ei ben, yn methu credu, a thyfodd panig tu mewn iddo.

"Ry'n ni'n gadael pan fydd hi'n nosi," meddai, ei llygaid yn oer.

"Nosi?"

"Rhaid i ti baratoi cwch dy dad."

"Be ti'n feddwl?"

"Bydd e'n gwbod."

Gwenodd ar Cwilsyn eto, yna yn ddirybudd, dechreuodd redeg tuag at y balconi, gan neidio am i fyny...

"Aros!" gwaeddodd Cwilsyn.

Ond clywodd sŵn ei chlogyn yn chwipio yn y gwynt a'r adenydd yn curo wrth iddi droi'n ôl yn gigfran, ac yna diflannu. Safodd Cwilsyn yn stond, ei galon yn rasio, ei gorff yn crynu. Rhedodd at y balconi i chwilio amdani ond erbyn hynny dim ond smotyn oedd hi, i fyny fry yn yr awyr.

Pennod 3

Camodd Cwilsyn yn ôl ac ymlaen, yn ôl ac ymlaen. Edrychodd ar ei stafell, ar y normalrwydd cyfarwydd. Y gwely, y dwfe, y glôb, popeth. Roedd POPETH wedi newid.

Chwipiodd y drws ar agor a rhedeg i lawr y stâr, ei ddwylo'n cyffwrdd dwy ochr y grisiau cul. Roedd y tân yn llosgi, a phopeth fel roedd e'n arfer bod. Y bwrdd, y cadeiriau, y tegell. Safodd yn stond, gan anadlu'n drwm, ac yna sylwodd ar ddrws caeedig tŷ'r cychod. Rhedodd ato, gwthio'r drws ar agor a gweld ei dad yn eistedd yn ei gadair yn tynnu darn o raff drwy dwll nodwydd. Edrychodd ar Cwilsyn, ei sbectol yn gorwedd ar flaen ei drwyn a'r nodwydd yn ei law. Roedd y drws ar agor, yn dangos y ffordd i lawr i'r jeti a'r harbwr, ac yno roedd y llong, yn siglo'n ysgafn ar y llanw.

Syllodd Cwilsyn ar y llong, ac wrth ei weld yn edrych

i'r cyfeiriad hwnnw, sylweddolodd ei dad rywbeth. Yna, fel mewn ffilm wedi ei harafu, cwympodd y nodwydd o'i law. Gwrandawodd y ddau mewn tawelwch poenus wrth iddi syrthio ar y llawr a thrwy'r estyll pren *TINC*, *TINC* i'r gwagle o dan y llawr.

Rhythodd Cwilsyn ar y llong, gan geisio rheoli ei anadlu.

Symudodd ei dad yn gyflym. "Edrycha arna i!" meddai. Syllodd y ddau i lygaid ei gilydd cyn i'w dad frysio at y drws a'i gau, gan dywyllu'r lle. Gwyliodd Cwilsyn ei dad yn cynnau lamp.

"Wyt ti'n gallu'u gweld nhw?" gofynnodd yn daer. Nodiodd Cwilsyn yn araf.

"*Ti*'n gallu'u gweld nhw hefyd!" meddai Cwilsyn, a'i lais bron â chael ei wasgu'n ddim.

Tro ei dad oedd nodio wedyn. "Cwil, sut ddigwyddodd hyn? Pryd—"

"Daeth aderyn, cigfran," meddai Cwilsyn. Daeth y geiriau'n un cawdel o'i geg. "Trodd y deryn yn ferch, a dweud bod rhaid i fi fynd gyda hi, a gadael pan fydd hi'n nosi."

"Nosi!" Roedd golwg llawn arswyd ar wyneb ei dad.

"Dwedodd hi y dylen ni gael dy gwch di'n barod."

Roedd natur bwyllog arferol ei dad wedi mynd i'r gwynt. "Ond mae'n rhy fuan. Ti mor ifanc!"

"Be ti'n feddwl?" gofynnodd Cwilsyn yn syn. "Dwed wrtha i, plis. Dyw hyn ddim yn neud unrhyw synnwyr."

"Sori, sori! Rhaid bod ti 'di drysu'n lân. Stedda," meddai, yn fwy tawel.

Am unwaith, wnaeth Cwilsyn ddim dadlau, a gwrandawodd ar y gorchymyn. Gwyliodd ei dad yn brysio at yr hen gadair bren a'i thynnu'n gyflym at Cwilsyn, gan wneud iddo eistedd. Roedd fel petai ganddo stori fawr i'w dweud ond heb fod yn siŵr sut i ddechrau.

"O'n i'n meddwl bod mwy o amser 'da fi, i baratoi beth i'w ddweud, esbonio..."

Eisteddodd y ddau mewn tawelwch wrth i'r heliwr ar y llong ganu'r corn unwaith eto.

"Mae 'na fyd arall, Cwil. Isfyd. Ynys, o'r enw Annwfn."

Roedd Cwilsyn yn canolbwyntio, yn ceisio deall beth roedd ei dad yn ei ddweud wrtho.

"Mae cysylltiad rhwng eu byd nhw a'n byd ni. Pan mae pobl yn marw yn ein byd ni, mae llong yn dod â chŵn hela i gasglu eneidiau'r meirw. Maen nhw'n mynd yn ôl i'w byd nhw, yr isfyd, ac mae adar yn dod â'r eneidiau'n ôl i'r Ddaear drwy eu canu."

Gallai ei dad weld bod Cwilsyn ar bigau.

"Ry'n ni'n hollol saff. Dy'n nhw ddim yma ar gyfer y bobl sy'n fyw," meddai. "Mae'n gylch bendigedig. Hudol, a dweud y gwir."

Ceisiodd Cwilsyn ei orau glas i wneud synnwyr o'r geiriau.

"Mae'r ddau fyd yn dibynnu ar ei gilydd; mae'r eneidiau'n cyrraedd yno, a'u hatgofion a'u doethineb yn rhoi bywyd i'r isfyd. Pan mae'r adar yn dod â'r eneidiau'n ôl i'n byd ni, mae bywyd newydd yn dod i'r Ddaear. Ond mae rhywbeth wedi mynd o'i le..."

Roedd meddwl Cwilsyn yn chwyrlïo.

Cydiodd ei dad yn llaw ei fab. "Does neb yn gwbod am yr isfyd yma, does neb yn gallu gweld y llongau, heblaw'r rhai sy'n dod oddi yno… a rhai pobl sy'n cael eu gwahodd yno."

"Wyt ti'n dod o'r isfyd?"

"Na, na. Ces i wahoddiad achos ro'n nhw fy angen i."

"Sai'n deall," meddai Cwilsyn.

"Ti'n gweld, yr unig ffordd i fynd rhwng un byd a'r llall yw hwylio ar y môr. Welest ti hwyliau'r llong?"

Syrthiodd ceg Cwilsyn ar agor. Dylai fod wedi sylwi ar y gwaith crefftus, ond, a bod yn deg, roedd ei feddwl ar chwâl ar y pryd.

"Ro'n i mas ar y môr rhyw ddiwrnod, a daeth cwch arall yn agos. Roedd y cwch yn wag, a meddyliais i fod hynny'n rhyfedd. Teimlais i rywun yn cyffwrdd fy llygaid ac yn sydyn, roedd dynes yn sefyll o 'mlaen i. Dwedodd wrtha i mai gwehydd oedd hi ac roedd ganddi'r defnydd sidan 'ma, sidan aur bendigedig, ac roedd hi isie i fi neud hwyl iddi. Roedd rhywbeth gwahanol amdani. Roedd Tad-cu 'di adrodd straeon am yr isfyd, am y bobl *eraill* 'ma, ac ro'n i'n gwbod bod rhaid eu trin nhw'n ofalus, gyda pharch. Yn y diwedd fe wnes i'r hwyl iddi, a chwrdd â hi eto ar y môr i'w rhoi iddi. Roedd hi'n hapus iawn â 'ngwaith i, felly wnes i fwy."

"Ti'n masnachu gyda'r isfyd?"

"Dyna'r unig ffordd i gadw'r llwybr ar agor rhwng eu byd nhw a'n byd ni. Mae'r ddau fyd yn dibynnu arno. Dim ond yr hwyliau dwi'n eu gwneud o'r sidan hwnnw sy'n gallu dal y gwynt yn yr isfyd."

Roedd meddwl Cwilsyn yn mynd ar ras, yn cofio am ei dad yn cloi drws tŷ'r cychod weithiau, ac am yr edau aur sgleiniog roedd e'n ei gweld weithiau wrth sgubo'r llawr.

"Y ddynes – y gwehydd – Erin yw ei henw hi ac ry'n ni 'di dod i nabod ein gilydd a chael ffydd yn ein gilydd dros y blynyddoedd. Ac—" Dechreuodd ei lais dorri. "— un diwrnod, daeth hi â'r bwndel 'ma o sidan oedd newydd ei greu, a tu fewn i'r bwndel roeddet ti. Gofynnodd Erin i ni ofalu amdanat ti, dy garu di, a pheidio holi dim. Roedd rhaid i fi dyngu llw i gadw ti'n saff. Dwi 'di trio 'ngorau i gadw'r addewid."

Llyncodd Cwilsyn, a daeth rhyw dristwch drosto'n sydyn wrth gofio'r olwg yn llygaid ei dad pan waeddodd arno'r noson gynt.

"Ond… ti'n gwbod… do'n i ddim yn meddwl… beth ddwedes i ar y clogwyn—" meddai Cwilsyn.

"Dwi'n gwbod," meddai ei dad, gan dorri ar ei draws. Roedd gwên ar ei wyneb.

"O'n i'n meddwl bod ti ddim yn ymddiried yndda i."

Diflannodd y wên a chydiodd ei dad ym mreichiau Cwilsyn ac edrych arno'n daer.

"Dwi *wastad* 'di ymddiried ynddot ti. O'n i jyst isie dy warchod di tra o'n i'n gallu achos o'n i'n gwbod y bydde rhaid i ti wynebu llawer mwy na phob plentyn arall, dysgu mwy, delio â mwy."

"Fel be?"

"Sai'n siŵr. Byddai'n dda tasen i'n gwbod achos wedyn bydden i'n gallu dy baratoi di. Yr unig beth gallen i neud oedd dy ddal di'n agos."

"Dwedodd Deryn, y gigfran, mai dim ond fi all helpu. Bod popeth yn dibynnu arna i. Ond sut? Dim ond deuddeg oed ydw i…" meddai Cwilsyn.

Meddalodd llygaid ei dad, a syrthiodd cysgod dros ei wyneb. "Cwil, bydda i'n hollol onest 'da ti, dwi ddim yn gwbod beth sydd i ddod. Yr unig beth dwi'n gwbod ydy beth bynnag yw e, byddi di'n gallu ymdopi, achos ti'n fachgen arbennig."

"Mae pob rhiant yn meddwl hynna am ei blentyn."

"Falle'u bod nhw, ond dwi'n gwbod 'mod i'n iawn," meddai ei dad gan chwerthin yn dawel. "Er mai ifanc wyt ti, gwna be sy'n iawn i ti, beth bynnag mae dy galon di'n dweud. All neb ofyn mwy na hynny."

Ciliodd ofn Cwilsyn ychydig bach.

"A beth bynnag sy'n digwydd, gei di antur ryfeddol! Bydd 'da ti stori werth ei hadrodd."

"Pa stori?"

Doedd yr un o'r ddau wedi clywed Mam yn dod i mewn. Edrychodd hi ar dad Cwilsyn â'i hwyneb yn llawn cwestiynau.

"Maen nhw 'di dod amdano fe," meddai ei dad yn syml, a'i freichiau'n cwympo'r naill ochr i'w gorff.

"Yn barod?"

"Maen nhw isie iddo fe adael heno. Mae gymaint i neud."

"Ond mae hyn yn digwydd yn rhy sydyn," meddai Mam, gan dynnu Cwilsyn ati a chusanu ei ben wrth iddo fe anadlu ei harogl cynnes cyfarwydd a'i chroen meddal.

Er syndod i Cwilsyn, gwelodd ei dad yn plygu er mwyn tynnu un o estyll pren y llawr. Agorodd bwlch o dan y llawr; doedd dim syniad gan Cwilsyn ei fod yno. Edrychodd Cwilsyn yn syn ar ei dad yn diflannu i stafell dan y llawr.

Cafodd lamp ei chynnau a llenwodd y stafell â goleuni cynnes. Yna daeth ei dad i'r golwg eto yn cario defnydd wedi ei blygu sawl gwaith. Rhyfeddodd Cwilsyn wrth weld wyneb ei dad yn sgleinio yn adlewyrchiad y defnydd hardd, gloyw, lliw aur. Roedd patrymau Celtaidd cain wedi'u gwnïo arno. Daeth ei dad ag e at Cwilsyn.

"Mae'n… mae'n anhygoel," meddai, gan anwesu'r defnydd meddal.

"Dyma'r defnydd roeddet ti wedi dy lapio ynddo pan ddaeth Erin â ti fan hyn," meddai ei dad, gan wenu ar fam Cwilsyn. "Dwi 'di bod yn gweithio ar hwn ers hynny. Ro'n ni'n gwbod bydden nhw'n dod i dy nôl di rhyw ddiwrnod, ac ro'n i isie i ti gael un o'r hwyliau gorau, a'r harddaf y gallai pâr o ddwylo ei chreu."

Doedd dim geiriau gan Cwilsyn. Roedd popeth yn digwydd mor gyflym.

"Mae'r amser 'di dod," meddai ei dad, fel petai'n trio dod i delerau â rhywbeth oedd yn ddwfn tu mewn iddo. "Mae'n amser."

Pennod 4

Edrychodd Cwilsyn ar yr harbwr dros wal y balconi lle bu Deryn yn eistedd. Roedd ei dad yn paratoi'r cwch. Roedd hi wedi bod yn ddiwrnod llawn bwrlwm o baratoadau, ac roedd rhaid iddo aros yn stond am eiliad, i roi trefn ar ei feddwl.

Roedd yr harbwr yn wag. Y llong wedi mynd. Roedd niwl trwchus yn glynu at bopeth, gan droi'r pentref cyfan yn llwyd. Roedd pawb yn denau a blinedig, eu camau'n drwm. Roedd y ferch wedi lleisio'r hyn oedd wedi bod ar ei feddwl erioed: mae'r byd yn dod i ben. Wrth edrych ar y pentref, cafodd deimlad rhyfedd ym mêr ei esgyrn. Rhaid i rywbeth newid.

"Byddwn ni wastad yma i ti." Chlywodd e ddim ei fam yn dod lan y stâr. Roedd hi wedi bod yn chwilio am ddillad cynnes iddo i'w pacio. "Dyma fydd dy gartref di am byth."

Cerddodd ato a rhoi cwtsh mawr iddo, a'r tro yma,

sylwodd Cwilsyn ar y cysgodion llwyd dan ei llygaid, a pha mor oer oedd ei dwylo.

"Ro'n ni'n gwbod bydde rhaid i ni dy adael di fynd rhyw ddiwrnod. Dyna pam roddon ni gymaint o gariad â phosib i ti, bob dydd."

Teimlodd Cwilsyn ei galon yn llenwi'n gynnes.

"Wel, fe wnaethoch chi hynny," meddai.

"Ond, ti'n gweld, y peth gwych yw fod rhywun arall wedi dy garu di hefyd."

Gallai Cwilsyn weld bod hyn yn anodd i'w fam – roedd ei thalcen yn crychu bob tro roedd hi'n canolbwyntio, a doedd hi ddim yn gallu edrych i fyw ei lygaid.

"Roedd rhywun o'r isfyd yn dy garu di gymaint fel ei fod yn fodlon dy roi di i rywun arall i ofalu amdanat ti a neud yn siŵr bod ti'n hapus. Ti'n sylweddoli'r cryfder sydd angen i neud hynny?"

Doedd Cwilsyn ddim wedi meddwl am hynny o'r blaen.

"Rhywun oedd yn dy garu di gymaint nes ei fod wedi rhoi swyn arnat ti fel nad oeddet ti'n gallu gweld y llongau tan iddyn nhw ddod i dy nôl di. Paid â bod ofn. Rwyt ti'n haeddu cael gwbod pwy, Cwil, ac yn haeddu cael eu cariad hefyd. Do'n ni ddim isie cuddio unrhyw beth, ond *allen* ni ddim dweud wrthot ti."

Estynnodd ei braich a mwytho'i foch. "Be sy'n bod, Cwil bach?" Roedd hi'n ei adnabod yn well nag yr oedd e'n adnabod ei hun. Erioed.

"Dwi ddim isie gadael, a tithe'n sâl."

"Pff," meddai, gan wasgu ei law at ei chalon. "Gwranda, bydda i'n iawn. Bydd dy dad yn gofalu amdana i." Rholiodd ei llygaid a dechreuodd Cwilsyn chwerthin. "Bydd e'n fy nilyn *i* i bob man nawr…"

Safodd y ddau yn y tawelwch cynnes, braf, fel roedden nhw wedi ei wneud ganwaith o'r blaen, ond roedd yn teimlo'n fwy melys y tro yma.

"Wyt ti'n gwbod pam gest ti dy alw'n Cwilsyn?"

Gwgodd. "Oherwydd plu'r adar? Y ffordd maen nhw'n fy nilyn i bobman?"

"Na."

Gwyrodd Cwilsyn ei ben i un ochr.

"Roedd pobl yn arfer sgwennu ag inc a phluen, neu gwilsyn. O'r eiliad gest ti dy roi yn ein breichiau, ro'n ni'n gwbod y byddet ti'n sgwennu dy stori dy hunan rhyw ddiwrnod. A bydde hi'n stori anhygoel."

Cliriodd ei gwddw, a dweud mewn llais pendant,

"Cer. Gwna be sydd raid i ti, maen nhw dy angen di. Dwi'n addo byddwn ni'n gweld ein gilydd eto'n fuan iawn."

Roedd cwch pren ei dad yn fach ond wedi ei adeiladu'n grefftus, ac iddo ffurf lyfn a chlir. Roedden nhw wrthi'n paratoi'r hwyl, ei dad yn gwneud yn siŵr fod popeth wedi ei glymu'n ddiogel a Cwilsyn yn lapio rhaff yr hwyl o gwmpas y winsh. Roedd codi hwyl yn ail natur i'r ddau ohonyn nhw, ac roedd Cwilsyn wedi cadw rhestr o'r hwyliau roedden nhw wedi eu gosod dros y blynyddoedd, ac enwau'r llongau oedd wedi hwylio ar anturiaethau ar draws y moroedd. Roedd e'n methu credu mai ef ei hun fyddai wrth y llyw y tro yma.

"Pa mor bell yw e?" gofynnodd Cwilsyn, yn gwylio'i dad yn clymu'r hwyl.

"Dwi ddim yn gwbod, dwi erioed 'di bod…" atebodd, gan gadw'i lygaid ar y defnydd sidan.

"Ond roedd yr hwyliau gyda ti, a'r cwch. Doeddet ti byth isie gwbod mwy?"

Arhosodd ei dad yn llonydd am eiliad.

"Cwil, dealla un peth." Roedd golwg ddifrifol iawn ar ei wyneb. "Rhaid i ti barchu'r isfyd. O'r hyn dwi 'di clywed mae'r lle'n hardd, yn llawn rhyfeddodau, ond gall fod yn beryglus. Rhaid i ti gofio hynna. Bydd yn ofalus, ti'n addo i fi?"

Edrychodd Cwilsyn arno, ei ddwylo'n dal ar y rhaffau.

"Ydw," meddai'n dawel. "Bydda, wrth gwrs."

"Mae'r llanw'n codi," meddai ei dad, gan gadw'n brysur. "Dere i ni gael codi'r hwyl 'ma."

Roedd y lleuad yn llawn ac yn creu llwybr o olau ar y môr. Wrth i'r ddau barhau i weithio, meddyliodd Cwilsyn fod y pentref yn teimlo'n llai rywffordd. Doedd e ddim wedi bod yn unman arall – doedd ei dad ddim wedi gadael iddo fynd – ond roedd e wedi bod yn genfigennus o'r bobl oedd yn hwylio allan o'r harbwr. Doedd e ddim yn gallu credu mai ei dro yntau oedd hi nawr, ac mai ei dad gofalgar oedd yn ei anfon i ffwrdd i'r dirgelwch mawr.

"Dal di'r rhaff ac fe dynna i."

Nodiodd Cwilsyn.

Trodd y ddau y llong i wynebu'r awel a chydiodd Cwilsyn yn y rhaff wrth i'w dad godi'r hwyl yn uwch ac yn uwch, cyn ei chlymu'n dynn, yn barod ar gyfer gadael.

Roedd ei dad yn anadlu'n drwm.

"Popeth yn barod i fynd," meddai. "Ti'n siŵr pa gwrs i ddilyn?"

Nodiodd Cwilsyn eto.

"Ni 'di neud hyn filoedd o weithiau," meddai ei dad.

Yn sydyn, sylweddolodd Cwilsyn fod pwrpas wedi bod i'r holl deithiau o gwmpas y penrhyn ac ar draws Môr Iwerddon. Er mwyn i Cwilsyn ddod yn gyfarwydd â'r daith y byddai'n rhaid iddo ei gwneud ryw ddydd. Roedd popeth yn dechrau gwneud synnwyr.

"Sut ydw i'n dal y gwynt?"

Gwenodd ei dad arno. "Sdim rhaid i ti neud dim byd. Pan ddaw'r amser, byddi di'n gwbod."

Safodd y ddau'n dawel am eiliad wrth i anadlu ei dad lonyddu.

"Ffeindia Erin. Mae hi'n ffrind. Dwi'n gwbod bydd hi'n edrych ar dy ôl di."

Roedd y rhaffau'n taro'n ysgafn yn erbyn y mast ac edrychai ei dad braidd yn anghyfforddus.

"Cwil, dim gwaith oedd e, cofia," meddai, a'i lais yn gryg. "Dwi isie i ti wbod hynna. Dim swydd oedd edrych ar dy ôl di. Dwi'n dy garu di'n fawr iawn."

Gwasgodd Cwilsyn ei foch yn erbyn ysgwydd ei dad.

"Ti'n bopeth ro'n i isie mewn mab: annwyl, clyfar, doniol a doeth."

Daeth pesychiad o'r tu ôl iddyn nhw wrth i'w fam roi bag yng nghefn y cwch.

"Dwi 'di pacio popeth. Bwyd, dillad cynnes," meddai, cyn tynnu Cwilsyn ati a'i wasgu'n dynn. Rhoddodd gusan ar ei ben.

"Pob lwc, Cwil," meddai, gan amsugno'i mab, gorff ac enaid, i'w chalon. "A dere adre'n saff."

Gafaelodd Cwilsyn yn ei fam yn dynn cyn tynnu'n rhydd. Plethodd hi ei breichiau o'i blaen yn erbyn yr oerfel.

"Fydda i ddim bant am sbel," meddai Cwilsyn. "Wnei di ddweud wrth Jona wela i e cyn hir?"

"Wrth gwrs," meddai Mam.

"Dwed gallwn ni fynd yn y cwch, i bysgota, a nofio yn yr haul. Dwed hynna wrtho, mae'n bwysig – bydd e'n deall."

Nodiodd ei fam.

Yna daeth sŵn traed, a gwelodd Cwilsyn Deryn yn cerdded ar hyd wal yr harbwr tuag at ei rieni. Gallai weld y tensiwn ar wyneb ei dad wrth iddo edrych arni'n amheus.

"Ydy e'n barod?" gofynnodd hi.

Nodiodd ei dad.

"Dilyna fi. Paid meiddio colli golwg arna i," meddai wrth Cwilsyn. Nodiodd hwnnw, a dyma hi'n troi at ei dad wedyn.

"Mae'r hwyliau'n hyfryd," meddai, gan edrych i fyny ar y cwch.

"Diolch."

Edrychodd yn agosach arni, a daeth rhyw olwg fregus dros ei wyneb.

"*Plis* edrycha ar ei ôl e," meddai.

Gwenodd Deryn – gallai weld pa mor o ddifri oedd e – yna gwyrodd ei phen i un ochr a nodio. "Wrth gwrs."

*

Cododd Cwilsyn yr angor a gwthiodd ei dad y cwch allan i'r môr. Datglymodd Cwilsyn raff yr hwyl a thynnu'n galed ac yn dynn arni er mwyn ffeindio'r gwynt, ac wrth i'r awel gydio llithrodd y cwch ymlaen tuag at geg yr harbwr. Eisteddodd Cwilsyn ym mhen blaen y cwch, ac edrychodd dros ei ysgwydd i wylio'i fam a'i dad yn mynd yn llai ac yn llai. Gwelodd Deryn yn rhedeg ar draws wal yr harbwr a throi'n ôl yn aderyn. Hedfanodd i gyfeiriad y cwch ac edrychodd Cwilsyn arni'n troi a throelli uwchben, ei phlu yn disgleirio yng ngolau'r lleuad. Wrth hwylio am y môr agored gallai bron iawn ei gweld hi, dim ond iddo graffu, yn hedfan o flaen y cwch, yn ei arwain.

Yn bellach o gysgod yr harbwr roedd y gwynt yn gryfach ac yn tynnu'n galetach ar yr hwyl. Plygodd Cwilsyn ei ben a gadael i'r hwyl ddilyn y gwynt ar ei hynt, fel roedd wedi ei wneud ganwaith o'r blaen, ac am y tro cyntaf erioed teimlodd bŵer yr hwyl ysgafn. Roedd hi'n ymateb yn naturiol i gyfeiriad y gwynt. Yn fwy na hynny, roedd hi wedi ei gwneud yn gelfydd, a gwaith brodio'r clymau Celtaidd, oedd yn nodwedd o waith ei dad, yn hardd. Y trisgell. Siâp trionglog, heb ddechrau na diwedd. Siâp roedd ei dad wedi ei ddewis yn fwriadol i nodi tri aelod eu teulu. Llamodd ei stumog wrth feddwl am eu gadael ar ôl, ond cysurodd ei hun â'r ffaith ei fod yn gwneud rhywbeth. Roedd wedi teimlo mor ddiymadferth a diobaith am amser mor hir, roedd meddwl am allu gwneud rhywbeth, unrhyw beth, yn gwneud iddo deimlo'n fyw.

Roedd e'n gwybod bod rhaid cadw'r tir ar yr ochr chwith iddo nes iddo fynd heibio'r penrhyn oedd yn gwthio allan i'r môr. Rhaid bod yn ofalus iawn wrth fynd o amgylch y penrhyn oherwydd roedd sawl craig yn agos at wyneb y dŵr. Roedd ei dad wedi adrodd cymaint o straeon am longddrylliadau yn yr ardal, felly rhaid cymryd gofal drwy'r amser.

Roedd yr awyr glir yn ei gwneud hi'n noson rewllyd. Allai e ddim teimlo'i fochau ac roedd rhaid iddo symud bysedd ei ddwylo bob hyn a hyn i gadw'r gwaed i lifo. Roedd wedi hwylio gyda'i dad sawl gwaith, ond byth ar ei ben ei hun, nac yn y nos. Roedd rhyw deimlad, meddyliodd Cwilsyn, mai fe oedd yr unig berson oedd ar ôl ar y Ddaear, y môr tonnog yn ei amgylchynu, y tywyllwch, y teimlad na fyddai neb yno i'w helpu petai e mewn peryg. Prin iawn oedd y sŵn hefyd, heblaw llepian y tonnau ar ochr y cwch a'r hwyliau'n tycio wrth droi yn y gwynt.

Edrychai i'r awyr bob hyn a hyn i ddod o hyd i Deryn, ac weithiau roedd yn gallu clywed siffrwd ysgafn adenydd uwch ei ben. Meddyliodd Cwilsyn amdani. Un ryfedd oedd hi, ond eto roedd e'n ymddiried ynddi. Efallai fod hynny am ei fod wedi arfer ag adar o'i gwmpas, a'u bod yn gysur pan oedd e'n unig. Edrychodd yn ei ôl ar yr arfordir a sylwi ei fod ger y penrhyn, felly tynnodd ar yr hwyl a throi'r cwch allan am y môr.

Roedd ei dad wedi dweud wrtho am hwylio tua'r gorllewin, ac edrychodd i'r awyr. Ers pan oedd e'n fach roedd ei dad wedi dysgu enwau'r gwahanol glystyrau o sêr iddo. Byddai tad Jona'n defnyddio cwmpawd, wrth gwrs, a phob math o ryw offer ffansi, ond roedd ei dad wedi mynnu dilyn patrwm y sêr. Mae'n bosib colli cwmpawd, ac mae offer yn gallu torri, ond byddai'r sêr yno o hyd. Chwiliodd Cwilsyn am Seren y Gogledd, clwstwr Llys Dôn, a gwyddai pa ffordd i fynd wedyn. Roedd hi'n hawdd mynd ar goll allan o olwg y tir. Heb unrhyw arwyddion tir yn unman gallech fynd ar goll yn llwyr, ac am eiliad teimlodd ofn pur tu mewn iddo, gan ddymuno i'w dad fod yno gydag e, yn rhoi ei law drwy ei wallt a chymryd yr awenau, neu'n tynnu ei goes, fel y byddai'n aml.

Edrychodd Cwilsyn i fyny a cheisio llyncu'r ofn. Sylwodd fod sŵn y dŵr ar ymyl y cwch wedi tawelu. Roedd y cwch yn arafu. Yr hwyliau'n llac. Y gwynt yn gostegu. Suddodd stumog Cwilsyn. Doedd hyn ddim yn dda. Roedd ganddo ffordd bell i fynd: roedd e'n siŵr o hynny. Roedd Deryn yn hedfan ymhellach ac ymhellach o'i flaen – bron ar goll yng ngolau'r lleuad. Byddai hyn yn digwydd weithiau, rhyw fan tawel, llonydd, a gallai cychod fod yno ar stop am ddyddiau. Yn aros am ryw symudiad, i rywbeth ddigwydd fel eu bod yn gallu symud ymlaen eto. Arafodd y cwch fwy fyth, nes arnofio yn ei unfan bron. Safodd Cwilsyn, yn y gobaith o deimlo awel yn mynd trwy ei wallt, ond doedd dim sisial. Roedd y môr fel drych, yn las tywyll perffaith, y dŵr yn drioglyd a dwfn.

Dechreuodd fynd i banig wrth feddwl am golli golwg ar Deryn, am fod yn yr un man am oriau, dyddiau. Roedd y tawelwch yn ofnadwy. Gallai bron glywed ei galon yn curo yn ei frest. Roedd ei anadl fel cwmwl wrth ddod allan o'i geg, a'r oerfel yn pigo'i fochau. Meddyliodd am y dillad cynnes a baciodd ei fam iddo ac aeth i chwilio yn y bag. Estynnodd ei hen got gynnes a'i gwisgo amdano, yna plethodd ei freichiau o'i flaen a gadael i'r rhaff gwympo o'i ddwylo. Roedd y môr a'r awyr yn toddi i'w gilydd, gan wneud i Cwilsyn a'r cwch ymddangos fel petaen nhw'n hongian mewn byd o ddim dan y lleuad berlaidd. Gallai flasu'r halen yn yr aer; ei anadl oedd yr unig beth cynnes ar yr holl fôr mawr. Allai e wneud dim byd ond aros. Dim byd.

Eisteddodd am yr hyn a deimlai fel oriau, ac yna clywodd ryw sŵn fflapian. Edrychodd i fyny, gan feddwl mai Deryn oedd yno, ond na. Yr hwyl oedd yn gwneud y sŵn. Craffodd arni'n ofalus. Roedd e'n siŵr bod rhyw symudiad. Tynnu. Y sŵn yn uchel yn y tawelwch. Fel petai'r gwynt yn chwarae gêm, yn eu dal, ac yna'n rhedeg i ffwrdd, yn herio. Iawn! Cydiodd yn y rhaff a thynnu arni. Teimlodd ryw dynnu'n ôl ac yna dechreuodd y cwch gylchu, mynd i gyfeiriad y gwynt. Llenwodd yr hwyl yn araf bach, darganfod cyfeiriad, ac wrth iddo edrych arni mewn rhyfeddod, dechreuodd yr hwyl felen droi'n lliw aur gloyw, tanllyd. Cychwynnodd lle roedd y gwynt wedi ei chyffwrdd gyntaf, cyn ymledu i lawr y sidan nes bod pob rhan fach o'r hwyl wedi ei goleuo, gan wthio tywyllwch y nos i ffwrdd. Syllodd Cwilsyn, a rhyfeddu at waith hardd ei dad, ac yn sydyn dechreuodd y cwch symud. Tynnodd yr hwyl y cwch i ddilyn ei chwrs yn chwim. Teithiodd Cwilsyn drwy'r dŵr mor gyflym fel ei fod yn cael trafferth dal ei anadl.

"Pan ddaw'r amser, byddi di'n gwbod," oedd geiriau ei dad, ac wrth iddo gyrraedd Deryn o'r diwedd, roedd e'n sylweddoli ei fod wedi dal gwyntoedd yr isfyd.

Pennod 5

Hwyliodd Cwilsyn am oriau. Roedd y gwynt yn gryf ac yn gyson, a'r oerfel yn treiddio drwyddo. Y peth rhyfedd oedd fod y lleuad fel petai'n mynd yn is yn yr awyr wrth iddo deithio yn ei flaen. Roedd y gorwel mor dywyll ag y gallai tywyll fod, ond roedd Cwilsyn yn meddwl ei fod yn gweld y llygedyn lleiaf o liw yn y pellter. Edrychodd i fyny. Roedd Deryn wedi arafu, ei hadenydd yn curo'n llai aml. Llaciodd Cwilsyn yr hwyl a sylwi bod y sidan ychydig yn llai disglair. Roedd y dŵr du'n dal i dorri'n wyn wrth flaen y cwch ac yna, yn sydyn, daeth yr isfyd i'r golwg.

Daliodd Cwilsyn ei anadl. Roedd ei groen yn binnau bach wrth iddo weld pa mor anferth oedd y lle: y mynyddoedd pigog yn crafu'r awyr a'r tir creigiog. Doedd e ddim yn siŵr beth i'w ddisgwyl, ond nid hyn. Allai e ddim gweld y manylion. Roedd niwl yn glynu wrth yr arfordir, ac roedd y tonnau'n fwy swnllyd wrth iddyn nhw chwyddo o gwmpas y cwch.

"Wel, be ti'n feddwl?" Daeth llais tu ôl iddo.

"Oes rhaid i ti neud hynna?!" gwaeddodd Cwilsyn mewn sioc. "Gallet ti fod wedi rhoi rhybudd!"

Gwenodd Deryn. Roedd e'n amlwg ar bigau. Edrychodd draw at yr ynys.

"Cadwa i'r gorllewin. Bydd rhaid docio yn yr harbwr. Mae'r clogwyni'n rhy serth bob man arall."

Gwelodd Cwilsyn y creigiau peryglus o serth yn plymio i'r môr. Newidiodd gyfeiriad y llyw.

"Bydd rhaid mynd â ti i rywle saff…" meddai Deryn.

"Be ti'n feddwl, 'saff'?" gofynnodd Cwilsyn yn llawn amheuon.

Cododd ei hysgwyddau. "Fydd rhai pobl ddim yn hapus i dy weld di'n ôl yma…"

"Pwy?"

Roedd golwg ddifrifol arni wrth edrych arno.

"Bydd digon o amser i esbonio wedyn; rhaid i ni fynd i'r goedwig."

"Ddwedodd Dad dylen ni fynd i dŷ Erin."

"Y gwehydd?"

Nodiodd Cwilsyn.

"Sori, ond mae hi'n byw'n rhy agos i'r ddinas…" meddai Deryn. "Bydd 'da fe ysbiwyr fan'na."

Roedd yr ynys yn dod i'r golwg yn raddol allan o'r mwrllwch.

"Pwy sydd ag ysbiwyr ble?"

"Esbonia i nes mlaen." Estynnodd Deryn dan ei chlogyn a thynnu clogyn arall allan. "Gwisga hwn a rho'r cwcwll dros dy ben. Fe wna i dy arwain di o'r awyr. Byddi di'n denu llai o sylw os wyt ti ar ben dy hunan."

Teimlodd Cwilsyn y defnydd yn ei law. Roedd yn glogyn sidan, yn ddu, gyda choler o blu, a thaflodd e o gwmpas ei ysgwyddau.

"Cadwa'n ddigon pell o'r milwyr a'u cŵn hela. Bydd y cŵn yn gallu arogli'r uwchfyd ar dy gorff di. Wrth fynd i mewn i'r harbwr byddi di'n gweld Caer Siddi ar y bryn uwchben y ddinas. Bydd y milwyr yn mynd â'r eneidiau maen nhw newydd eu casglu o'r Ddaear i'r castell. Paid mynd yn agos atyn nhw, ac os weli di ddreigiau, wel, gwell eu hosgoi nhw hefyd."

"Dreigiau?" chwarddodd Cwilsyn.

Edrychodd hi arno fel petai'n dwp.

"Ie, dreigiau. Cafflwyr, Tarthau Angau, Sgrechwyr. Dyw dreigiau ddim yn destun chwerthin."

Sylweddolodd Cwilsyn ei bod hi'n hollol o ddifri. Dechreuodd ei galon guro fel gordd wrth i'r harbwr ymagor o'u blaenau.

"Bydd pobl yn gwarchod waliau'r harbwr, ond paid cymryd unrhyw sylw ohonyn nhw. Angora'r cwch, tynna'r hwyl i lawr a dere â hi gyda ti. Dilyna fi." Roedd Deryn yn synhwyro bod Cwilsyn yn cynhyrfu. "Cwil?"

Nodiodd Cwilsyn.

"Cadwa lygad arna i, iawn?"

Roedd miloedd o gwestiynau yn ei ben, ond ar yr eiliad honno, trodd Deryn yn ôl yn gigfran.

Clymodd Cwilsyn y clogyn o gwmpas ei wddw, codi'r cwcwll a gwylio'r harbwr yn ymagor o'i flaen fel petai'n ei lyncu. Hwyliodd y cwch rhwng y waliau tywyll ac roedd e'n methu credu ei lygaid pan welodd ddau ddyn tebyg i'r rhai roedd e wedi eu gweld ar y llong, yn gwarchod y lle. Yn sefyll uwchben y ddau roedd dwy ddraig wedi eu clymu â tsiaen, ac roedd coleri trwm o gwmpas eu gyddfau. Ceisiodd ei orau i beidio ag edrych arnyn nhw ond roedd ei gorff ar bigau. Cododd y blew ar ei war, a chlywodd y dreigiau yn gwneud sŵn grwndi dwfn wrth iddo hwylio o'u blaenau.

Gwelodd fod Deryn wedi glanio wrth ymyl yr harbwr. Roedd nifer o longau hwylio tal wedi docio yno, yn siglo gyda'r llanw. Roedd un newydd gyrraedd – roedd sŵn y cŵn hela yn udo a'r helwyr yn gweiddi yn atseinio o gwmpas yr harbwr. Roedden nhw'n arwain rhyw ffurfiau tywyll ar hyd y strydoedd ac i fyny tuag at gastell tywyll oedd yn sefyll yn y pellter, a thyrau anhygoel o uchel, fry uwchben y ddinas.

Llyncodd Cwilsyn yn galed a chwilio am Deryn yn yr harbwr, a'i gweld hi ar ben adeilad cam wrth ymyl un o'r llefydd docio. Llywiodd y cwch tuag at y lle, llacio'r hwyl a docio wrth un o'r llongau tal. Roedd ei gorff i gyd yn crynu gan oerfel, a'r unig beth ar ei feddwl oedd beth ddywedodd ei dad wrtho. Gollwng yr angor, taflu'r rhaff ar dir yr harbwr, neidio, a chlymu'r cwch yn ddiogel. Gollyngodd yr angor, ynghanol sŵn gweiddi helwyr oedd yn gweithio gerllaw.

Tynnodd y cwcwll dros ei wyneb a neidio i'r lan. Wrth wneud hynny teimlodd follt o drydan yn rhedeg drwy ei gorff. Teimlad rhyfedd, fel petai wedi bod yma o'r blaen. Roedd ar goll yn ei feddyliau pan glywodd grawc cigfran yn galw. Deryn. Daeth ato'i hun, a chofio beth oedd rhaid iddo'i wneud; clymodd y cwch yn dynn, cyn neidio'n ôl ar y cwch, tynnu'r hwyl yn rhydd a'i phlygu. Stwffiodd hi yn ei fag, taflu hwnnw ar ei gefn a neidio oddi ar y cwch, gan deimlo brath yn ei galon wrth feddwl am adael cwch ei dad ar ôl – a theimlo ei fod yn mynd ymhellach i ffwrdd oddi wrth ddiogelwch.

Gwthiodd ei ffordd drwy'r bobl – roedd yr harbwr yn llawn milwyr a helwyr – ac eto chwiliodd am Deryn, tan iddo weld ei siâp yn hedfan uwchben un o'r strydoedd cul. Aeth tuag ati a phasio tafarn â cherddoriaeth swnllyd yn dod o'r tu mewn. Roedd nifer o bobl yno, ac er syndod iddo, roedd draig wedi ei chlymu tu allan. Roedd hi o faint aligator mawr ac roedd ei chynffon wedi'i chyrlio o'i chwmpas.

Cadwodd Cwilsyn ei bellter, a thrio peidio edrych ar y neidr o gynffon, ond roedd bod mor agos at rywbeth mor bwerus, mor gyntefig, yn cynhyrfu ei synhwyrau. Gwelodd lygaid y ddraig yn agor wrth iddo gerdded heibio, a channwyll y llygaid wedi mynd yn fawr, a throdd ei phen i edrych arno. Roedd hi'n anodd i Cwilsyn beidio troi'n ôl i syllu arni wrth iddi gau ei chrafangau'n dynn a chwipio'i hadenydd yn aflonydd. Roedd e'n siŵr bod pawb yn gallu clywed ei galon yn curo, yn gallu teimlo'r panig yn codi ynddo.

"CRAWC!"

Edrychodd i fyny a gwthio'i ffordd drwy'r strydoedd cul, gan ddal y bag yn dynn dan ei fraich. Doedd e ddim yn gallu cofio bod yma – babi oedd e pan adawodd – ond roedd rhywbeth cyfarwydd am y lle. Cerddodd yn ei flaen. Roedd pob stryd gul wedi ei gwneud o garreg, gydag adeiladau hynafol bob ochr. Roedd y cyfan yn ymosod ar bob synnwyr. Sŵn coginio, ymladd, chwerthin. Arogl mwg a drewdod cŵn hela a dreigiau.

"CRAWC!"

Edrychodd o'i gwmpas am Deryn ond methodd ei gweld.

"CRAWC!"

Trodd. Roedd y lle'n llawn sŵn, a doedd y cwcwll ddim yn helpu. Roedd hi'n anodd gwybod yn union ble roedd Deryn. Safodd yn stond am eiliad, ddim yn siŵr beth i'w wneud, a sylweddolodd fod rhai helwyr gyda bwâu ar eu cefnau yn syllu arno, ac yn sibrwd ymysg ei gilydd. Roedden nhw fel petaen nhw ar fin mynd ato, felly aeth Cwilsyn ar hyd y stryd fach gefn dywyll agosaf. Roedd hi'n dawelach yno. Ceisiodd beidio â baglu ar y llawr coblog ac edrychodd i fyny, yn chwilio am Deryn. Doedd dim golwg ohoni, a dechreuodd feddwl am droi'n ôl pan gafodd y teimlad fod rhywbeth yn ei ddilyn. Stopiodd yn ei unfan. Stopiodd y sŵn. Fentrodd e ddim edrych yn ôl, felly dechreuodd gerdded ymlaen. Dechreuodd y sŵn eto. Roedd e'n cael ei ddilyn, yn *bendant*. Roedd y stryd yn mynd yn gulach ac yn gulach a neb o gwmpas. Teimlodd gwlwm yn ei fol. Doedd e ddim yn siŵr beth i'w wneud, ond mentrodd ymlaen gan obeithio dod allan yn y pen arall. Trodd y gornel a gweld bod dim ffordd arall i fynd. Stopiodd gerdded. Beth bynnag oedd yn ei ddilyn, byddai'n rhaid iddo droi a'i wynebu. Doedd dim dianc. Roedd ei geg yn sych a'i ddwylo'n crynu ond dechreuodd droi'n araf, yn trio rheoli ei anadlu. Clywodd Cwilsyn y chwyrnu cyn gweld y ci hela anferth, bron yr un mor dal ag yntau, ei flew'n llwyd a hir, ei ysgwyddau'n uchel, a'r blew o gwmpas ei geg yn wlyb a llawn clymau. Roedd y llygaid yn dywyll, ac yn goch o gwmpas y canhwyllau. Roedd y blew yn codi ar ei gorff wrth iddo agosáu at Cwilsyn.

"Cer o 'ma!" gwaeddodd Cwilsyn, gan geisio'i orau i gadw'i lais yn ddigynnwrf.

Chwyrnodd yn ddyfnach.

"Cer!" Roedd ei anadl yn drewi, gan wneud i Cwilsyn deimlo'n sâl. "Cer, wedes i!" gwaeddodd, ond roedd e'n dod yn nes ac yn nes, gan godi ei ben i'w arogli. Ei drwyn wedi'i dynnu'n ôl er mwyn dangos ei ddannedd, bron fel petai'n gwenu'n greulon arno – dannedd hir, miniog, melyn, yn diferu gan boer.

Caeodd Cwilsyn ei lygaid wrth i'r ci hela fynd ar ei gwrcwd, yn barod i neidio ato. Cuddiodd ei wyneb â'i freichiau, ac ymddangosodd ffigwr o'i flaen. Gwelodd fflach ei ddagr a chlywed sŵn griddfan wrth i'r ci droi ar ei sawdl a rhedeg i ffwrdd. Yn sydyn, roedd popeth yn dawel, heblaw am anadlu trwm Cwilsyn, a Deryn yn sychu llafn y dagr ar ei llawes.

"Gest ti fe?" gofynnodd Cwilsyn mewn llais crynedig.

"Dim ond crafiad. Conan oedd e."

"Conan?"

Roedd ei hwyneb hi'n wyn yn y stryd gefn dywyll. "Dyw hyn ddim yn arwydd da. Rhaid i ni fynd o 'ma'n glou."

Pennod 6

Teimlodd Cwilsyn y rhyddhad yn llifo drwy ei gorff wrth iddo yntau a Deryn adael y ddinas. Er ei bod hi'n dal yn dywyll, roedd e'n gallu gweld yn gliriach ar ôl mwrllwch y ddinas, ac roedd golau'r lleuad yn lliwio'r tirwedd o'u cwmpas. Tynnodd y cwcwll, gan anadlu'n drwm, a theimlodd yr ias oer ar ei wyneb. Ceisiodd gael llun y ci hela ffyrnig o'i feddwl. Wrth i Deryn ei arwain i fyny bryn serth, edrychodd yn ôl a gweld yr harbwr islaw, a meddyliodd am ei fam a'i dad ymhell i ffwrdd.

"Mae'n saffach fan hyn." Roedd Deryn yn sefyll tu ôl iddo eto. Roedd e'n falch o'i gweld hi y tro yma.

"I ti gael gwbod, dyw'r isfyd ddim 'di bod fel hyn erioed..."

Edrychodd arni.

"Cyn i bethau fynd o le, roedd cydbwysedd yma, pawb yn hapus. Dwi'n gweld isie sut oedd y lle flynyddoedd yn ôl."

"Ti'n swnio'n hen, rhyw gant oed…" meddai Cwilsyn.

Edrychodd Deryn arno ac roedd rhywbeth heriol yn ei llygaid.

"Paid dweud—? Ond mae hynna'n amhosib…"

"Wel, dwi'n ystyried fy hunan yn fythol, nid yn *hen*. Dy'n ni ddim yn anfarwol, ond mae oedran yn gweithio'n wahanol fan hyn. Mae pobl yn gallu byw am ganrifoedd." Rhoddodd eiliad iddo ystyried hyn, ac yna gafaelodd yn ei fraich. "Dere, rhaid i ni fynd am y dwyrain."

Cerddodd y ddau ar hyd yr arfordir am dipyn, cyn troi i mewn am y tir a thuag at res o goed yn y pellter.

"Dwed wrtha i," meddai Cwilsyn, "jyst i fod yn glir, ydy'r adar sy 'di bod yn fy nilyn i ers sbel i gyd yn gallu troi… yn bobl?"

"Wrth gwrs…" atebodd, a'r awel yn chwythu ei gwallt o gwmpas ei hwyneb.

Gwgodd Cwilsyn.

"Na, jôc. Dim ond tri ohonon ni… Gei di gwrdd â'r ddau arall cyn hir."

Syrthiodd tawelwch wedyn wrth i'r ddau gerdded ymlaen.

Roedd Deryn fel petai'n meddwl yn ddwys.

"Cwil, ti'n gwbod bod cyfnod golau yn y flwyddyn a chyfnod tywyll?"

Ceisiodd Cwilsyn ddal i fyny â hi. "Ie…"

"Wel, ers dechrau amser, mae Hafgan, brenin y cyfnod golau, wedi bod yn ymladd ag Arawn, brenin y cyfnod tywyll. Roedden nhw i fod i ymladd ac ennill brwydrau am yn ail fel bod y tymhorau'n newid. Byddai'r enillydd yn mynd i Gaer Siddi – y castell welest ti yn y ddinas – ac yn rheoli'r isfyd am chwe mis. Roedd popeth wedi bod yn sefydlog ers y dechrau."

Meddyliodd Cwilsyn am yr oerfel.

"Roedd y system yn gweithio'n berffaith: goleuni'n parchu tywyllwch, oerfel yn parchu cynhesrwydd. Roedd popeth yn gweithio oherwydd doedd dim un ohonyn nhw'n gallu lladd y llall... neu dyna roedd pawb yn meddwl..."

Roedd Cwilsyn yn groen gŵydd drosto i gyd. Roedden nhw wedi cyrraedd ymyl y coed erbyn hyn.

"Be? Oes un wedi marw?"

Nodiodd Deryn. "Deuddeg mlynedd yn ôl, cafodd Hafgan ei ladd."

"Sy'n esbonio'r gaeaf diddiwedd, y cyfnod tywyll?"

"Yn hollol."

Roedd y goleuni yn wahanol o dan y coed, a rhannau o lawr y goedwig yn cael eu lliwio gan olau'r lleuad.

"Arawn sy'n rheoli popeth nawr, a'i bŵer yn tyfu. Mae'n gwneud bywyd pawb yn ddiflas – yma ac ar y Ddaear."

Crynodd y golau rywle uwch eu pennau a stopiodd Deryn yn stond. Gafaelodd yn Cwilsyn a'i wthio yn erbyn coeden. Gwasgodd ei llaw dros ei geg, ac wrth iddyn nhw edrych i fyny, roedd haid o ddreigiau'n hedfan uwchben, a chysgod milwr ar gefn pob un. Sgrechiodd y dreigiau dros do'r coed, a rhedodd ias i lawr asgwrn cefn Cwilsyn. A dyma'r ddau yn rhewi tan i guriadau'r adenydd dawelu ac ymbellhau.

Tynnodd Deryn ei llaw o'i geg. "Rhaid bod adre cyn iddi wawrio," meddai.

Hanner rhedodd y ddau am weddill y daith, Deryn yn arwain y ffordd, â'i llaw ar ei dagr drwy'r amser, a Cwilsyn yn ceisio ymladd yn erbyn ei flinder. Aethon nhw i grombil y goedwig, gan newid cyfeiriad a mynd ar hyd gwahanol lwybrau drwy ganol y coed anferthol tan iddyn nhw gyrraedd tir mwy creigiog. Aeth Deryn i sefyll ar ymyl un o'r creigiau ac ymunodd Cwilsyn â hi, ei goesau'n brifo. Edrychodd i'r un cyfeiriad â hi a gweld llyn tywyll, ac ymhellach i ffwrdd roedd golygfa a aeth â'i anadl. Castell bach o garreg oedd yno. Roedd iddo ffenestri bwaog a rhai o'r cwareli gwydr wedi torri. Roedd to'r adeilad, gyda'i dyrau bychain, yn sgleinio yng ngolau'r lleuad.

Craffodd Cwilsyn. "Plu sydd ar y to?" meddai mewn syndod.

"Ie," atebodd Deryn.

"Mae e mor hardd," meddai, wedi ei swyno.

"Dyw hwn chwaith ddim fel roedd e'n arfer bod," meddai'n blwmp ac yn blaen, "ond mae'n ddiogel."

"Dere," meddai wedyn, wrth iddi redeg i lawr y llwybr serth at y castell. Dilynodd Cwilsyn hi, a'r castell yn dod yn fwy clir wrth iddyn nhw agosáu ato. Arafodd ychydig er mwyn gwerthfawrogi hyn i gyd: y tyrau anwastad gyda'u tyllau saethau, a'r porthcwlis ar agor uwchben y drws. Arhosodd wrth gael ei hudo gan ei brydferthwch, ei anadl yn gymylau yn yr oerfel. Y peth rhyfedd oedd, hyd yn oed yn y tywyllwch, doedd y lle ddim yn ddiflas. Roedd yn eu gwahodd, nid yn codi ofn. Goleuai'r lleuad y to pluog a'i dorri'n fil o belydrau disglair. Safodd yn syn, yn gwrando ar y tawelwch, ac yna clywodd sŵn chwibanu yn hedfan heibio'i glust. Aeth ei law at ei foch mewn sioc, wrth iddi ddechrau llosgi. Edrychodd tu ôl iddo a gweld saeth yn taro coeden, yn suddo'n ddwfn i'r pren gyda chlep erchyll, ei chynffon yn crynu'n bwerus.

Roedd Cwilsyn yn anadlu'n drwm gan ofn; sylwodd fod gwaed ar gledr ei law.

"AROS!" gwaeddodd Deryn. Ymddangosodd yn sydyn o'i flaen gan chwifio'i breichiau. "NI sy 'ma!" gwaeddodd eto. "Fi sy 'ma!"

"Ti'n iawn?" gofynnodd Cwilsyn gan edrych ar ei hwyneb.

"Ydw, a ti'n iawn," meddai'n llawn cysur. "Dim ond crafiad bach yw e..."

"Crafiad bach?" gwichiodd Cwilsyn, yn methu credu ei glustiau.

"Dere..." meddai wedyn a brysio i ffwrdd. Gwasgodd Cwilsyn ei foch â'i law eto a'i dilyn hi at y drws agored. Wrth fynd at y drws hedfanodd aderyn ar wib ato, yn fflach o liw brown a du. Cyn iddo sylweddoli'n iawn mai cudyll glas oedd e, dyma'r aderyn yn ffrwydro o'i flaen ac

yn troi'n fachgen â gwên lydan ar ei wyneb, ei freichiau ar agor led y pen yn barod i roi cwtsh mawr, tyn i Cwilsyn. Roedd y bachgen bron â thorri ei asennau.

Camodd yn ôl a gwenu eto ar Cwilsyn.

"Finn dwi," meddai, a'i daro'n galed ar ei fraich.

"Cwilsyn dwi," atebodd.

"Dwi mor hapus bod ti yma!" meddai'n gynnes. Sylwodd Finn ar foch Cwilsyn.

"Sori am Pia, mae hi'n amddiffyn y lle 'ma â'i bywyd..."

Edrychodd Finn dros ei ysgwydd, ac yn sefyll tu mewn i'r drws roedd merch yn cario bwa a saeth ar ei chefn. Roedd ei gwallt tywyll â fflach o wyn llachar yn gudyn hir i lawr un ochr; roedd ei breichiau wedi eu plethu a wnaeth hi ddim symud.

"Wel, dyma ni," meddai Finn yn garedig. "Dere mewn a chroeso adre!"

Pennod 7

Gosododd Finn y plateidiau o fwyd ar y bwrdd pren hir. Roedd y neuadd lle roedden nhw'n bwyta yn enfawr, a'r nenfwd crwm wedi cael ei beintio'n las fel awyr ganol haf gan raddol droi'n las tywyll ar hyd yr ochr, ac wedi ei addurno â chlystyrau o sêr aur. Er bod y paent yn dechrau plicio i ffwrdd, roedd yn dal i fod yn anghredadwy o hardd. Yn y canol, uwchben y siandelïer lychlyd roedd llun cwmpawd, a'r pedwar pwynt yn disgleirio yng ngolau'r canhwyllau. Roedd dau dân bob ochr i'r stafell yn cynhesu'r neuadd anferth, a'r ddau le tân marmor wedi eu haddurno â channoedd o gerfiadau o adar o bob math. Edrychodd Cwilsyn ar y bwrdd. Roedd bara a menyn, ambell stiw na welodd eu tebyg o'r blaen, a diod lliw mêl. Dechreuodd Finn fwyta'n syth, gan lwytho'i blât a chnoi darn o fara'n swnllyd, ac anwybyddu'r olwg ar wyneb Deryn oedd yn ffieiddio at ei ddiffyg cwrteisi.

"Be?!" meddai Finn, â'i geg yn llawn. "Dwi'n llwgu."

Gwenodd Cwilsyn arno. Roedd rhyw lonyddwch yn perthyn i Finn oedd yn ei atgoffa o Jona, ond bod ei wallt yn oleuach, yn debycach i liw siocled, a'i wyneb yn llawn brychni haul. Roedd Cwilsyn yn llwgu hefyd. Gwthiodd Finn y bara ato, a chymerodd Cwilsyn y bwyd yn eiddgar.

"Mae mor dda dy weld di," meddai Finn, gan ddal i fwyta. "Dwi 'di bod yn aros i fachgen arall ddod 'ma, i gael gwell cydbwysedd. Dwi mor hapus i gael ffrind gorau newydd."

"Beth os dyw e ddim isie bod yn ffrind i ti?" Roedd llais Pia fel dŵr oer yn diferu. Daliodd flaen ei chyllell ar ochr y plât.

Doedd Finn ddim wedi meddwl am hynny, yn amlwg. Sythodd ei wên rywfaint. "Pwy fydde *ddim* isie bod yn ffrind i fi?" meddai, gan geisio cysuro'i hunan.

Edrychodd Cwilsyn arno a gwenu. "Wrth gwrs byddwn ni'n ffrindiau."

Gallai Cwilsyn deimlo llygaid Pia yn treiddio drwyddo. Roedd y crafiad ar ei foch wedi dechrau plycio.

"Wel, sut le yw'r uwchfyd?" gofynnodd Finn, gan newid y pwnc. Culhaodd ei lygaid. "Ydy e'n wir bod chi'n gallu anadlu dan y dŵr?"

"Ym, na." Gwenodd Cwilsyn.

"Ydych chi'n gallu gweld drwy wal?"

"Na, yn bendant."

"Wir?" meddai, gan grafu ei ben. "O'n i'n meddwl bydde hynny'n wir… Ydych chi'n gallu dodwy wyau?"

Chwarddodd Cwilsyn.

Roedd Deryn yn edrych yn flin. "Jyst gad iddo fe fwyta, wnei di, Finn?"

"Sori, ond dwi'n gyffrous, dyna i gyd. Dyw Deryn ddim yn gadael i fi fynd i'r uwchfyd achos dyw hi ddim yn ymddiried yndda i," meddai.

"Ddim dyna pam, ond ti'n cael dy hunan i drwbl weithiau."

"Wel, beth am y lle 'ma?" holodd Cwilsyn wrth i Finn fynd yn ôl at ei fwyd.

"Roedd awyrgylch hyfryd yn arfer bod 'ma," meddai Finn. "Ond dyw pethau ddim wedi bod cystal yn ddiweddar, gyda'r gaeaf diddiwedd a phopeth."

"Mae'r un peth yn yr uwchfyd," meddai Cwilsyn.

"Ond mae hwyl yma weithiau hefyd. Mae hedfan yn dda. Ac ymladd draig neu ddwy, os ti'n lwcus."

"Lwcus?"

"Mae'n hwyl, os ti'n ymarfer digon. Mae'r Sgrechwyr a'r Cynffonnau Corniog yn sbort, ond dyw'r Dreigiau Madfallog a'r Tarthau Angau ddim cymaint." Crynodd Finn wrth gofio am ddianc o'r antur beryglus gafodd e a Deryn yn yr ogof yn ddiweddar.

"Felly, pam wyt ti'n meddwl bod ti 'ma?" Llais Pia yn torri ar eu traws eto.

Edrychodd Cwilsyn ar Deryn. "Dwi ddim yn gwbod..." atebodd yn onest.

"Hy!" meddai Pia.

Roedd Deryn yn rhythu ar Pia.

"Rhaid iddo fe orffwys nawr. Cymryd pethau un cam ar y tro."

"Rhaid iddo fe gael gwbod."

"Rhaid iddo fe orffwys, wedes i."

Roedd tensiwn amlwg rhwng Deryn a Pia wrth iddyn nhw syllu ar ei gilydd, cyn i Pia wthio'r bwrdd oddi wrthi, codi a martsio i ffwrdd. Gwyliodd Cwilsyn hi'n rhedeg at y drws agored, troi'n bioden a hedfan. Edrychodd Finn ar ei fwyd mewn tawelwch lletchwith.

"Sori," meddai Deryn, gan wenu'n gam. "Rhaid i ni siarad, ond dim nawr yw'r amser."

"Ydy hi wastad fel'na?" gofynnodd Cwilsyn.

Edrychodd Deryn ar Finn. "Rhaid i ti gofio mai dim ond y tri ohonon ni sy 'di bod yma tan nawr."

"Ie," meddai Cwilsyn, "ond doedd dim rhaid iddi drio'n lladd i'n syth bìn."

Chwarddodd Finn. "Falle'i bod hi'n *gallu* bod yn bigog."

Aeth llaw Cwilsyn at ei foch. "Hm, o'n i *wedi* sylwi."

Ar ôl bwyd, roedd Cwilsyn wedi blino'n lân. Roedd e'n cael trafferth cadw ei lygaid ar agor.

"Dewisa stafell i gysgu," meddai Deryn. "Mae'r lle

’ma’n saff. Cafodd swyn pwerus ei roi arno ganrifoedd yn ôl i’w amddiffyn. Ond gadwa i olwg beth bynnag.”

“Ond dyw hynna ddim yn deg… rhaid bod ti ’di blino hefyd.”

“Bydda i’n iawn,” meddai’n chwyrn. “Cer di i orffwys. Dyw adar ddim yn cysgu llawer, ti’n gwbod.”

Roedd Cwilsyn wedi blino gormod i ddadlau. Aeth i fyny’r grisiau carreg llydan oedd yn troi i’r chwith, gan roi ei fysedd ar hyd y reilen, oedd wedi ei cherfio ar siâp pluen hir. Roedd sawl drws ar hyd y landin. Gwthiodd un ar agor. Stafell wely oedd hi. Llenni melfed coch wedi rhwygo yn hongian o gwmpas gwely pedwar postyn, ac roedd lluniau o angylion neu bobl efallai ar y waliau, doedd e ddim yn siŵr beth. Cerddodd yn ei flaen, agor drws arall a gweld gwely llai na’r llall gyda llenni melfed llychlyd glas. Roedd hi’n stafell lai, y nenfwd yn is, ac yn gwneud iddo deimlo’n fwy cysurus, yn fwy tebyg i’w stafell adre. Caeodd y drws a cherdded i mewn. Roedd celfi wedi eu peintio’n aur yno a bwrdd gyda glôb â llun o’r uwchfyd arno. Troellodd y glôb wrth gerdded heibio a chael rhyw deimlad rhyfedd ei fod yn gweld y byd o’r tu allan, a chofiodd am Deryn yn troelli’r glôb ar ei ddesg adre. Roedd ambell ddrych addurnedig, a fflamau canhwyllau yn siglo yn yr awel oedd yn dod drwy’r ffenest wedi torri. Aeth i gyffwrdd yn ofalus â’r craciau yn y gwydr, a sylwi bod yr olygfa o’r llyn wedi ei fframio’n berffaith yn y ffenest.

Rhoddodd ochenaid fawr, wedi llwyr ymlâdd. Roedd

sibrydion cyntaf y wawr ar y gorwel, felly rhoddodd ei fag ar y llawr a'i agor. Tynnodd hwyl ei dad o'r bag a'i rhoi drosto cyn gorwedd, a phob cyhyr, pob asgwrn yn ei gorff yn brifo gan flinder. Caeodd Cwilsyn ei lygaid a chlywodd siffrwd ysgafn adenydd, wrth i un pâr, dau bâr, degau a channoedd o adar oedd wedi hedfan ar draws yr ynys ac uwchben y llyn glwydo ar do'r castell, wedi eu denu at y fan lle roedd Cwilsyn bellach yn cysgu'n drwm.

Pennod 8

"Bore da," meddai Deryn. "Wel, ddim bore yw hi erbyn hyn, a dweud y gwir."

"Pa mor hir dwi 'di bod yn cysgu?" holodd Cwilsyn.

"Y rhan fwyaf o'r diwrnod," atebodd Finn, oedd yn sefyll wrth ei hochr ac yn gwenu.

"Dries i bopeth i stopio Finn rhag dod lan i ddeffro ti," meddai Deryn.

Edrychodd Cwilsyn o gwmpas y neuadd ac roedd Deryn yn gwybod beth oedd ar ei feddwl.

"Mae'n iawn. Mae Pia mas yn hela."

Rhoddodd Cwilsyn ochenaid o ryddhad a chwarddodd Finn.

"Ti'n llwgu?" gofynnodd Deryn.

"Na, ddim felly," meddai Cwilsyn gan ymestyn ei freichiau. Allai e ddim cofio'r tro diwethaf iddo gysgu mor drwm. Er bod gwynt oer yn dod trwy'r bylchau yn y ffenest, er ei fod e mewn lle dieithr, er bod hyn i gyd mor wirion bost, roedd e wedi ymlacio'n fwy nag erioed.

"Allwn ni fynd i chwilio nawr 'te?" gofynnodd Finn yn llawn cyffro.

"Na, Finn," meddai Deryn yn bendant. "Rhaid trafod ambell beth gynta."

Roedd Finn yn deall.

"Iawn," meddai. "Dwi'n mynd i hedfan i weld pwy sydd o gwmpas… I chi'ch dau gael siarad."

"Syniad gwych," meddai Deryn.

Dechreuodd Finn gerdded tuag at y drws agored, yna dechreuodd redeg. Ac o fewn curiad adain, roedd e wedi mynd.

Safodd Deryn yn dawel am eiliad. "Sori. Mae e mor frwd!"

"Dwi'n hoffi fe," meddai Cwilsyn yn onest. "Mae'n atgoffa fi o…" Sychodd y geiriau yn ei geg. Meddyliodd pa mor rhyfedd oedd trafod yr uwchfyd fan hyn. "Mae ffrind 'da fi. Atgoffa fi ohono fe."

"Awn ni am dro?" gofynnodd Deryn. Nodiodd Cwilsyn a'i dilyn drwy'r drws.

Roedd popeth yn llwyd a llonydd a cherddon nhw am amser hir i fyny'r bryn tu ôl i'r castell, a Deryn yn dawel ac yn meddwl yn ddwys. Stopiodd o'r diwedd a throi, ac edrychodd y ddau tuag at y llyn.

"Mae mor… heddychlon yma," meddai Cwilsyn yn dawel.

Teimlodd Deryn yn ei astudio.

"Oes unrhyw syniad 'da ti pam ti'n teimlo fel'na?"

Edrychodd Cwilsyn arni, a gwgodd.

"Oes unrhyw syniad 'da ti pam mae adar 'di cael eu denu atat ti erioed?"

Roedd tyrau'r castell yn llawn adar o hyd, fel petaen nhw am gadw cwmni iddo. Siglodd Cwilsyn ei ben.

"Dyma gartref dy fam enedigol."

Teimlodd Cwilsyn ei stumog yn rhoi naid. "Fy mam?"

Rhoddodd Deryn ychydig eiliadau iddo feddwl am hyn, amser i'r geiriau setlo.

"Hwn yw tŷ fy mam?" Doedd e ddim yn gallu credu'r peth.

Nodiodd Deryn.

"Ond ble mae hi?"

Cofiodd am y ffenest oedd wedi torri, ac am y neuadd flêr. "O na, be sy 'di digwydd?"

"Mae hi'n dal yn fyw," meddai Deryn yn llawn cysur. "Rhaid i ti gael gwbod hynna i ddechrau."

Syrthiodd ysgwyddau Cwilsyn mewn rhyddhad. "Ond ble mae hi… pwy yw hi?!" Roedd gan Cwilsyn gymaint o gwestiynau.

"Mae'n cael ei dal yng Nghastell y Drychau."

"Y beth?"

"Cafodd ei charcharu pan gafodd Hafgan ei ladd."

"Wel, rhaid i ni ei hachub hi."

Roedd Deryn yn cael trafferth dod o hyd i'r geiriau.

"Dyw e ddim mor hawdd â hynny. Mae Castell y Drychau'n adlewyrchu popeth sydd o'i gwmpas, felly mae'n amhosib dod o hyd iddo."

Meddyliodd Cwilsyn am hyn. Roedd e'n teimlo'n fwy a mwy rhwystredig ei fod mor agos at ddod o hyd iddi.

"Rhiannon yw enw dy fam. Mae pŵer gyda hi dros yr adar."

Dechreuodd y geiriau syrthio i'w lle.

"Dyna pam...?"

Ddywedodd Deryn ddim byd.

"Pia, Finn a fi yw adar ysbrydol Rhiannon."

Roedd Cwilsyn wedi drysu.

"Hi na'th ein creu ni. Tri aderyn, rhif cysegredig pwysig, i roi cyngor a chadw cwmni iddi drwy'r oesoedd."

"A'r adar eraill?" gofynnodd Cwilsyn.

"Dim ond adar cyffredin ydyn nhw, ond maen nhw'n gallu troi eneidiau'r meirw yn ganeuon ac yn gwasanaethu Rhiannon drwy fynd â nhw'n ôl i'r Ddaear. Mae hi 'di rhoi pwerau gwahanol i ni. Dwi'n gallu canu i bobl a dod â nhw'n ôl yn fyw."

Edrychodd Cwilsyn arni'n syn.

"Finn, mae e'n gallu sibrwd wrth bobl, a neud iddyn nhw anghofio am eu problemau."

Gwgodd Cwilsyn. "Wel, galla i gredu. Beth am Pia?"

"Heblaw am y gallu gwych sydd ganddi i saethu bwa... mae ei chân yn gallu neud i bobl gysgu..."

I Cwilsyn roedd hynny'n swnio'n beth da.

"… am byth," gorffennodd Deryn.

"Am byth bythoedd, amen?" gofynnodd Cwilsyn.

Nodiodd Deryn.

"Ry'n ni 'di bod yn chwilio am Rhiannon ers blynyddoedd, ers iddyn nhw fynd â hi. Mae Castell y

Drychau yn cael ei guddio mor dda mae'n teimlo'n amhosib weithiau." Roedd rhwystredigaeth dwfn yn ei llais.

Edrychodd Cwilsyn ar y llyn, a syrthiodd rhyw dristwch rhyfedd drosto.

"Ti'n gweld, sdim amser ar ôl," meddai Deryn. "Arf pwysig Hafgan oedd goleuni'r byd. Roedd e'n ei ddal yn ei gleddyf llawn hud, a byddai'n cryfhau'r goleuni i gyd. Gyda phob tywyllwch roedd Arawn yn ei daflu ato, byddai'r golau'n cryfhau mwy a mwy, gan gael gwared ar y cysgodion. Heb y goleuni, sdim gobaith gorchfygu Arawn."

Meddyliodd Cwilsyn am hynny.

"Pan gafodd Hafgan ei ladd," parhaodd Deryn, "aeth Arawn â'r cleddyf hud; a does neb wedi ei weld ers hynny. Roedd y goleuni ynddo wedi marw, ond roedd Hafgan yn ddoeth, ac wedi cuddio fflam fach ohono ar waelod llyn tanddaearol mewn ogof, rhag ofn i unrhyw beth ddigwydd iddo fe. Y broblem nawr yw bod y fflam yn dechrau diffodd. Ac os bydd hi'n diffodd yn llwyr…" arhosodd am eiliad, "sdim ffordd 'nôl. Bydd gaeaf, tywyllwch, wedi ennill… am byth. Mynd at y fflam, a'i defnyddio i orchfygu Arawn, yw'r unig obaith sydd gyda ni."

"A'r cleddyf?" gofynnodd Cwilsyn.

Edrychodd Deryn i lawr ar y castell. "Dwi ddim yn credu welwn ni hwnnw eto, mae'n rhy beryglus i fynd i Gaer Siddi. Ond os gallwn ni gael goleuni'r byd yn ôl, gallwn ni neud cleddyf arall i ti."

"Beth yw e?" gofynnodd Cwilsyn. "Goleuni'r byd?"

Meddyliodd Deryn, cyn dweud, "Enaid y byd. Caredigrwydd, addysg, deall, doethineb, cariad, gobaith. Dim ond un ffordd sydd i gael fflam Hafgan yn ôl, a dyna pam rwyt ti yma..."

"Fi?" gofynnodd Cwilsyn.

"Pan ddes i atat ti yn yr uwchfyd, ddes i'n ôl yma i ddod o hyd i rywun fyddai'n gallu'n sicrhau mai ti fyddai'n gallu'n helpu."

"Ddest ti'n ôl fan hyn cyn i ni hwylio?"

"Do, roedd rhaid i fi roi neges iddyn nhw ar frys. Sdim amser i'w wastraffu..."

Eisteddodd Cwilsyn, a gwnaeth Deryn yr un peth. Roedd ei gwallt yn chwyrlïo o gwmpas ei hwyneb.

"Dwi'n gwbod bod hyn yn anodd i ti ddeall," meddai'n dyner.

"Sdim syniad 'da ti," meddai Cwilsyn. "O'n i'n meddwl, ar ôl cael gwbod o ble o'n i'n dod, byddai tân gwyllt a philipalod, ond..."

"Yn lle hynny mae gaeafau diddiwedd a dreigiau?" Gwenodd Deryn yn gam arno.

Cododd Cwilsyn ei ysgwyddau. "Mae'n anodd rhoi dy hunan yn ôl at ei gilydd os oes darnau ohonot ti ar wasgar dros bob man. Ti'n gwbod be dwi'n feddwl?"

Cododd Deryn ei hysgwyddau wedyn. "Dwi ddim yn siŵr. Cofia 'mod i 'di cael fy nghreu, nid cael fy ngeni. Mae 'na wahaniaeth, dwi'n meddwl."

Edrychodd Cwilsyn arni ac, am y tro cyntaf, gwelodd ryw fan gwan ynddi.

"Dwi'n gweld isie Rhiannon," meddai Deryn. "Ry'n ni 'di bod yn edrych amdani ers gymaint o amser…"

"Mae hynna gyda ni'n gyffredin 'te," meddai Cwilsyn.

Gwrandawodd y ddau ar y gwynt yn chwipio o'u cwmpas.

"Sut un yw hi?"

Meddalodd wyneb Deryn a gwenodd.

"Mae'n gryf, yn gynnes – llygaid tebyg i ti."

Blodeuodd teimlad meddal tu mewn i Cwilsyn, rhyw agosatrwydd nad oedd wedi ei deimlo tuag at ei fam enedigol o'r blaen.

"Cyn hyn i gyd," meddai Deryn, "pan oedd popeth fel roedd e i fod, byddai'r eneidiau'n cael eu casglu o'r Ddaear a'u rhoi wrth ffynnon Rhiannon. Bydden nhw'n sibrwd y doethineb ddysgon nhw ar y Ddaear i mewn i'r ffynnon, a Rhiannon yn gwrando. Byddai'r cyrff marw yn chwalu, a'r eneidiau'n cael eu gadael ar ôl, ac adar Rhiannon yn mynd â'r eneidiau wedyn yn eu pig a'u troi nhw'n ganeuon, oedd yn cael eu hanfon yn ôl i'r Ddaear…"

"Be ddigwyddodd i'r ffynnon?"

"Ar ôl i Hafgan farw, Arawn oedd berchen y ffynnon, ac roedd yr eneidiau'n cadw draw. Mae Arawn yn eu gorfodi i fynd i Gaer Siddi yn y ddinas, ac yn cymryd eu doethineb…"

Roedd Cwilsyn yn trio deall ystyr hyn.

"Heb y ffynnon allan nhw ddim ffeindio'u ffordd yn ôl i'r Ddaear. Maen nhw'n sownd yma. Dyna pam mae'n teimlo'n wahanol yma nawr, mor drist. Mae Arawn isie casglu'r eneidiau sydd ar ôl yn y byd a rheoli'r uwchfyd a'r isfyd am byth."

Crynodd Cwilsyn wrth glywed hynny.

"Ti yw'r unig obaith, Cwil."

Ceisiodd Cwilsyn ddeall anferthedd ei geiriau.

"Sdim dewis 'da ni; rhaid i ni lwyddo."

Yna clywon nhw siffrwd plu wrth i Finn hedfan at eu cefnau yn sydyn, a bron iddyn nhw gael eu taflu oddi ar eu traed.

"Finn, er mwyn popeth!"

"Wps! Sori!" meddai, wedi colli ei wynt, gan wneud dau neu dri roli-poli ac yna droi'n hollol fflat fel nad oedd yn gallu rholio mwy.

"Dwi'n iawn!" gwaeddodd.

Chwarddodd Cwilsyn wrth i Finn ysgafnhau'r tensiwn. Gwyliodd y ddau wrth iddo ddringo'r bryn tuag atyn nhw.

"Gesiwch pwy weles i?" Roedd e'n dal i anadlu'n drwm.

Plethodd Deryn ei breichiau.

"Y gwesteion!" meddai, a'i lygaid yn disgleirio. "Byddan nhw yma ar doriad gwawr."

Pennod 9

Agorodd Cwilsyn ei lygaid; roedd wedi clywed yr adar ar doeau'r tyrau yn codi'n un ffluwch o blu. Eisteddodd i fyny. Roedd y drych ar y wal gyferbyn yn crynu, a rhyw gryndod rhyfedd drwy'r castell. Neidiodd allan o'r gwely a rhedeg i lawr y grisiau carreg. Roedd prif ddrws y castell ar agor, a Pia yn eistedd wrth y bwrdd. Chododd hi ddim ei phen i edrych arno. Gwelodd Deryn tu allan a rhedodd Finn i mewn yn gyffro i gyd a chydio yn llaw Cwilsyn.

"Maen nhw yma! Maen nhw yma!"

Tynnodd Cwilsyn drwy'r drws ac roedd yr olygfa o'i flaen yn anhygoel.

Wrth ymyl y llyn daeth sŵn taranllyd carnau ceffylau. Gallai deimlo eu taranu yn ei frest wrth iddyn nhw garlamu am y castell. Mae'n rhaid bod cant o ddynion a menywod ar gefn ceffylau, eu cyfrwyau'n sgleinio yng ngolau'r bore.

Dyma nhw'n amgylchynu'r castell, y ceffylau'n trotian cyn dod i stop. Roedd calon Cwilsyn yn ei geg. Llithrodd y dyn oedd yng nghanol y rhes flaen oddi ar ei geffyl a cherdded dros y cerrig mân tuag atyn nhw. Dyn tal, a'i wallt yn dywyll. Safodd am eiliad, nodio ar Deryn ac yna trawodd ei lygaid ar Cwilsyn. Syrthiodd ei wep ychydig bach, mewn sioc neu adnabyddiaeth, neu rywbeth. Synhwyrodd Cwilsyn ei hun yn cochi, gan deimlo'n lletchwith wrth i'r dyn rythu arno. Cliriodd y dyn ei wddw.

"Mae'n ddrwg 'da fi am syllu. Fy enw i yw Macsen." Edrychodd ar Deryn. "Diolch am ddod ag e yma."

Nodiodd Deryn.

Doedd gan Cwilsyn ddim geiriau.

"Dere am dro o gwmpas y llyn," meddai. Edrychodd Cwilsyn ar Deryn a nodiodd Deryn fod hynny'n iawn.

"Ymlaciwch!" gwaeddodd ar y milwyr. "Cymerwch hoe am y tro!"

Edrychodd yn ôl ar Cwilsyn, nodio, a dilynodd Cwilsyn y dyn at y dŵr.

Cerddodd y ddau gyda'i gilydd, a sylwodd Cwilsyn ar gleddyf Macsen, ar ei sgidiau lledr trwm a'i olwg ddifrifol.

"Mae'r dynion a'r menywod hyn, a llawer mwy, yn ffyddlon i Hafgan. Dal i fod," meddai'n dawel. "Fi oedd ei ddirprwy. Fe oedd fy mrenin a fy ffrind."

Roedden nhw bellach allan o olwg y castell. Roedd Cwilsyn yn hoffi'r dyn tyner a chadarn yma.

"Ry'n ni wedi bod yn hel mwy o griw, yn aros am yr

amser i ymosod, i gymryd rheolaeth yn ôl, ond roedd rhaid i ni aros…" Tawelodd ei lais. "Cer i sefyll wrth ymyl y llyn," meddai. "Edrycha i mewn i'r dŵr."

"Dwi ddim yn deall…" meddai Cwilsyn.

"Plis, edrycha ar y llyn, dwed beth rwyt ti'n teimlo. Dim ond wedyn gallwn ni fod yn siŵr mai ti yw'r un i helpu…"

Trodd Cwilsyn i wynebu'r llyn ac edrych draw dros y dŵr llwyd. Roedd hi'n oer, ac roedd awel yn chwythu dros wyneb y dŵr.

"Am be dwi'n edrych—?"

"Aros," atebodd Macsen, yn ei astudio.

Roedd Cwilsyn yn teimlo'n dwp yn syllu ar y dŵr. Dim ond ehangder y llyn oedd o'i flaen. Gallai deimlo llygaid Macsen arno, yn disgwyl rhywbeth, ond doedd e ddim yn gwybod beth roedd e ei eisiau ganddo. Dechreuodd bochau Cwilsyn dwymo, ac roedd e'n teimlo'n chwithig. Dywedodd wrtho'i hun am ganolbwyntio ar y dŵr a dim byd arall. Gwelodd y crychau yn chwarae ar yr wyneb, a cheisiodd beidio meddwl am ddim byd arall, ac yn sydyn sylweddolodd nad oedd e'n gallu clywed sŵn y milwyr yn y pellter, na theimlo'r graith ar ei foch, na gweld Macsen yn syllu arno. Yr unig beth ar ei feddwl oedd y dŵr – y lliwiau a'r symud llyfn. Y gwynt yn ei gyffwrdd. Ac yna, yn araf bach, teimlodd ei gorff yn oer, fel petai'r dŵr yn llifo o'i gwmpas. Oerfel y dŵr glân, glân, fel petai'n nofio ynddo, yn boddi ynddo. Gwgodd, a suddo'n ddyfnach i'w feddyliau, ac yna, ar wyneb y dŵr, gwelodd donnau bach, rhywbeth yn digwydd.

Teimlodd Cwilsyn y tensiwn yn cynyddu yn ei gorff, teimlo rhywbeth rhyfedd yn dod yn agosach ato. Doedd e ddim yn gwybod beth, na sut, ond roedd e'n denu rhywbeth, yn tywys rhywbeth, yn gwahodd rhywbeth yn nes. Allai e ddim tynnu ei lygaid oddi ar y diferyn o ddŵr a oedd, er mawr syndod iddo, yn codi o'r llyn i'r awyr. Edrychodd Cwilsyn ar y belen, un diferyn bach yn gloywi. Yna daeth diferion eraill. Un, wedyn pump, ac wedyn cannoedd ohonyn nhw yn codi'n araf a hofran rhyw ddau fetr uwchben y dŵr. Doedd dim ofn arno, doedd e ddim yn teimlo'n rhyfedd yr eiliad honno, roedd e mor naturiol ag anadlu. Yn fuan, roedd mwy o ddŵr yn glawio *i fyny* o'r llyn. Llifodd y diferion gyda'i gilydd, gan ymuno, ffurfio, a dechreuodd siâp ymddangos. Yn aneglur i ddechrau, ond yna'n gliriach. Y dŵr yn newid o lwyd i wyn i las tywyll i laswyrdd. Ac yna, er syndod i Cwilsyn, gwelodd ffurf ceffyl hardd gydag adain bob ochr iddo, ei gorff fel petai'n disgleirio o'r tu mewn.

Ebychodd Cwilsyn. Roedd yn daer eisiau i'r ceffyl ddod yn agosach, ond arhosodd hwnnw'n stond. Estynnodd Cwilsyn ei law ato, wedi ei swyno gan y goleuni oedd yn llifo drwy'r corff gosgeiddig, a'r plu dyfrllyd rhyfedd ar ei adenydd. Ac yna, yn araf a gofalus, daeth tuag ato, ei garnau'n camu ar wyneb y dŵr. Roedd Cwilsyn yn dal ei anadl. Teimlai fel petai ar ymyl dibyn, ei fod yn mynd i

syrthio'n anymwybodol, bod hyn fel rhith, ond roedd y ceffyl yn symud fesul cam tuag at ymyl y llyn. Gwthiodd Cwilsyn ei law ato ac roedd trwyn y ceffyl yn dod yn nes. Roedd yr anifail yn edrych yn gadarn, ond eto, roedd wedi ei wneud o ddŵr. Dyma'r creadur mwyaf rhyfeddol i Cwilsyn ei weld erioed. Tynnodd anadl ddofn, estyn ei fysedd a daeth y ceffyl yn nes ac yn nes tan eu bod nhw ychydig gentimetrau ac yna filimetrau ar wahân, ond pan oedd Cwilsyn ar fin camu ato i'w gyffwrdd, trodd y ceffyl yn ôl yn ddŵr a bwrw'n ôl i'r llyn, a diflannu'n llwyr.

Safodd Cwilsyn yno, yn anadlu'n gyflym, ei fraich yn dal ar led o'i flaen. Roedd y ceffyl wedi mynd; dim byd ar ôl, dim ond y llyn. Trodd, a'i lygaid yn chwilio'n wyllt am Macsen.

"Be ddigwyddodd?" gofynnodd Cwilsyn yn fyr ei anadl. "Beth oedd hwnna?"

"O'n i'n gwbod," sibrydodd Macsen mewn rhyfeddod. "Yn syth, pan welais i ti, ti'n edrych mor debyg iddo."

"Debyg i bwy?"

"Hafgan. Cafodd Hafgan a Rhiannon fab. Dim ond Hafgan oedd yn gallu tynnu ceffylau o'r dŵr. Ti yw ei fab."

Ac yna, gan edrych yn syn arno, gwelodd Cwilsyn Macsen yn penlinio ar un pen-glin, yn rhoi cledr ei law chwith dros ei frest a'i galon. Tu ôl iddo daeth bloeddio mawr gan y milwyr, oedd wedi dod yn agosach i weld yr olygfa. Rhedodd y milwyr ato a gafael ynddo'n dynn. Daeth mwy a mwy o ymladdwyr o'i gwmpas a chafodd

Cwilsyn ei gario'n uchel yn ôl i'r castell, a phawb yn gweiddi a chanu a dathlu.

Roedd y castell yn llawn hwyl a chwerthin. Roedd Finn wrth ei fodd yn cario bwyd a gwin at y byrddau, a sylwodd Cwilsyn ar Pia yn rhedeg drwy'r drws a hedfan i ffwrdd – roedd y sŵn yn ormod iddi. Roedd Deryn yn gwylio Cwilsyn o bell, wrth iddo eistedd gyda Macsen o flaen tanllwyth o dân ym mhen arall y stafell.

"Mae'n ddrwg 'da fi," meddai Macsen. "Mae'n siŵr bod hyn yn rhyfedd iawn i ti. Clywed am farwolaeth dy dad yr un pryd â dysgu pwy wyt ti." Edrychodd draw ar y milwyr yn dathlu. "Alli di ddim beio pawb am fod yn hapus i gael ti yma. Mae'r aros 'di bod yn hir; pawb wedi anobeithio."

Meddyliodd Cwilsyn am hynny.

"Roedd Hafgan yn ddyn da, ac roedd e a Rhiannon yn caru'i gilydd yn llwyr. Ac roedd cenfigen yn lladd Arawn. Dyna pam dwyllodd e Hafgan a'i ladd. Aethon nhw â Rhiannon pan sylweddolon nhw ei bod hi'n disgwyl babi, ond llwyddodd hi i anfon ti o'r isfyd, i gadw ti'n saff."

Doedd Cwilsyn ddim yn credu'r holl bethau roedd hi wedi eu gwneud i'w amddiffyn.

"Ti'n gweld, rwyt ti'n codi ofn ar Arawn."

Gwgodd Cwilsyn, gan nodio. "Sut all e fy ofni i?" gofynnodd.

"Mae e'n ofni be galli di neud. Rwyt ti o waed Hafgan a Rhiannon, cofia. Mae 'na bobl ddawnus yn y byd yma,

Cwilsyn, ond roedd Hafgan a Rhiannon yn arbennig o ddawnus."

Roedd Cwilsyn yn dechrau cael cur yn ei ben.

"Sori, rhaid bod hyn yn anodd."

Bu Cwilsyn yn dawel am rai munudau ac roedd Macsen yn amyneddgar.

"Wrth y llyn. Rai oriau'n ôl. Doedd dim syniad 'da fi 'mod i'n gallu..." meddai Cwilsyn, a'i lais yn aneglur. "O'n i'n gwbod am yr adar, ond y ceffyl?" Edrychodd i fyny.

"Mae'n ddawn arbennig," meddai Macsen.

"Ond sut all pethau fod tu fewn i ti dwyt ti ddim yn gwbod amdanyn nhw?" gofynnodd Cwilsyn.

Cododd Macsen ei ysgwyddau. "Mae gan bawb ddoniau dy'n ni ddim yn gwbod eu bod nhw yna. Mae'n rhan o dyfu i fyny, darganfod ein hunain."

Edrychodd Cwilsyn i lawr.

"Enw ceffyl dŵr dy dad oedd Lleu. Mae'n golygu goleuni."

Gwenodd Cwilsyn.

"Dy dad wnaeth ei ddofi. Roedd e'n ffrind ffyddlon iddo, yn gadael iddo hedfan ar ei gefn."

Teimlodd Cwilsyn ei stumog yn troi.

"Mae angen tipyn o ffydd i fynd ar gefn ceffyl allai droi'n ôl yn ddŵr unrhyw eiliad, a gwneud i ti ddisgyn i dy farwolaeth."

Meddyliodd Cwilsyn am hynny.

"Ti'n gweld, pan wnaeth Hafgan guddio goleuni'r byd

oddi wrth Arawn, aeth e ar gefn Lleu i mewn i'r llyn. Roedd e'n gwbod, petai rhywun am gael y goleuni'n ôl, byddai'n rhaid neud hynny eto. Byddai'n rhaid gallu tynnu'r ceffyl o'r dŵr. Ti'n deall?"

Gwgodd Cwilsyn.

"Roedd e'n gwbod mai dim ond ti allai gael y goleuni'n ôl. Rhaid i ni ddod o hyd iddo os y'n ni am drechu Arawn, dod â'r haf yn ôl ac achub yr uwchfyd a'r isfyd."

Aeth Cwilsyn i feddwl am ei fam a'i dad adre.

"Ond i neud hynny—"

"Rhaid dofi'r ceffyl dŵr, dysgu ei farchogaeth yn dda, a goresgyn y dreigiau sydd gan Arawn yn gwarchod goleuni'r byd."

Cododd Cwilsyn ei aeliau.

"Ac mae amser yn brin, mae'r fflam yn gwanhau, yn dioddef. Rhaid i ni gael e'n ôl mor gyflym â phosib."

Pennod 10

Roedd y dathlu wedi tawelu, a'r milwyr yn cysgu ar lawr y neuadd a'u ceffylau'n pori'r gwair wrth y llyn. Roedd Cwilsyn yn aflonydd. Cododd, cerdded allan i'r landin a dringo'r grisiau, rownd a rownd nes cyrraedd y tŵr ym mhen blaen y castell. Roedd y lleuad yn isel ac yn gwneud i'r llyn ddisgleirio. Fyddai Cwilsyn byth yn edrych ar ddŵr yn yr un ffordd eto. Meddyliodd am y ceffyl hardd yn tywynnu a dechreuodd ei stumog droi.

Mab Hafgan oedd e. Roedd wedi dod o hyd i'w dad, ac wedi ei golli ar yr un pryd, yr eiliad dyngedfennol pan mae rhywbeth o fewn gafael ac yna'n cael ei golli yn syth. Teimlad rhyfedd oedd galaru am rywun doedd e ddim yn ei adnabod. Clywodd siffrwd adenydd ac ymddangosodd Deryn. Eisteddodd hi ar ymyl y tŵr, ei choesau'n hongian dros y wal a'r dibyn serth odani. Chymerodd Cwilsyn fawr o sylw ohoni.

"Wyt ti byth yn cysgu?" gofynnodd iddi.

Gwenodd. "Na, dim llawer. Dim ond cadw golwg."

Syrthiodd tawelwch rhyngddyn nhw am dipyn.

"Sut ti'n teimlo?" gofynnodd hi wedyn.

Cododd ei ysgwyddau. "O, ti'n gwbod, dwi newydd ddeall 'mod i'n fab i frenin, ac yn frenin fy hunan i bob pwrpas, a bod rhaid i fi ddofi ceffyl dŵr a wynebu dreigiau ffyrnig a chael goleuni'n ôl i'r byd. Dwi 'di cael diwrnodau tawelach, dwi'n siŵr!"

Diflannodd gwên Deryn. Ac roedd golwg ddifrifol ar wyneb Cwilsyn hefyd.

"Ro'n i'n meddwl gallen i helpu ond mae hyn yn ormod… dwi ddim yn gwbod sut i fod yn frenin, dim ond plentyn ydw i."

Gwrandawodd Deryn arno. "Os yw hyn yn helpu, wel, plentyn dwi 'di bod erioed, a dwi 'di gweld rhai oedolion gwan iawn a rhai plant anhygoel, a dewr iawn. Dim oed yw popeth."

Crynodd Cwilsyn gan fawredd y pwysau oedd ar ei ysgwyddau.

"Ac mae'n rhaid bod y ceffyl dŵr wedi synhwyro rhywbeth arbennig ynddot ti."

"Dwedodd Macsen fod y ceffyl yn gallu troi'n ôl yn ddŵr pan mae rhywun ar ei gefn."

Gwyrodd Deryn ei phen. "Mae hynny'n wir, ond ffydd yw popeth. Ffydd yn y ceffyl, a ffydd ynddot ti dy hunan. A dwi yma, a Finn, a Macsen. Mae Pia yma i ti hefyd, cofia, er nad yw hi'n dangos hynny'n dda iawn ar hyn o bryd."

Edrychodd Cwilsyn ar y llyn.

"Dwi isie gofyn rhywbeth," meddai, "a dwi am i ti fod yn hollol onest."

Roedd e'n nerfus i ofyn y cwestiwn.

"Sut farwodd e? Hafgan?"

Symudodd Deryn yn anesmwyth. "Arawn laddodd e."

"Sut?" Doedd Cwilsyn ddim yn gallu edrych arni.

"Daeth Arawn i wbod mai dim ond rhywun o'r uwchfyd fyddai'n gallu lladd Hafgan. Ac anfonodd e am ddyn o'r uwchfyd i ddod yma."

"Pwy?"

Edrychodd Deryn arno'n ddifrifol. "Stori arall yw honno. Sdim rhaid i ti wbod hynny nawr."

Astudiodd Cwilsyn wyneb Deryn, gan wybod y byddai hi'n rhoi'r stori iddo rhywbryd, ac roedd e'n parchu hynny.

"Doedd dim gobaith i unrhyw un ladd Hafgan drwy ymladd â dwylo, felly ymladdodd Arawn ag e, ac yna rhoi ei gleddyf i'r dyn oedd yn sefyll tu ôl iddo. Roedd Arawn wedi twyllo Hafgan, torri'r rheolau."

Teimlodd Cwilsyn ddicter yn codi tu mewn iddo.

"Ti'n gwbod be?" meddai Deryn gan neidio oddi ar y wal. "Anghofiwn ni am hyn nawr. Dere."

Roedd rhyw ddireidi yn ei llygaid wrth iddi redeg yn ôl am y castell.

Dilynodd Cwilsyn hi drwy'r coridorau a'r corneli

tywyll. Doedd Cwilsyn ddim wedi bod yn y rhan yma o'r castell o'r blaen. Roedd y coridorau'n gul ac ar y llawr roedd pelydrau gwan o olau'n dod drwy'r drysau. Wrth gerdded ymlaen edrychodd Cwilsyn i mewn i un o'r stafelloedd wrth basio heibio ac, er syndod iddo, gwelodd Pia yn ei stafell dywyll, a honno wedi'i goleuo â channwyll.

Arhosodd Cwilsyn am eiliad ac edrychodd Pia arno'n sydyn, cyn cau'r drws yn glep. Cofiodd Cwilsyn am Deryn ac aeth ar ei hôl hi eto ar hyd y coridor. Roedd hi'n sefyll wrth ddrws bach pren bwaog mewn tŵr crwn. Roedd y drws tua hanner taldra Cwilsyn. Rhoddodd Deryn ei llaw tu mewn i'w chlogyn ac estyn allwedd allan. Gwthiodd yr allwedd i'r clo trwm a daeth sŵn clonc braf wrth iddi ei throi.

"Hoff stafell Rhiannon yw hon," sibrydodd. "Dwi 'di ei chadw'n union fel oedd hi. Does neb arall yn cael dod i mewn yma."

Agorodd hi ddim y drws, dim ond rhoi ei chlust wrtho. Gwnaeth Cwilsyn yr un peth, a gwyrodd i lawr a chlywed siffrwd plu adenydd. Gwenodd Deryn cyn agor y drws a chropian i mewn. Dilynodd Cwilsyn hi, a'i lygaid yn addasu i olau meddal, hudol y canhwyllau, a safodd yn syth. Ebychodd pan welodd uchder y stafell yn y tŵr. Roedd ei siâp crwn yn codi tua deg metr o uchder, ac yn rhyfeddach fyth roedd silffoedd llyfrau yn cuddio pob wal, gyda miloedd ar filoedd o lyfrau. Roedd e'n methu credu ei lygaid wrth weld llyfrau yn hedfan fel adar o un silff i'r llall. Fel petaen nhw'n cwrdd â'i gilydd i rannu eu straeon. Cannoedd ohonyn nhw, yn hofran o'i flaen, yn troi a throelli. Edrychodd Cwilsyn yn syn ar Deryn wrth i lyfr hedfan tuag ato. Estynnodd ei fraich a glaniodd y llyfr ar ei law, ac aros am eiliad ar ei ochr cyn codi unwaith eto. Chwarddodd Cwilsyn. Y syniad fod gymaint o straeon yn hedfan o gwmpas!

"Roedd Rhiannon yn sgwennu'r holl straeon roedd yr eneidiau'n eu dweud wrthi ger y ffynnon. Hwyl, chwerthin, cariad, tristwch a llawenydd. Roedd hi wrth ei bodd yn dod fan hyn, i deimlo'n agosach at yr eneidiau helpodd hi. Roedd ganddi ddiddordeb mawr mewn pobl. Yr holl gariad, yr holl ofal, yr holl gyffro gawson nhw yn eu bywydau byr."

Daeth llun o'i fam a'i dad a Jona i feddwl Cwilsyn a theimlodd ddagrau yn dod i'w lygaid. Edrychodd i fyny, wedi rhyfeddu.

"Maen nhw mor hardd," meddai Deryn yn dawel bach.

Gwyliodd Cwilsyn y llyfrau yn hofran uwch ei ben.

"Ydyn, maen nhw," meddai.

Pennod 11

Cafodd Cwilsyn ei ddeffro gan sŵn carnau tu allan i'r castell. Edrychodd drwy'r ffenest a gweld y milwyr yn neidio ar eu ceffylau ac yn mynd ar ras. Sylwodd ar gysgodion tywyll yn sefyll ar y graig uwchben y llyn, oedd yno i warchod y lle. Clywodd leisiau cyfarwydd yn y neuadd ac aeth ar frys i lawr y grisiau lle roedd Macsen yn agor map ar y bwrdd. Roedd Deryn yn edrych dros ei ysgwydd, a Finn yn bwyta rhyw fath o bestri gerllaw. Gosododd Macsen bedair canhwyllbren drom a gymerodd o'r llefydd tân ar bob cornel o'r map.

"Mae goleuni'r byd yn yr ogof yma, fan hyn."

Pwyntiodd Deryn at ogof ar y map, ac edrychodd hi a Finn ar ei gilydd. Roedden nhw'n amlwg wedi bod yno o'r blaen.

"Mae dau le i fynd i mewn: y twnnel ffeindion ni i'r gorllewin, a'r brif fynedfa. Dyw'r twnnel ddim ond yn ddigon llydan ac uchel i gropian ynddo. Dim lle i unrhyw beth, dim lle i ymladd yn bendant."

Daeth Cwilsyn yn agosach ac eisteddodd wrth y bwrdd. Winciodd Finn arno, gan wenu wrth fwyta. Roedd briwsion yn syrthio ar y map a Deryn yn eu sgubo i ffwrdd yn flin.

"Sawl gwarchodwr oedd yna?" holodd Macsen.

"Welon ni ddim un…" meddai Deryn.

"Dim ond llwyth o Ddreigiau Madfallog," meddai Finn.

"Alli di beidio siarad â dy geg yn llawn?"

Llyncodd Finn, peswch, a tharo'i frest yn galed â'i ddwrn.

"Sori. Ond roedd llwyth yno, o Ddreigiau Madfallog, hynny yw. Dwi ddim yn siŵr sut wnaethon ni ddianc yn fyw."

"Fyddet ti ddim *wedi* dianc taset ti ar ben dy hunan," meddai Deryn.

"Wel, dwi ddim yn cytuno â hynna," meddai Finn, gan godi ei aeliau. "Roedd gymaint mwy ohonyn nhw na ni. O leia ugain o ddreigiau, dwi'n siŵr."

Rholiodd Deryn ei llygaid. "Chwech oedd yna, Finn," meddai.

Nodiodd Macsen ac edrych i weld pa mor bell oedden nhw o'r fynedfa i'r ogof.

"Bydd rhaid i ni farchogaeth yno," mwmiodd dan ei anadl, "gydag offer a digon o ddynion. Bydd hynny'n cymryd diwrnod cyfan."

Roedd Macsen wedi ymgolli, a'i feddwl yn rhoi trefn ar

bopeth roedd ei angen arnyn nhw. Edrychodd ar Cwilsyn.

"Dwi 'di anfon milwyr i'r gogledd i roi neges i'r marchogion ffyddlon eraill sy 'di cael eu halltudio yno. Rhaid i ni gael cymaint ag sy'n bosib at ei gilydd. Criw mawr fydd ein cryfder ni."

Nodiodd Cwilsyn.

"Wyt ti'n gwbod unrhyw beth am ymladd?" gofynnodd Macsen.

Edrychodd Cwilsyn arno'n syn.

"Wyt ti'n gallu defnyddio bwa a saeth?"

Ysgydwodd Cwilsyn ei ben. Ceisiodd Macsen guddio'r panig ar ei wyneb.

"Cleddyf?"

Ysgydwodd Cwilsyn ei ben eto.

"Galla i ddysgu ti sut i ddefnyddio cleddyf," meddai Deryn.

"A galla i ddysgu ti am y dreigiau," meddai Finn.

"Gall Pia ddysgu ti i saethu," meddai Deryn. "Hi yw'r un orau yn yr isfyd gyda bwa a saeth."

Cododd Cwilsyn ei aeliau.

"A bob dydd, rhaid i ti fynd at y llyn," meddai Macsen. "Bob dydd, rhaid i ti ddenu'r ceffyl dŵr, creu cysylltiad ag e."

"Sut?"

"Allwn ni ddim dy helpu di â hynna. Dwi ddim yn gwbod sut."

Teimlodd Cwilsyn ei ysgwyddau'n tynhau. "Ond beth os alla i ddim?" gofynnodd.

“Bydd rhaid i ti obeithio y galli di,” meddai Macsen.

Doedd Cwilsyn ddim yn gwybod beth i’w ddweud.

“Dwi’n gadael am y ddinas,” meddai Macsen eto. “Cwrdd â rhywun. Bydda i’n ôl mewn rhai diwrnodau. Mae gwarchodwyr dros y lle, felly mae’n saff yma. Ond paid gadael fan hyn. Ti’n addo?”

Nodiodd Deryn.

“Cwilsyn?”

Nodiodd Cwilsyn hefyd.

Yna gadawodd Macsen, gan weiddi ar un o’r gwarchodwyr i nôl ei geffyl. Ychydig eiliadau wedyn clywodd Cwilsyn e’n carlamu i ffwrdd.

“Byta rywbeth,” meddai Deryn. “Af i i ffeindio cleddyf i ti.”

Roedd ei wers gyntaf tu allan, tu ôl i’r castell. Roedd y borfa’n fyrrach yno, y tir yn fwy gwastad, ac roedd Cwilsyn yn ddiolchgar eu bod nhw allan o olwg y gwarchodwyr hefyd. Pan roddodd Deryn y cleddyf yn ei law allai e ddim credu pa mor drwm a lletchwith oedd e. Ceisiodd godi ei fraich ond doedd e ddim yn gallu ei drin. Eisteddai Finn ar ochr y maes ymarfer a chododd ei fawd ar Cwilsyn i’w annog ymlaen. Roedd Deryn yn camu’n ôl ac ymlaen, yn meddwl yn ddwys.

“Y peth pwysicaf i’w gofio yw bod cleddyfwr clyfar yn gallu datrys problemau, ond mae cleddyfwr doeth yn gallu *osgoi*’r problemau cyn dechrau.”

Gwgodd Cwilsyn.

"Hynny yw, tria weld y broblem cyn iddi ddigwydd."

Cydiodd Deryn yn ei chleddyf ei hun, a chyn i Cwilsyn allu paratoi teimlodd rywbeth yn tynnu ar ei fraich a gwelodd ei gleddyf yn hedfan dros ei ben a glanio yn y borfa, a'r blaen yn y pridd a'r handlen yn siglo'n ôl ac ymlaen. Trodd ei ben mewn sioc.

"Sut *wnest* ti hynna?" gofynnodd.

"Mae tipyn o waith 'da ni i neud, on'd oes e?"

Treuliodd Cwilsyn weddill y bore yn dal y cleddyf, ei daflu o un llaw i'r llaw arall, ceisio'i ddal yn syth fel ei fod yn teimlo'n iawn yn ei law. Aeth y rhan fwyaf o amser y sesiwn ar godi'r cleddyf o'r llawr. Wedyn, dyma nhw'n ymarfer taro, tan fod pob cyhyr yn ei gorff yn brifo. Roedd ei ymateb yn mynd yn fwy a mwy araf, a'i fraich yn cwympo'n is ac yn is.

"Mae'n iawn," meddai Deryn. "Cer i gael hoe. A gwylia hyn."

Aeth Cwilsyn i eistedd ac aeth Finn i sefyll gyferbyn â Deryn. Yn sydyn, gwelodd wyneb Deryn yn newid.

"Ti'n barod?" gofynnodd hi. Nodiodd Finn ac allai Cwilsyn ddim credu'r ffordd roedden nhw'n ymladd. Roedd Finn mor ysgafn â phluen ar ei draed ac roedd gwên lydan ar wyneb Deryn. Roedd y ddau'n gwybod beth oedd symudiadau'r llall, eu cryfderau. Byddai Finn yn symud ei gorff un ffordd a byddai Deryn wedi rhag-weld beth fyddai'n ei wneud. Byddai Deryn yn ei ddenu'n nes a Finn yn neidio a throi ei gorff ar yr eiliad olaf.

Roedd Cwilsyn yn deall nad dim ond mater o ymosod ar rywun oedd hyn, ond ei ddenu'n ddigon agos er mwyn ei daro'n annisgwyl. Roedd sŵn y llafnau'n llenwi'r bore, yn adleisio oddi ar wal gefn y castell ac yn aflonyddu'r adar ar y tyrau. Roedd Cwilsyn yn llawn edmygedd. Roedd y ddau'n amlwg wedi bod yn ymarfer ers blynyddoedd, degawdau, canrifoedd hyd yn oed, a sylweddolodd yn sydyn nad oedd e'n barod o gwbl. Fflachiai eu llafnau yn ôl ac ymlaen, eu dawn bron yn amhosib ei dirnad. Roedd e wedi synhwyro y byddai Deryn yn dda, ond roedd chwerthin Finn, a'i natur addfwyn, wedi rhwystro Cwilsyn rhag sylweddoli pa mor alluog oedd e. Aeth y ddau yn ôl ac ymlaen ar hyd y cae cyn i Deryn ddal Finn ar ei ysgwydd.

"Ergyd!" gwaeddodd, gan chwerthin.

"Iawn, ocê!" chwarddodd Finn a chodi ei freichiau i'r awyr. "Gest ti fi!"

Roedd ei wyneb yn goch a chwyslyd. Rhoddodd ei gleddyf i lawr a chael ei wynt ato.

"Wnes i adael i ti ennill," meddai.

Prociodd Deryn Finn ar ei ben-ôl yn chwim.

"Jôc, dyna i gyd!"

Edrychodd y ddau ar Cwilsyn.

"Dere, rownd dau nawr."

Dechreuodd Cwilsyn siglo'i ben ond daeth Finn ato a'i godi i fyny gyda'i freichiau. "Dere," meddai, gan roi'r cleddyf yn ei law. "Dwi 'di blino Deryn i ti nawr."

Roedd hi'n hwyr erbyn iddyn nhw orffen. Roedd corff Cwilsyn yn brifo drosto: ei freichiau, ei goesau a'i feddwl, wrth drio cofio'r patrymau i'w dilyn wrth symud ei draed. Bwytaodd pawb eu swper mewn tawelwch llwyr, ac aeth Finn i gael nap wrth y lle tân. Gorffennodd Cwilsyn ei fwyd ac edrych ar fflam y gannwyll yn disgleirio ar y llestr oedd o gwmpas gwddw Deryn. Yr un roedd hi wedi ei agor ar y noson y daeth hi i'w gasglu o'r uwchfyd.

"Beth yw'r stwff yna?" gofynnodd. "Y stwff wnest ti roi ar fy llygaid i."

Roedd Deryn yn teimlo'n hunanymwybodol yn sydyn. Aeth ei llaw at ei gwddw a daliodd y llestr yng nghledr ei llaw.

"Sori, ddylen i ddim busnesa," meddai Cwilsyn.

"Anrheg gan Rhiannon oedd y llestr. Mae'n rhoi golwg i bobl. I weld yr isfyd. Mae'n gallu tynnu'r golwg i ffwrdd hefyd."

"Roedd rhywun wedi rhwbio llygaid Dad ag e yn yr uwchfyd, er mwyn neud yr hwyliau."

"Mae'n anrhydedd fawr i rywun dieithr gael golwg. Rhaid ei fod e'n ddyn arbennig. Rwyt ti'n lwcus iawn i gael dy fagu ganddo fe."

Teimlodd Cwilsyn ddagrau yn llosgi yng nghefn ei lygaid. Roedd e'n teimlo'n bell iawn o adre.

"Ydw," meddai'n syml. "Dwi'n gweld ei isie."

Nodiodd Deryn.

Roedd y tân yn marw'n araf wrth iddi nosi tu allan.

"Well i fi fynd at y llyn," meddai'n dawel.

Roedd hi'n dywyll wrth y llyn, a'r unig olau'n dod o'r sêr gwelw ac o lampau'r gwarchodwyr yn uchel o gwmpas y castell. Roedd hi'n oer, y dŵr yn dywyll a garw. Teimlodd y gwynt yn chwythu drwyddo, er ei fod yn gwisgo'i got wlân gyfforddus, a'r clogyn hefyd ar ben y got. Cerddodd at y lle roedd wedi sefyll gyda Macsen, ac edrych yn ôl at y castell i wneud yn siŵr ei fod yn y man iawn. Doedd e ddim yn siŵr oedd ots am hynny, ond doedd dim drwg ta beth. Trodd at y dŵr a thrio tawelu ei feddwl. Roedd y dŵr garw yn tynnu ei sylw; roedd e'n llawer mwy tonnog na'r tro diwethaf. Caeodd ei lygaid, a'u hagor eto, teimlo'r awel ar ei wyneb. Meddyliodd am y dŵr, ceisio'i deimlo o'i gwmpas fel o'r blaen, ond doedd dim byd yn digwydd. Ceisiodd beidio craffu mor ddwys, meddalu ei lygaid. Ceisiodd beidio edrych mor galed, gan feddwl mai dyna oedd y broblem. Doedd dim newid yn y dŵr, allai e ddim dod o hyd i lonyddwch na thawelwch. Allai e ddim teimlo unrhyw gysylltiad.

Meddyliodd am ei dad, adre yn yr uwchfyd, a'i ddychmygu'n edrych ar yr harbwr heno. Yn mynd â bwyd at ei fam yn y gwely. Meddyliodd am Jona hefyd, gymaint roedd e'n ei golli a faint roedd Jona'n ei golli yntau hefyd. Ble roedd Jona'n meddwl ei fod e wedi mynd? Pam oedd e wedi diflannu? Roedd e eisiau gorffen ei dasg fan hyn er mwyn cael mynd yn ôl atyn nhw.

Teimlodd ryw oerfel, ond nid yr un math o oerfel ag o'r blaen. Purdeb glân y dŵr. Roedd hyn yn wahanol. Caeodd ei lygaid eto, ceisio anadlu, i mewn, ac allan. Tawelu ei hun. Agorodd ei lygaid. Dim byd. Gallai deimlo'r rhwystredigaeth yn ffrwtian tu mewn iddo. Rhaid iddo fe wneud hyn, meddyliodd, doedd dim amser i'w golli, roedd pawb yn dibynnu arno.

"Dwi yma!" gwaeddodd.

Roedd ei lais yn swnio'n fach ynghanol y gofod mawr, ei eiriau'n cael eu cario gan y gwynt.

"Dwi yma, wedes i!"

Edrychodd o'i flaen, ond doedd dim byd. Roedd e i fod yn frenin. Tynnodd ei hun i fyny fel ei fod yn sefyll yn fwy syth, trio swnio'n awdurdodol, fel petai'n gwybod beth i'w wneud.

"Dere ata i!" gwaeddodd eto.

Edrychodd tuag at y castell, ac roedd panig rhyfedd yn berwi tu mewn iddo wrth i'r dŵr aros yn llonydd. Byddai pawb yn ei holi ar ôl cyrraedd yn ôl a oedd y ceffyl wedi dod. Rhaid denu'r ceffyl ato. Rhaid i'r ceffyl wrando. Roedd e'n frenin nawr. Arweinydd, ac roedd arweinwyr yn gwneud i bethau ddigwydd.

"Dere ata i, wedes i! Rhaid i ti ddod ata i!" ceisiodd eto, ei fochau'n llosgi er ei bod hi'n oer.

"Fi yw'r brenin newydd," meddai, "a dwi'n rhoi gorchymyn i ti ddod ata i!"

Doedd e ddim yn credu ei eiriau ei hun. Roedden

nhw'n swnio'n wag ac yn adleisio o'i gwmpas. Roedd y dŵr yn dal yn llonydd, heb gael ei gynhyrfu gan y gweiddi gwyllt.

Safodd am rai munudau eto, y gwynt yn tynnu ar ei got, cyn gweld fod hyn i gyd yn amhosib. Rhai munudau eto, i reoli ei anadlu. Cerddodd o gwmpas y llyn ac edrych i fyny lle roedd y gwarchodwyr. Daeth o hyd i lwybr rhwng dau ohonyn nhw er mwyn bod ar ben ei hun am funud. Dringodd y clogwyn, gan fynd allan o wynt. Roedd y clogyn yn cydio dan ei draed bob hyn a hyn, a thynnodd arno yn ddiamynedd. Gwthiodd y llwyni o'r ffordd, gwau ei ffordd rhwng y coed, ac yna, pan oedd yn agos at y copa, trodd ac eistedd. Roedd yn anadlu'n drwm ac edrychodd i lawr ar y castell. Roedd y dŵr yn dywyll a digroeso o'r fan hyn, a golau meddal y castell tu ôl i'r llyn. Roedd popeth mor wirion, mor chwerthinllyd. Byddai'n deffro o'r freuddwyd mewn munud a byddai adre wrth yr harbwr. Byddai'n mynd i weithdy ei dad ac yn ei helpu, ac yn syth roedd ei galon yn brifo oherwydd bod popeth mor wahanol a fyddai bywyd byth yr un fath eto. Yn sydyn clywodd sŵn adenydd, rhyw bresenoldeb tu ôl iddo.

"Dwi ddim yn yr hwyl, Deryn," meddai.

"Mae'n ddrwg 'da fi glywed."

Oerodd ei waed wrth glywed llais Pia tu ôl iddo. Trodd i edrych arni. Roedd ei llygaid tywyll a'r cudyn o wallt gwyn yn glir yn y düwch.

"Ti sy 'na."

Hoeliodd ei llygaid arno. "Mae'n edrych yn debyg," meddai'n ofalus.

Ym meddwl Cwilsyn roedd cysylltiad rhwng piod ac anlwc.

"Ddylet ti ddim mynd mor bell, mae'n beryglus," meddai hi, ei geiriau'n bigog fel llafnau.

Roedd oerfel wedi treiddio i esgyrn Cwilsyn.

"Gall unrhyw beth ddigwydd," meddai Pia, ac roedd Cwilsyn yn credu ei bod hi'n mwynhau hyn.

"Ond," meddai, ei geiriau'n fwy siarp nawr, "gallet ti roi'r gorau i hyn, mynd adre… Mae'n saffach yna."

Agorodd llygaid Cwilsyn led y pen, a chododd y blew ar ei war.

"Be ti'n feddwl?" gofynnodd, er gwaetha'i hun. Roedd pob cell yn ei gorff yn dweud wrtho am beidio siarad â hi.

Cododd ei hysgwyddau. "Does arnat ti ddim i neb. Ofynnest ti ddim am hyn. Gallet ti fynd yn ôl i'r harbwr, hwylio adre. Anghofio hyn i gyd."

Roedd nerfusrwydd yn codi ym mol Cwilsyn. Roedd ei geiriau yn treiddio i'w feddwl, yn llenwi ei ben, fel bod dim lle i unrhyw feddyliau eraill.

"Gallet ti fod adre erbyn fory… yn ddiogel… ddim yn dysgu sut i ymladd na thawelu'r ceffyl 'na…"

Roedd ei llais yn gwneud i Cwilsyn deimlo'n gysglyd. Roedd y llais hwnnw, bob tro cyn hyn, wedi bod yn siarp fel darnau o wydr wedi torri, ond ddim nawr. Roedd yn swynol, yn feddal, gallai wrando arno drwy'r nos. Rhaid iddo fynd adre. Rhaid mynd adre. Roedd hi'n iawn, nid ei fai e oedd hyn. Doedd e ddim wedi gofyn am hyn. Roedd gofyn i blentyn deuddeg oed ddatrys hyn yn hollol wirion. Dim ond Cwilsyn cyffredin oedd e – mab y gwneuthurwr hwyliau. Dechreuodd godi ar ei draed ond, wrth sefyll, clywodd ragor o sŵn plu a llais Finn wrth ei ymyl.

"Be ti'n neud?" gofynnodd i Pia, ei wyneb yn fwy difrifol nag yr oedd Cwilsyn wedi ei weld erioed. "Beth wyt ti 'di bod yn dweud?"

Cododd Pia, gwenu'n gyfrwys a throi'n ôl yn bioden. Gwyliodd Finn a Cwilsyn hi'n hedfan i ffwrdd. Ysgydwodd Cwilsyn ei ben fel petai'n deffro o freuddwyd.

"Be ddwedodd hi wrthot ti?" Cydiodd Finn yn dynn ym mreichiau Cwilsyn.

"Dweud wrtha i am fynd adre."

Sadiodd Cwilsyn ei hun, a doedd yr ysfa i redeg adre ddim mor gryf nawr.

"Paid gwrando arni, iawn?"

"Dwi mor flinedig," meddai Cwilsyn. "Dwedodd hi y gallen i orffwys a gadael hyn i gyd."

"Pam ddest ti lan fan hyn?" holodd Finn yn flin.

"I gael rhywfaint o lonydd," atebodd Cwilsyn.

"Mae'n rhy beryglus," meddai Finn. Rhoddodd ei fraich o gwmpas Cwilsyn. Mwytho'i gefn.

"Rhaid i ti fod yn ofalus. Paid bod ar ben dy hunan gyda Pia, iawn?"

Edrychodd Cwilsyn arno a chofio beth ddywedodd Deryn am bwerau Pia.

"Mae'n… mae'n…" Roedd Finn yn cael trafferth dod o hyd i'r geiriau.

"Mae'n beth?"

"Mae ei meddwl wedi mynd yn fwy tywyll wrth i'r blynyddoedd fynd heibio. Mae'n fwy negyddol, ac mae hynny'n mynd yn waeth," meddai.

"Ond fe allwn ni ymddiried ynddi?" gofynnodd Cwilsyn.

"G-gallwn," meddai Finn. "Wrth gwrs. Pia yw hi. Rhaid i ni roi'n ffydd ynddi. Ond rhaid i ti fod yn fwy gofalus, iawn?"

Roedd ei ben yn brifo. Rhwbiodd e, a theimlo pwysau'r byd ar ei ysgwyddau.

"Dere," meddai Finn yn garedig. "Mae'n amser gwely i ti."

Pennod 12

"Ydy'r Sgrechwyr yn, ym, sgrechian?"

"Ydyn," meddai Finn gan nodio.

"Ond mae'r Tarthau Angau yn sgrechian yn yr un ffordd hefyd?"

"Na, dim i ddechrau. Mae'r Tarthau Angau yn ymddangos mewn grwpiau o dy gwmpas di. Mae'n oeri cyn iddyn nhw gyrraedd ac maen nhw'n sgrechian dim ond pan maen nhw'n barod i ymosod. Dyna pryd ti'n gwbod bod ti mewn trwbl."

"A'r Cynffonnau Gwenwyn?"

"Dyna'r unig rai sy'n pigo. Mae'r pigyn yn mynd trwy'r croen ac maen nhw'n gallu cadw trac arnat ti wedyn – *os* lwyddi di i ddianc, hynny yw."

Roedd Cwilsyn wedi drysu. Roedd e wedi bod yn mynd trwy'r gwahanol fathau o ddreigiau ers tipyn ac roedd e'n dal i bendroni.

"Y rhai mae dynion Arawn yn eu marchogaeth fel arfer yw'r Adenydd Chwim. Dyna'r rhai cyflymaf, y mwyaf heini. Cofia, fyddet ti ddim isie mynd ar gefn Adain Tân, faset ti? Bydde dy drowsus di'n mynd ar dân."

Edrychodd Cwilsyn ar Deryn, wedi drysu'n lân erbyn hyn. Doedd Pia ddim i'w gweld yn unman, ac roedd Cwilsyn yn falch o hynny. Roedd ei phresenoldeb oeraidd yn hollol groes i gynhesrwydd y ddau arall.

"Reit," meddai Finn. "Dere 'da fi."

Dilynodd Cwilsyn Finn i fyny'r grisiau carreg ddau lawr yn uwch. Agorodd ddrws yn y tŵr cefn ac ebychodd Cwilsyn.

"Croeso i fy stafell," meddai Finn yn chwareus, gan foesymgrymu wrth i Cwilsyn gamu i mewn.

Roedd y waliau'n llawn paentiadau o ddreigiau lliwgar yn gloywi yng ngolau cannwyll. Eu cyrff garw yn sgleinio'n aur. Roedd yr hen gelfi yn y stafell gron â chefnau ar siâp cylch er mwyn ffitio yn erbyn waliau'r tŵr crwn. Doedd dim gwely, dim ond hen drawst pren yn uchel o un pen i'r stafell i'r llall.

"Well 'da fi gysgu fel cudyll glas," meddai Finn yn swil.

Roedd pob arwyneb wedi ei orchuddio â phethau roedd Finn wedi eu casglu. Cerddodd Cwilsyn i mewn, wedi ei swyno. Ar un bwrdd meddyliai Cwilsyn ei fod yn gweld cregyn symudliw. Siâp diemwnt oedd pob un, ond wrth fynd yn agosach, sylweddolodd mai cennau draig oedden nhw. Daeth Finn i sefyll wrth ei ymyl a golwg falch iawn arno.

"Mae popeth dwi 'di dod o hyd iddyn nhw fan hyn. Mae dreigiau'n diosg eu cennau weithiau. Cen un o'r Sgrechwyr yw hwn. Os edrychi di arnyn nhw dan y golau mae'r lliw yn newid o las tywyll i wyrdd."

Daliodd Cwilsyn un yn ei law. Roedd e'r un maint â darn mawr o arian ac wrth edrych arno roedd yn newid lliw. Symud o las fel inc i belydru'n wyrdd emrallt.

"Dyma un o gennau'r Tarthau Angau. Dyw e ddim wedi dod o ddraig fyw, ond galli di weld ei fod e'n gymylog."

Roedd e'n iawn.

"A'r rhain, rhai Dreigiau Madfallog." Roedd y rheini'n wyn, yn hollol ddi-liw. "Maen nhw'n byw dan ddaear, felly does dim lliw."

Roedd basged ar y llawr yn llawn dannedd. Gwyrodd Cwilsyn i gael gwell golwg, ac aeth teimlad annifyr drwyddo wrth gydio mewn dant. Roedd e mor hir â hanner ei fraich, a'r blaen yn anhygoel o siarp. Wrth y ffenest roedd holl offerynnau cerdd Finn, ac ar y bwrdd ar ochr arall y tŵr roedd darnau o'r hyn a edrychai fel llestri porslen. Aeth Cwilsyn draw atyn nhw.

"Wyau draig," meddai Finn tu ôl iddo.

Roedden nhw'n hardd iawn. Cydiodd Cwilsyn yn un ohonyn nhw, siâp cwpan arw, a'r plisgyn yn denau a brau. Roedd hi'n amhosib dychmygu bod rhywbeth mor fawr a ffyrnig wedi bod tu mewn iddo. Roedd rhai wyau'n fwy o faint, a'u plisgyn yn drwchus ac fel plastr. Roedd rhai o ansawdd gwahanol hefyd, rhai'n llyfn fel sidan, rhai wedi eu gorchuddio â hecsagonau, rhai'n bantiog.

"Edrycha ar hwn," sibrydodd Finn. Cydiodd mewn plisgyn oedd mor denau fel ei bod hi bron yn bosib gweld trwyddo. Wrth ei ddal i fyny i'r golau, roedd e bron yn anweledig.

"Tarth Angau?" gofynnodd Cwilsyn.

"Ie," meddai Finn yn syn. "Ti'n dechrau dysgu!"

Edrychodd Finn ar yr wyau.

"Mewn rhyw ffordd, mae'n biti ymladd â nhw," meddai Finn. "Maen nhw'n greaduriaid hardd iawn, a dweud y gwir – heblaw pan maen nhw'n trio dy ladd di."

Gwenodd Cwilsyn arno.

"Mae Arawn yn defnyddio dreigiau i ymladd; roedd gan Hafgan ei geffyl dŵr."

"Dreigiau'n chwythu tân, a cheffyl wedi ei neud o ddŵr?" gofynnodd Cwilsyn.

"Wel ie," atebodd Finn. "Roedd popeth yn arfer cydbwyso'n dda tan…"

Safodd y ddau mewn tawelwch am dipyn.

"Newidiodd popeth," ochneidiodd Finn. Siglodd ei ben, ei wyneb yn difrifoli wrth ddychwelyd at y busnes dan sylw. "Y peth am ddreigiau yw eu bod nhw'n drwsgwl ac yn fawr, ac allan nhw ddim gweld tu ôl. Mae gan bob un ei wendidau, felly rhaid dysgu beth yw'r rheini er mwyn eu trechu nhw."

Aeth Finn i gornel ei stafell.

"Mae llyfrau 'da fi, digonedd o lyfrau." Cydiodd yn rhai a'u pentyrru ym mreichiau agored Cwilsyn, nes eu bod bron â chyrraedd ei ên. "Ar ôl i ti ddarllen rhain, y peth gorau i neud wedyn yw mynd allan i gael profiad yn y maes."

Bu Cwilsyn yn astudio'r llyfrau nes bod ei lygaid yn brifo. Roedd dysgu'r pethau sylfaenol yn hawdd, ond roedd cymaint o fanylion. Roedd wedi sylwi bod Deryn yn ei wylio wrth iddi hogi ei dagr ar garreg fach wrth y bwrdd. Troi a throelli'r llafn, a llwch o'r garreg yn codi a hofran yn yr aer.

"Dere," meddai Deryn. "Mae'n bryd i ti orffwys dy feddwl a symud dy gorff."

Doedd y cleddyf ac yntau ddim fel petaen nhw'n cysylltu o gwbl, ond doedd e ddim yn teimlo cweit mor ddieithr y tro yma chwaith. Roedd ganddo well rheolaeth, ac wrth iddyn nhw barhau i ymarfer daeth yn fwy cadarn ar ei draed na'r tro cyntaf. Dechreuodd drwy ymarfer tynnu'r cleddyf o'r wain yn gyflym, yn barod i'w ddefnyddio. Roedd yn fwy anodd nag yr oedd e'n ymddangos ar yr olwg gyntaf – roedd y llafn yn hir ac roedd rhaid codi'r fraich i fyny'n syth a thynnu'r cleddyf o flaen y corff.

"Dyna ti!" gwaeddodd Deryn, y tro cyntaf iddo lwyddo. Gwenodd Cwilsyn arni. "Mae hwn yn gleddyf trwm hefyd. Gawn ni un ysgafnach i ti. Nawr, gwna fe eto."

Bu Cwilsyn yn ymarfer drosodd a throsodd.

"Nawr, cau dy lygaid," meddai Deryn. Gwgodd Cwilsyn. "Bydd e'n helpu gyda'r cydbwysedd; ei deimlo'n reddfol yn lle gorfeddwl. Hefyd, yn yr ogof, mae'n dywyll."

Doedd Cwilsyn ddim eisiau meddwl am yr ogof. Roedd e'n bell o fod yn barod ac roedd e'n gwthio hynny i gefn ei feddwl bob tro, ac yn tynnu'i hun yn ôl i'r presennol. Caeodd ei lygaid, teimlo am y cleddyf ond methodd â dod o hyd iddo. Gallai synhwyro'i ganol, a thop y cleddyf. Tynnodd arno, ond roedd yr ongl yn anghywir a thasgodd y wain i fyny wrth ei ochr. Agorodd Cwilsyn ei lygaid.

"Roedd hynna'n ofnadwy!" meddai.

"Ddim mor wael â hynny," atebodd Deryn. "Ond os byddi di mor araf â hynna, bydd hi ar ben arnat ti!"

Rholiodd Cwilsyn ei lygaid, ac aeth yr ymarfer yn ei flaen tan i Deryn ddweud ei bod hi'n amser am egwyl. Ymlaciodd Cwilsyn, gan sefyll â'i ddwylo ar ei bengliniau.

"Glywes i fod Pia 'di trio siarad â ti?" meddai Deryn.

Sythodd Cwilsyn. "Do." Roedd Deryn yn edrych yn llawn gofid. "Driodd hi 'mherswadio i i fynd adre."

"Ie, ddwedodd Finn."

Roedd Cwilsyn yn gallu gweld ei bod hi'n meddwl yn ddwys.

"Roedd hi siŵr o fod yn rhoi prawf arnat ti," meddai. "Mae Pia yn gymhleth. Roedd hi siŵr o fod isie gwbod dy hyd a dy led…"

"Ti'n meddwl?" gofynnodd Cwilsyn.

"Dwi ddim yn neud esgusodion drosti. Dwi'n gwbod bod Finn yn credu bod ei meddyliau hi'n mynd yn fwy tywyll, ond dyw e ddim wastad yn deall sut mae ei meddwl hi'n gweithio."

Roedd Cwilsyn ar fin holi ymhellach pan dorrodd sŵn carnau ceffylau ar eu traws. Trodd y ddau a gweld ceffyl Macsen yn arafu a throtian o flaen y castell. Ond y tro yma, roedd rhywun yn eistedd tu ôl iddo, a dwylo o gwmpas ei ganol. Roedd Cwilsyn yn dal i anadlu'n drwm ar ôl yr ymarfer.

"Pwy sy 'da Macsen?" gofynnodd Cwilsyn yn dawel, ond dim ond codi ei hysgwyddau wnaeth Deryn wrth i'r ceffyl agosáu. Gwyliodd Cwilsyn y ffigwr tu ôl i Macsen yn llithro oddi ar y ceffyl. Dynes oedd hi, un fach â chorff meddal a llygaid caredig. Disgynnodd Macsen i ffwrdd hefyd a thaflu'r ffrwynau dros ben y ceffyl. Arweiniodd y ceffyl a'r ddynes draw at Cwilsyn a Deryn.

"Dyma Erin," meddai Macsen yn dawel.

"Erin aeth â fi i'r uwchfyd?"

Roedd hi'n gwenu, yn astudio'i wyneb. Roedd hi'n gyfarwydd, yn debyg i bobl yr uwchfyd. Roedd hi'n teimlo fel adre.

"Helô, 'machgen i," meddai'n gynnes. "Mae'n braf iawn dy weld di eto."

Gwenodd eto, ei hwyneb yn goleuo. Agorodd ei breichiau a'i anwesu mewn cwtsh. Am ryw reswm, roedd Cwilsyn bron â chrio.

"Jiw, ti 'di tyfu!" meddai, ar ôl ei ryddhau ac edrych ar ei wyneb.

"Wyt ti 'di gweld Dad?" gofynnodd Cwilsyn wrth ddod allan o'r goflaid.

"Ydw, cwpwl o ddiwrnodau'n ôl," meddai, a golwg fwy difrifol arni. "Es i â mwy o sidan iddo."

"Oedd e'n iawn? Sut maen nhw? Sut mae Mam?"

"Mae'n mynd yn oerach yn yr uwchfyd, bywyd yn mynd yn anoddach."

Teimlodd Cwilsyn banig yn tyfu.

"Ond paid poeni," meddai Erin. "Ar y cyfan, maen nhw'n ymdopi'n dda, ond po gynta bydd hyn wedi ei ddatrys, gorau i gyd."

Rhwbiodd hi ei fraich.

"Nawr," meddai, gan droi at Macsen, "dwi'n gwbod dy fod di'n filwr pwysig a chwbl, a tithe, Cwilsyn, yn ymarfer yn galed, ond gobeithio bod amser am de pnawn."

Gwenodd Cwilsyn wrth iddi ddadfachu'r bagiau cyfrwy oedd ar geffyl Macsen.

"Dwi 'di neud sgons a bara brith, ac mae'r bisgedi yma'n flasus iawn, os ga i ddweud!"

Daeth ffluwch o blu wrth i Finn gyrraedd, allan o wynt yn lân.

"Glywes i'r gair 'bisgedi'?" meddai, gan bwyso'i ddwylo bob ochr i'w wast.

Edrychodd Deryn ar Cwilsyn a dechreuodd y ddau chwerthin.

★

Roedd hi'n wledd a hanner. Roedd Cwilsyn yn methu credu sut allai Erin fod wedi cario gymaint o fwyd mewn bagiau mor fach. Roedd sgons a jam a hufen, a mathau gwahanol o fisgedi, rhai â siwgr, rhai â sinamon a rhai â losin caled wedi toddi yn y canol, gan wneud iddyn nhw edrych fel ffenestri gwydr lliw. Roedd bara a menyn, te, a chacennau bach hir oedd â siocled wedi ei beipio ar eu hyd. Am unwaith, roedd Finn, Deryn, Macsen, Pia a Cwilsyn i gyd gyda'i gilydd o gwmpas y bwrdd, wrth i Erin lenwi'r platiau ac arllwys te.

"O ble mae'r rhain i gyd wedi dod?" gofynnodd Cwilsyn.

“Mae ’da fi ffordd fy hunan o neud pethau,” meddai gyda winc.

Roedd Finn yn methu bwyta digon, a helpodd Deryn ei hun i bopeth. Allai Pia, hyd yn oed, ddim gwrthod y sgons.

“Bois bach,” meddai Erin wrth eu gwylio. “Ydych chi ’di cael bwyd o’r blaen?” Twt-twtiodd wrth frysio o gwmpas y lle. “Mae byddin yn brwydro ar stumog lawn, a rhaid dweud bod angen i chi gael eich bwydo’n well. Os ydy hynny’n iawn, fe wna i aros yma am ychydig.”

Edrychodd Cwilsyn yn sydyn ar Deryn.

“Fe wnes i addo i dy dad baswn i’n gofalu amdanat ti, felly dyna beth wna i,” meddai Erin.

Gwenodd Cwilsyn, a Deryn hefyd.

“Ti’n mynd i goginio i ni, felly?” holodd Finn.

“Wrth gwrs,” meddai Erin. “Rwyt ti ar dy brifiant ac angen bwyd.”

“Ydw,” meddai Finn yn falch. “Dwi ’di bod yn tyfu ers canrif o leiaf a dyw hynny ddim yn hawdd, chi’n gwbod.”

Chwarddodd Erin ond roedd Pia yn dawel. Roedd Cwilsyn yn credu y byddai hi wedi codi ei llais erbyn hyn petai hi ddim yn cytuno.

Pennod 13

Roedd Erin wedi anfon milwr i nôl pethau o'r ddinas ac roedd hi wrthi fel lladd nadroedd yn tacluso'r neuadd. Roedd Deryn yn eistedd, a sylwodd Cwilsyn bod hi wedi ymlacio mwy ers i Erin gyrraedd. Efallai fod rhywfaint o'r cyfrifoldeb wedi mynd oddi ar ei hysgwyddau hi? Roedd Pia wedi mynd i'w stafell a Finn wedi bwyta gormod. Roedd e'n gorwedd â'i gefn ar y gadair freichiau o flaen y tân, a'i goesau ar led.

Cododd Cwilsyn a mynd allan i'r tywyllwch. Roedd yr aer yn fyglyd, y milwyr yn cadw golwg, gan gymryd eu tro i dwymo'u hunain wrth y tân roedden nhw wedi ei gynnau o flaen y castell. Sylwodd Cwilsyn nad oedd rhai ohonyn nhw fawr hŷn nag e, dynion a merched ifanc yn eu harddegau hwyr. Nodiodd i'w cyfeiriad wrth iddo gerdded tuag at y llyn.

Roedd y castell yn dechrau teimlo'n debycach i gartref.

Nid yn unig oherwydd bod Erin yno, er bod hynny wedi helpu i wneud y lle'n gartrefol, ond oherwydd bod ganddo bobl o'i gwmpas a'i fod yn dod i'w hadnabod yn well. Roedd Jona ganddo adre, wrth gwrs, ond doedd e erioed wedi cael gymaint o ffrindiau. Doedd e erioed wedi bod yn fachgen poblogaidd, erioed wedi bod yn gyfforddus gyda phobl, fel roedd Jona. Roedd Cwilsyn yn ei edmygu am ei ddawn i ddenu pobl ato. Roedd Cwilsyn wastad wedi teimlo'n anghyfforddus, byth yn siŵr beth i'w ddweud, a phan fyddai'n dweud rhywbeth, roedd yn poeni am beth ddywedodd e. Pan oedd y ddau yn blant, byddai Jona yn cael y syniadau mwyaf hurt, fel mynd â'r cychod a'u rasio ar draws ceg yr harbwr. Byddai'n perswadio'r plant eraill i'w helpu, ac yn chwerthin o hyd. Roedd e'n gallu ysbrydoli pobl i'w ddilyn mewn ffordd na allai Cwilsyn byth.

Cerddodd Cwilsyn ar hyd ymyl y llyn, yn gwrando ar ei draed yn gwneud sŵn siffrwd yn y gwair, a'i galon yn suddo wrth feddwl am drio denu'r ceffyl dŵr ato eto.

Safodd lle roedd wedi sefyll y tro cyntaf welodd e'r ceffyl, ac edrychodd dros y dŵr. Roedd hi'n dal i fod mor oer. Cofiodd am beth ddywedodd Erin am yr uwchfyd a bod pethau'n mynd yn waeth yno. Crynodd a thynnu'r clogyn yn dynnach o gwmpas ei gorff. Roedd hi'n noson dywyll, yn dywyllach nag ers iddo gyrraedd yma. Roedd lleuad isel fel arfer, ond heno roedd cymylau trwchus yn ei thagu gan ei gwneud hi'n anodd gweld nes i'w lygaid gynefino â'r düwch. Safodd wrth ymyl y dŵr, yn gwrando. Ceisiodd wagio'i feddwl, canolbwyntio ar y llyn o'i flaen, ond roedd hynny'n anodd.

"Dwi yma," sibrydodd.

Dim byd. Meddyliodd wedyn am y ceffyl, ei siâp, sŵn y carnau wrth iddo gerdded dros y dŵr, fel petai'n arwyneb caled. Ei bresenoldeb tawel.

"Dere 'ma!" meddai. Dechreuodd deimlo'n wirion. Siglodd ei ben yn rhwystredig, cau ei lygaid. Ceisiodd ddod â'r dŵr yn agosach ato yn ei feddwl. Ceisiodd ymestyn allan o'i gorff tuag at rywbeth arall. Agorodd ei lygaid, ond doedd dim byd. Doedd ganddo ddim yr egni i fod yn flin heno. Teimlai hynny'n ffôl a dibwynt. Roedd e'n teimlo anobaith. Ochneidiodd yn uchel ac er ei bod hi'n oer, eisteddodd, croesi ei goesau ac edrych dros y llyn. Clywodd Finn ac Erin yn chwerthin yn y pellter, a'u dychmygu'n eistedd o gwmpas y bwrdd.

"Dwi'n sori," sibrydodd. "Dwi ddim yn gallu dy ddenu di. Dwi ddim yn gwbod be dwi'n neud."

Chwythodd yr awel drwy ei wallt a syllodd i'r tywyllwch.

"Sdim syniad 'da fi pam mai fi sy 'di cael fy newis i neud hyn. Dwi ddim yn arweinydd, dwi ddim yn gallu ysbrydoli pobl. Dwi... Dwi'n colli fy rhieni yn yr uwchfyd."

Doedd dim smic heblaw sŵn yr awel dros y dŵr.

"Ond dwi'n trio neud y peth iawn, ac roedd Dad wastad yn dweud wrtha i am neud y gorau gallwn i."

Symudodd ei fysedd yn ôl ac ymlaen drwy'r gwair.

"Y peth yw," meddai'n onest, "mae gen i ffrindiau, ond dwi'n dal i deimlo'n unig. Ond do'n i ddim yn teimlo'n unig pan welais i ti. Roeddet ti'n rhan ohona i, mewn ffordd, rhan do'n i ddim yn gwbod bod hi yna, ond pan welais i ti, sylweddolais i hynny."

Edrychodd i fyny, a llenwodd ei lygaid â dagrau pan welodd ddafnau o ddŵr yn codi o'r llyn. Syllodd arnyn nhw, roedden nhw mor hardd. Er ei bod hi'n dywyll fel bol buwch, gallai eu gweld yn symud a chrynu wrth iddyn nhw ffurfio. Wrth i fwy a mwy o ddiferion ddod at ei gilydd, roedden nhw'n goleuo.

"Sori am weiddi y diwrnod o'r blaen," sibrydodd Cwilsyn. "Dim gweiddi arnat *ti* o'n i, ond gweiddi arna i fy hunan."

Arhosodd yn llonydd wrth wylio'r diferion yn dechrau ffurfio'n siâp ceffyl. Allai e ddim credu mor brydferth oedd e, ei gorff yn dal y goleuni, ei fwng yn llifo a'i adenydd hardd yn gloywi. Er ei bod hi'n dywyll, roedd ei olau yn pelydru o'i gwmpas, ei lewyrch yn gwthio'r düwch i ffwrdd. Cerddodd y ceffyl tuag ato, gan wneud sŵn gweryru cynnes i'w gyfarch. Cododd Cwilsyn a sefyll yno, wrth i'r carnau daro wyneb y dŵr fel petai'n garreg. Chwipiodd y ceffyl ei gynffon pan gyrhaeddodd ymyl y llyn, a gwyro'i ben fel petai'n arogli'r tir, a sylweddolodd Cwilsyn yn sydyn nad oedd y ceffyl dŵr wedi sefyll ar dir caled o'r blaen. Ceffyl Cwilsyn oedd hwn, wedi ei ffurfio i fod gydag e, ac roedd Cwilsyn yn gallu synhwyro'n syth fod y creadur yn ofnus.

"Mae'n iawn," meddai'n dawel. "Galli di ddod yn nes."

Chwyrnodd, a siglo'i ben i fyny ac i lawr. Gwenodd Cwilsyn. Yna, plyciodd ei ben am yn ôl, chwyrnu eto gan edrych dros ysgwydd Cwilsyn, a gwthio'i glustiau ymlaen. Roedd wedi gweld rhywun.

"Mae'n fendigedig o hardd."

Trodd Cwilsyn a gweld Macsen yn sefyll tu ôl iddo.

"Mae'n dal y golau'n well na Lleu."

Edrychodd Cwilsyn ar y ceffyl a oedd wedi mynd yn ôl i sniffian glan y llyn.

"Sori, do'n i ddim isie codi ofn arnat ti," meddai Macsen yn dyner. "Ond maen nhw mor werthfawr. Pa enw wyt ti wedi'i roi iddo fe?"

Ysgydwodd Cwilsyn ei ben; doedd e ddim wedi meddwl am hynny.

Trodd i edrych ar y ceffyl a meddwl am sut roedd e'n gwneud i'w galon deimlo'n ysgafnach.

"Mae fy nhad yn yr uwchfyd wastad wedi adrodd straeon o Gymru, ac o Iwerddon hefyd. Roedd rhywun o'r enw Solas, sy'n golygu 'disgleirdeb, goleuni'."

"Solas?" meddai Macsen. "Swnio'n berffaith."

Ar hynny, dyma Solas yn sefyll ar ei garnau ôl, ac yn taflu ei gorff i fyny i'r awyr cyn glawio i lawr i ddŵr y llyn.

Safodd Cwilsyn mewn rhyfeddod, a'r tywyllwch sydyn yn dduach ar ôl diflaniad Solas.

"Dyna'r peth harddaf dwi 'di gweld erioed," meddai, yn fyr ei wynt.

Roedd hi'n dywyll yn y castell erbyn iddyn nhw gyrraedd yn ôl. Rhaid bod Deryn a Finn wedi mynd i gysgu. Roedd Erin wedi rhoi digon ar y tân i'w gadw ynghyn drwy'r nos a chadw'r neuadd yn gynnes. Aeth Macsen i nôl gwin iddo'i hunan, a diod o fêl bendigedig i Cwilsyn. Diolchodd Cwilsyn iddo a cherddodd y ddau at y lle tân. Eisteddodd Macsen am ychydig, a'i lygaid glas yn astudio wyneb Cwilsyn.

"Pan o'n i yn y ddinas, roedd fy nghlustiau i ar agor."

"Pam?" gofynnodd Cwilsyn, gan gyrlio'i ddwylo am y gwpan.

"Ddwedodd Deryn fod ci hela wedi bod yn dy ddilyn di ar ôl cyrraedd yma."

Yn sydyn, fflachiodd yr atgof am y ffwr anniben, a'r llygaid coch. "Do… roedd enw arno…"

"Conan," meddai Macsen.

Arhosodd i gael ymateb Cwilsyn ond doedd yr enw ddim yn golygu unrhyw beth iddo. Plygodd ymlaen yn ei gadair.

"Yn yr un ffordd ag mae gen ti Solas," roedd ei eiriau yn drwm, yn llawn ystyr, "mae gan Arawn Conan."

Roedd cwlwm yn stumog Cwilsyn.

"Fe yw'r prif gi hela: ffrind ffyddlon Arawn."

Roedd Cwilsyn yn teimlo'n sâl wrth feddwl iddo fod mor agos ato.

"Pan ddwedodd Deryn wrtha i, ro'n i'n poeni. Bydde fe wedi arogli'r uwchfyd arnat ti," meddai Macsen. "Mae Conan yn gallu dilyn ei brae am filltiroedd, codi arogl a hela'r truan. Dyna pam mae milwyr yn gwarchod y lle yma."

Llyncodd Cwilsyn yn galed. "Mae Arawn yn gwbod 'mod i yma?"

"Ddim eto, dwi ddim yn meddwl. Bydd rhaid i ni fod yn ofalus iawn."

Roedd Cwilsyn wedi ceisio peidio meddwl am Arawn; roedd meddwl amdano fel cwmwl du uwch ei ben.

"Sut un yw e?" gofynnodd Cwilsyn, gan edrych ar y tân fel petai'n gwrthod sylweddoli'r gwir.

"Mae'n gwrtais, gŵr bonheddig," atebodd Macsen yn onest. Stopiodd i gymryd llwnc o'i ddiod. "Ond mae e hefyd yn greulon. Mae e 'di bod yn cymryd yr eneidiau, mynd â nhw i Gaer Siddi, a dwyn eu gwybodaeth. Y mwya o bŵer sydd ganddo, y mwya mae e isie. Mae'n berson balch, ond gallwn ni fanteisio ar hynny, ac wrth gwrs, mae pŵer ganddo fe dros y dreigiau."

Meddyliodd Cwilsyn am hynny.

"Sut rai yw'r eneidiau?"

"Pan maen nhw'n cyrraedd yma o'r Ddaear, maen nhw

fel cysgodion, ond yn olau. Galli di weld y wynebau, pwy oedden nhw'n arfer bod. Pan oedd Rhiannon yn cwrdd â nhw wrth Ffynnon Eneidiau bydden nhw'n sibrwd eu doethineb i'r ffynnon, crynhoi at ei gilydd fel pelen o oleuni a llifo, un ar ôl y llall, fel sêr i mewn i'r goedwig. Fan hynny byddai adar Rhiannon yn eu llyncu, eu troi'n ganeuon a mynd â nhw'n ôl i'r Ddaear."

Gwenodd Cwilsyn ar harddwch hyn.

"Ond nawr maen nhw'n cael eu casglu gyda'i gilydd yn y castell, eu heneidiau'n cael eu dwyn, gan adael dim ond cysgodion ar ôl. Ysbrydion, mewn ffordd."

Ystyriodd Macsen ei eiriau ei hun, a meddalodd ei wyneb. "Mae'n drist, cael dy ddal fel'na."

Roedd y tân yn mudlosgi, a'r cols yn atgoffa Cwilsyn o Jona, oedd yn llawn gobaith. A'i atgoffa hefyd o chwerthin ei ffrind wrth iddo neidio dros y goelcerth.

"Cyn i fi adael yr uwchfyd, roedd pobl yn cynnau tanau i drio dod â'r haf yn ôl."

Edrychodd Macsen arno'n ofalus. "Braf iawn," meddai.

"Roedden nhw'n credu eu bod yn gallu gwella pethau," cyfaddefodd Cwilsyn.

Tynnodd Macsen anadl ddofn.

"Roedd ganddyn nhw gymaint o obaith," meddai Cwilsyn.

"Dyna un o'r pethau sy'n eu neud nhw'n ddynol," meddai Macsen, a'i lygaid yn trymhau. "Dyna un o'r pethau gorau amdanyn nhw."

Pennod 14

Roedd Pia wedi gosod dau darged tal ym mhen pellaf y maes ymarfer tu ôl i'r castell. Roedd pob un yn grwn gyda chylch llygad tarw reit yn ei ganol. O'r ochr, edrychodd Deryn ar Pia yn rhoi bwa i Cwilsyn. Doedd dim emosiwn ar ei hwyneb wrth ddal saeth i fyny.

"Dyma'r saeth, y darn hir yma yw'r paladr, dyma'r plu, a'r darn pigog fan hyn yw'r darn sy'n lladd."

Roedd ei hwyneb yn hollol ddifrifol a doedd Cwilsyn ddim yn siŵr oedd hi'n tynnu ei goes ai peidio.

"Dyma'r bwa – y pigyn ar y top, y gwaelod yn gwyro am allan, y fraich uchaf a'r fraich isaf. Sylwa mai braich yw'r enwau ar y rhain, a dylen nhw fod fel estyniad o dy fraich di. Rhaid i ni weithio gyda'r llinyn, a gollwng y saeth o fan hyn."

Chwipiodd ei llaw tu ôl i'w phen a chymryd saeth o'r cawell ar ei chefn, a chyn i Cwilsyn dynnu anadl, roedd hi wedi ei saethu i ganol y llygad tarw gyda chlec. Cododd Pia ael arno.

"Dy dro di nawr," meddai.

Ceisiodd Cwilsyn dynnu'r saeth, ond doedd e ddim yn gwybod pa fys i'w ddefnyddio. Roedd ei fysedd yn gwlwm i gyd, ac roedd e'n methu dal y bwa'n syth na thynnu'r llinyn yn ôl yn dynn. Rholiodd Pia ei llygaid yn flin.

"Dwi'n trio," meddai Cwilsyn.

"Wel, tria'n galetach," atebodd Pia.

Gafaelodd yn y saeth a'i thynnu'n ôl gymaint ag y gallai. Gadawodd hi'n rhydd, a thasgodd ymlaen, gan lanio ychydig fetrau o'i draed.

"Cwyd hi o'r llawr," meddai Pia, yn anniddig.

Cododd Cwilsyn y saeth ac yna symudodd hithau'n nes ato.

"Dal y bwa fel hyn," meddai. "Saf fel hyn. Traed ar wahân lled dy ysgwyddau, symuda dy droed flaen yn ôl saith centimetr a'i throi i'r ochr."

Gwnaeth Cwilsyn hyn.

"Saf yn syth," cyfarthodd, "a thro dy ên fel ei bod dros ysgwydd y fraich sy'n dal y saeth."

Doedd Cwilsyn ddim wedi bod mor agos â hyn ati o'r blaen. Roedd rhyw naws o'i chwmpas oedd yn gwneud i rywun droi i ffwrdd. Doedd e ddim wedi sylwi ar ei dillad o'r blaen. Roedd e wastad wedi edrych arni o gornel ei lygad, yn lletchwith a nerfus, fel yr oedd hithau hefyd, ond heddiw, sylwodd yn iawn ar ei dillad. Roedd hi'n gwisgo trowsus tywyll, fest ddu a haenau o ddillad du, bron yn dryloyw, oedd fel petaen nhw'n disgleirio. O gwmpas ei gwddw roedd mwclis du fel glo, gleiniau yn rhes ar res, ac er eu bod nhw'n dywyll roedden nhw'n sgleinio'n sawl arlliw o las a gwyrdd fel plu. Roedd cadwyn arian drom, loyw ganddi hefyd, ac yn hongian oddi arni roedd ambell ddarn o arian ac allweddi arian, ac roedd ganddi gadwyn arall debyg o gwmpas ei garddwrn oedd yn tincial wrth iddi symud ei braich, ac ar honno roedd cerrig sgleiniog ac oriawr boced hen ffasiwn.

"Da iawn, nawr tynna'n ôl."

Ceisiodd Cwilsyn dynnu'r llinyn ond roedd y tensiwn tyn yn gwneud hynny'n anodd.

"Yn galetach!" gwaeddodd.

Tynnodd â'i holl nerth, ac wrth iddo wneud, llithrodd y saeth rhwng ei fysedd, ac er nad oedd yn barod, gwibiodd ymlaen a tharo'r targed. Trodd at Pia, a'i wyneb yn wên i gyd. Gwaeddodd Deryn o'r ochr a gwenodd Cwilsyn arni.

"Dim rheolaeth o gwbl," meddai Pia yn sych. "Reit, o'r dechrau eto."

Buon nhw'n ymarfer drwy'r dydd, yn ceisio cadw'r bwa'n gadarn a hicio'r saeth. Weithiau, roedd e'n teimlo'n dda, ac weithiau byddai'n mynd yn hollol o chwith am ddim rheswm. Ceisiodd Cwilsyn wneud beth ddywedai Pia wrtho, er mwyn peidio â'i gwylltio.

"Deryn!" gwaeddodd Pia ymhen rhai oriau. "Dere 'ma."

Cerddodd Deryn draw atyn nhw. "Dwi ddim yn saethydd, cofia," meddai hi wrth Cwilsyn. "Dwi'n fwy cartrefol â chleddyf yn fy llaw."

Rhoddodd Pia fwa a saeth Cwilsyn i Deryn a gwyliodd Cwilsyn y ddwy'n ymarfer saethu drosodd a throsodd. Roedden nhw'n saethu bob yn ail, yn ceisio anelu yn nes ac yn nes at ganol y targed. Roedd Pia yn ei daro bron bob tro. Roedd Cwilsyn yn rhyfeddu at ei symudiadau llyfn. Tynnu'r saeth, hicio a saethu gydag un symudiad, pob ymgais mor wefreiddiol a glân. Ceisiodd Cwilsyn gopïo'r ystumiau heb y bwa a saeth, er mwyn cael teimlo'r symudiadau.

Wedyn, daeth Deryn ato a rhoi'r bwa iddo. Cerddodd at Pia a sefyll wrth ei hymyl eto. Dechreuodd saethu, ei fysedd yn brifo gan yr holl dynnu ar y bwa, ond roedd e'n bendant yn gwella, yn araf bach.

Ymhen tipyn, ymddangosodd Finn â llond hambwrdd o ffrwythau a bisgedi.

"Mae Erin 'di bod yn pobi," meddai'n hapus. "Rhaid i chi flasu'r rhain."

Gwenodd Deryn ac edrych ar Cwilsyn. Roedd angen hoe arnyn nhw. Nodiodd Pia ac ymunodd Finn â nhw. Cymerodd Pia lond dwrn o'r bisgedi a mynd i eistedd ar wahân, ar ei phen ei hun. Eisteddodd Finn gyda Deryn a Cwilsyn yng nghanol y cae.

"Wel, sut mae pethau'n mynd?" gofynnodd Finn.

Cododd Cwilsyn ei ysgwyddau.

"Mae'n neud yn dda iawn," meddai Deryn.

Trawodd Finn ei gefn. "Dal ati, boi," meddai.

"Pia yw'r saethwr gorau dwi 'di gweld," meddai Finn. Gwelodd Deryn fod Pia wedi troi ei phen i wrando.

"Dwi 'di cael sawl ffeit, ambell godwm, ond does neb tebyg iddi hi."

Gwenodd Deryn arno. Eisteddon nhw wedyn am dipyn, gan ymestyn eu coesau, ymlacio'u cyhyrau.

"Glywes i bod ti 'di llwyddo i ddenu dy geffyl," meddai Finn.

"Solas yw ei enw," meddai Cwilsyn, a'i galon yn curo ychydig yn gynt dim ond wrth feddwl amdano.

"Neis," meddai Deryn.

Roedd Cwilsyn wedi galw Solas eto y bore hwnnw, a'i wylio wrth iddo ffurfio o'r dŵr a sniffio'r tir. Roedd e fel petai eisiau camu i'r lan ond yn methu.

"Mae'n mynd i gymryd amser," meddai Cwilsyn.

"Mi ddaw," meddai Finn yn hapus. "Mae gen i bob ffydd ynddot ti."

"Ond sdim amser 'da ni," meddai Cwilsyn.

"Jyst gwna dy orau," meddai Deryn yn garedig.

"A'i neud e'n gynt," meddai Pia o fan draw.

Cododd Cwilsyn ei ael ar Deryn.

"Reit," meddai Finn gan godi a sgubo'r briwsion oddi ar ei ddillad. "Mae isie mwy o sbort yn y wers 'ma. Yr un sy'n taro agosaf at y llygad tarw dair gwaith yn olynol sy'n cael saethu'r afal 'ma o dop fy mhen."

Edrychodd Cwilsyn yn anghrediniol ar Finn. Ysgydwodd ei ben.

"Dwi o ddifri!"

"Iawn 'te," meddai Deryn gan neidio ar ei thraed. Roedd Pia wedi sefyll hefyd ac roedd Cwilsyn yn dal i fethu credu ei lygaid pan welodd Deryn yn saethu at y targed. Llwyddodd i daro un llygad tarw ac roedd y ddwy saeth arall yn agos iawn.

"Dere," meddai hi, gan roi'r bwa a saeth yn nwylo Cwilsyn.

"Na, alla—"

"Dere!" meddai eto. "Gwna fe'n sydyn cyn iddi ddechrau tywyllu. Mae angen gymaint o olau dydd â phosib arnat ti."

Gwenodd. Tynnodd Cwilsyn y bwa a tharo ochr y targed. Tynnodd Deryn anadl swnllyd drwy ei dannedd.

"Iawn, iawn!" atebodd Cwilsyn.

Anelodd yr ail dro a methu'r targed yn llwyr, a llwyddodd y drydedd saeth i daro'r ochr chwith cyn bownsio oddi arno a disgyn i'r llawr.

Roedd Finn yn ei ddyblau'n chwerthin. "Ro'n i'n hyderus nad ti fyddai'n ennill!"

"Diolch, Finn," gwenodd Cwilsyn.

Yna safodd Pia o flaen y targed. Roedd hi'n canolbwyntio'n llwyr ar yr her oedd wedi cael ei gosod.

Roedd patrwm ei hanadlu wedi newid, wedi arafu. Caeodd un llygad, tynnodd y saeth ac mewn un symudiad llyfn ei saethu'n syth i ganol y llygad, un, dwy, tair gwaith gyda pherffeithrwydd creulon. Doedd dim smic wrth i Finn, Deryn a Cwilsyn edrych arni'n syn. Gollyngodd y bwa ac edrych draw arnyn nhw. Prociodd Deryn Finn yn ei asennau.

"Dere 'te. Rhan nesaf y sialens. Ti am gadw dy ran di o'r fargen?"

Roedd Finn yn chwerthin. Cydiodd yn yr afal a dechrau cerdded tuag at y targedau yn y pen arall.

"Yr unig reswm wnes i hyn oedd 'mod i'n gwbod nad oedd gobaith gan Cwilsyn i gyflawni'r dasg, a byddet ti Deryn yn weddol agos, felly o'n i'n saff gyda Pia." Trodd i'w hwynebu, moesymgrymu'n ddramatig a cheisio balansio'r afal ar ei ben. Syrthiodd yr afal gwpwl o weithiau a rhaid oedd chwilio amdano yn y gwair.

"Ti'n siŵr bod digon o olau?" gofynnodd Deryn i Pia. Anwybyddodd Pia hi.

Llwyddodd Finn i gael yr afal i aros ar dop ei ben a safodd yno gyda'i freichiau ar led.

"Sdim rhaid i ti neud hyn!" gwaeddodd Deryn ar Finn.

"Mae'n iawn!" gwaeddodd yn ôl, gan drio peidio symud ei wefusau. Doedd e ddim eisiau symud unrhyw beth y funud yma. Dechreuodd calon Cwilsyn rasio. Roedd hyn yn beryglus. Tynnodd Pia ar ei bwa a hicio saeth. Ei blaen pigog yn sgleinio yng ngolau'r gwyll. Roedd y naws wedi newid, rhyw wynt oer yn chwythu tu ôl i'r castell, a theimlodd Cwilsyn ias ym mêr ei esgyrn.

"Pia, ti wir yn mynd i neud hyn?" Llais Deryn eto.

"Beth os bydd e'n symud?" holodd Cwilsyn.

Roedd hi wedi oeri, a Pia yn sefyll â thensiwn y bwa'n dynn.

"Aros yn llonydd!" gwaeddodd Pia ar Finn.

"Beth am y gwynt?" gofynnodd Deryn mewn panig.

Edrychodd Cwilsyn ar wyneb Pia. Roedd hi'n edrych yn fwy byw nag yr oedd e wedi ei gweld hi erioed.

Ei bochau'n llosgi'n binc fel petai ei nerfau ar dân. Roedd y llinyn yn crynu dan straen ei braich. Gafaelodd Deryn yn dynn ym mraich Cwilsyn ac roedd e bron â methu edrych wrth ddal ei anadl. Ac yna, pan oedd hi ar fin saethu trodd yn sydyn at Deryn a Cwilsyn a gwibiodd y saeth dros eu pennau gyda swish syfrdanol.

Gwaeddodd Cwilsyn, ond roedd y saeth mor gyflym fel na allen nhw prin ei gweld hi. Cydiodd yn Deryn wrth i'r saeth hedfan heibio, chwibanu dros ymyl y maes ymarfer ac anelu at siâp oedd yn cuddio yn y gwair hir gerllaw. Daeth sŵn gwichian wrth i'r saeth drywanu ysgyfarnog oedd yno yn eu gwylio. Teimlai Cwilsyn yn sâl. Edrychodd mewn dychryn ar yr ysgyfarnog yn dechrau neidio dros bob man, ei ffurf yn tyfu a'r sŵn gwichian yn mynd yn is ac yn fwy dynol. Roedd yn sgrechian. Camodd Cwilsyn a Deryn yn ôl yn reddfol wrth iddyn nhw wylio'r ysgyfarnog yn troi'n filwr mewn du. Safodd yno, yn dal ei fraich, a'r saeth yn sownd yn ei ysgwydd.

"Ysbïwr," meddai Deryn mewn arswyd. "Un o ysbiwyr Arawn."

Aeth Cwilsyn yn oer drwyddo wrth i'r dyn redeg nerth ei draed i mewn i'r goedwig tu ôl iddo.

Pennod 15

Finn oedd yn gallu hedfan gyflymaf, ac aeth tua'r gogledd lle roedd y milwyr wedi ymgynnull i gasglu mwy ohonyn nhw adre i warchod y castell. Doedd e ddim yn hoffi hedfan yn y nos oherwydd roedd y dreigiau yn fwy bywiog bryd hynny, ond roedd yn rhaid iddo.

Roedd Macsen yn camu'n ôl ac ymlaen yn ddiamynedd yn y neuadd wrth i Erin wylio'n bryderus. Eisteddai Pia, ei gwallt dros ei hwyneb, ei bysedd yn chwarae â'r gleiniau yn y mwclis oedd o gwmpas ei gwddw.

Roedd Conan wedi cysylltu ag Arawn rhywsut, ac roedden nhw'n amlwg yn casglu gwybodaeth. Roedd Arawn yn siŵr bod mab Hafgan yn mynd i ddychwelyd ryw ddiwrnod, ond heb wybod pryd na sut. Eisteddai Cwilsyn wrth y bwrdd yn gwrando, wrth i Macsen gerdded. Roedd e'n sylweddoli bod ei sgiliau cleddyfa yn gwella, ond bod ei saethu'n dal i fod yn warthus. Roedd e'n dal i fethu cael

Solas i gamu ar y tir, heb sôn am eistedd ar ei gefn a hedfan. Doedden nhw ddim hanner parod.

"Bydd y milwyr wrth gefn yma yn y bore," meddai Macsen, wrtho'i hun yn bennaf.

"Fydd Arawn yn dod?" gofynnodd Cwilsyn yn llawn pryder.

Stopiodd Macsen yn stond.

"Na, mae'r swyn ar y lle 'ma'n rhy bwerus. Byddai hynny'n ormod o anfantais iddo fe. Ond mae'n cael ei rybuddio ymlaen llaw. Gall e anfon mwy o ddynion i warchod goleuni'r byd, mwy o ddreigiau i warchod Ffynnon Eneidiau. Mae'n fwy i neud â strategaeth a chynllunio."

Gwyliodd Cwilsyn Macsen yn ceisio ffurfio cynllun, ei feddwl yn crwydro'n ôl at yr ysbïwr a welodd.

"Dwedest ti bod e'n llawn balchder," meddai Cwilsyn.

Pendronodd Macsen ynghylch hynny.

"A nawr maen nhw'n gwbod pa mor wael yw fy sgiliau saethu i…"

Edrychodd Macsen arno'n chwilfrydig.

"Gall Arawn feddwl 'mod i ddim yn unrhyw fygythiad o gwbl… Allwn ni droi hynny'n fantais i ni?"

Roedd Cwilsyn yn gallu synhwyro bod meddwl Macsen hefyd yn chwyrlïo.

"Be maen nhw 'di gweld go iawn?" aeth Cwilsyn yn ei flaen. "Bachgen sy'n methu saethu. Dwi ddim hyd yn oed yn ddyn…"

Trodd Macsen i edrych arno. "Mmm, falle fod 'da ti rywbeth fan'na."

"Falle wneith e'n hanwybyddu ni? Os oes ganddo fe gymaint o feddwl ohono fe'i hunan, be sy raid i frenin pwerus ei ofni?"

"Falle bod ti'n iawn," meddai Macsen. Nodiodd, ac am y tro cyntaf, teimlodd Cwilsyn fod y ddau'n siarad bron fel petaen nhw'n gyfartal.

"Bydd rhaid i ni neud yn siŵr y galli di ymarfer heb neb yn ymyrryd, a bod neb yn dod yn agos atat ti, wedyn gallwn ni fynd i achub goleuni'r byd mor fuan â phosib."

Ar ôl swper, cliriodd Deryn a Pia y bwrdd bwyd, a gwrandawodd Cwilsyn ar Macsen yn sôn am sut roedd e'n hyfforddi pobl ifanc i fod yn filwyr.

"Maen nhw'n ofnus i ddechrau. Does neb yn cael ei eni isie ymladd. Dyw e ddim yn beth naturiol," meddai.

Roedd Cwilsyn yn edrych ar wyneb Finn wrth i Macsen siarad.

"Mae ofn yn llygaid y milwyr ifanc pan maen nhw'n dal cleddyf am y tro cynta, ond wedyn maen nhw'n dechrau dod i adnabod ei gilydd, isie amddiffyn ei gilydd ac yn sydyn, mae ganddyn nhw rywbeth i ymladd drosto..."

Meddyliodd Cwilsyn am hynny.

"Mae'n hawdd ymladd dros rywbeth sy'n gyfiawn, ond yn anodd ymladd dros rywbeth dy'ch chi ddim yn credu ynddo."

"Ond mae hynna'n golygu bod dynion Arawn yn ymladd dros rywbeth maen nhw'n credu sy'n iawn hefyd," meddai Cwilsyn yn araf.

"Falle. Pwy a ŵyr pa gelwyddau mae Arawn 'di dweud wrthyn nhw," meddai Macsen.

"Neu falle eu bod nhw'n ofni *peidio* ymladd ar ei ochr e?" awgrymodd Finn.

"A dyna lle mae eu gwendid nhw, o bosib," meddai Cwilsyn.

"Yn hollol," meddai Macsen. "Y peth pwysig i gofio yw mai'r nod mewn rhyfel yw bod yn fwy cyfrwys na'r gelyn, nid dinistrio'r gelyn."

Winciodd ar Deryn a thynnu dagr allan o dop ei drowsus. Gosododd ef ar y bwrdd ac er syndod i bawb, cododd pwff o niwl o flaen y llafn. Edrychodd Cwilsyn mewn rhyfeddod ar Deryn wrth i'r rhuban o niwl droi'n fwy trwchus a thywyll a thrawsnewid yn garw bach ifanc â llygaid mawr, diniwed. Gwyliodd pawb y carw yn ogleuo'r bwrdd dan ei draed yn ansicr. Roedd e'n ymddangos yn gwbl fodlon, tan i fwy o fwg ddechrau nadreddu o ben blaen y dagr a throi'n gi hela. Rhewodd y carw ifanc, pob cyhyr yn llonydd. Edrychodd Cwilsyn yn syn wrth i'r ci ddal arogl y carw bach.

"Rydyn ni'n dysgu milwyr sut i guddio, ond yn y pen draw bydd rhaid wynebu beth ddaw."

Nesaodd y ci hela at y carw ifanc, gam wrth gam, nes iddo fynd yn rhy agos a neidiodd y carw a dechrau rhedeg o gwmpas y bwrdd. Cafodd y ci hela sioc a rhedeg ar ei ôl. Chwarddodd Deryn wrth weld y ci yn hela'r carw rownd a rownd y bwrdd yn ddidrugaredd.

"Y broblem gyda wynebu'r gelyn yw ei fod yn troi'n brawf o stamina a dyfalbarhad: pwy sy'n gallu dal i redeg, pwy sy'n dal i hela, pwy sydd wedi ymarfer fwya."

Roedd y carw bach yn mynd yn fwy a mwy blinedig. A'r ci hefyd yn dechrau arafu.

"Os mai'r un sy'n ymarfer fwya sy'n ennill y frwydr, wel, mae ar ben arna i," meddai Cwilsyn.

Ond dechreuodd y carw sboncio wedyn, newid ongl, gwneud i'r ci hela weithio'n galed, ei dwyllo, ochrgamu i bob cyfeiriad.

"Y gwir yw, galli di astudio a pharatoi ac ymarfer gymaint â phosib, ond y cryfder mwya yw gallu meddwl ar dy draed, newid tactegau, dangos ochr wahanol dy'n nhw ddim yn disgwyl ac yna bod â ffydd ynddot ti dy hunan."

Gwenodd Macsen wrth ddweud hyn. Stopiodd y carw ifanc wrth ymyl cornel o'r bwrdd o flaen Pia, oedd fel petai wedi ei swyno. Trodd y carw i wynebu'r ci a symud i'r gornel, ei gorff i gyd yn crynu. Aeth y ci hela i'w gwrcwd, ei symudiadau'n araf, gan ddeall ei fod wedi ennill a bod y diwedd yn agosáu. Ond wedyn, digwyddodd rhywbeth rhyfedd. Dechreuodd y carw dyfu. Ei goesau blaen yn tewhau, ei glustiau'n lleihau ac yna, yn raddol, trodd o fod yn garw bach swil i fod yn flaidd. Dychrynodd y ci a dechrau symud am yn ôl. Chwyrnodd y blaidd, yna neidio.

Trodd y ci a sglefrio oddi ar y bwrdd. Aeth y blaidd ar ei ôl, neidio i'r llawr a dilyn y ci hela i fyny'r grisiau. Clywodd pawb y sgathru a'r udo ar hyd y landin.

Chwarddodd Deryn a daeth Pia ati hi ei hun. Gwenodd Macsen ar Cwilsyn. "Bydd raid i ni roi syrpréis iddo fe," meddai. "Gwneud iddo feddwl ein bod ni'n wan, ond byddwn ni'n gryf tu fewn."

Pennod 16

Taflodd Finn yr helmed at Cwilsyn wrth iddo gerdded i lawr y grisiau. Roedd Erin yn pacio bag â bwyd ac ambell rwymyn.

"Be ni'n neud?" gofynnodd Cwilsyn.

"Ymladd dreigiau," atebodd Finn, yn wên o glust i glust. "Mae hyn yn mynd i fod yn hollol, gwbl, anhygoel o wych!"

Ceisiodd Cwilsyn wenu'n ôl, ond doedd e ddim yn gallu.

"Paid edrych mor ofidus," meddai Finn, gan daflu ei gleddyf ato. Llwyddodd Cwilsyn i'w ddal, ond wrth wneud, gollyngodd ei helmed.

"Wel," meddai Finn yn sych, "gofidia ychydig bach, falle, os wyt ti mor lletchwith â hynna."

Roedd hi'n gynnar, ac aethon nhw heibio'r llyn. Gwelodd Cwilsyn fod rhai milwyr yn eu dilyn a theimlodd fel petai adre eto, a'i dad yn ei ddilyn o bell i bob man. Cerddon nhw am oriau. Roedd Finn yn cario'r bag ar ei gefn.

"Os awn ni hyd at ymyl tir Arawn, bydd dreigiau'n gwarchod y ffin yno."

Roedd Cwilsyn yn dawel.

"Paid poeni, maen nhw'n sownd ar tsiaen," meddai Finn. "A dim ond Cafflwyr cyffredin ydyn nhw. Dim byd ffansi."

Roedd tôn ei lais yn awgrymu eu bod yn mynd i chwarae â chŵn bach, nid dreigiau mawr.

"Mae'r Cafflwyr fel colomennod byd y dreigiau. Ddim yn glyfar iawn. Maen nhw'n bwyta sgraps, unrhyw beth gallan nhw gael eu crafangau arno. Maen nhw'n bla, ond yn rhai sy'n gallu lladd."

Llyncodd Cwilsyn yn galed wrth drio dal i fyny â Finn, oedd yn siarad yn gyflym ac yn cyffroi wrth sôn am y dreigiau.

"Dwi'n teimlo piti drostyn nhw, a dweud y gwir. Maen nhw'n cael eu defnyddio fel cŵn gwarchod yn fwy na dim, oherwydd dy'n nhw ddim yn ddigon clyfar i ymladd, ond maen nhw'n gallu mynd yn flin iawn. Ddim yn cofio pethau chwaith. Ond lliw hyfryd, serch hynny – glas, a streipiau brown tywyll ar hyd eu hochrau. Ymladd ar lefel syml iawn. Ond y Cynffonnau Corniog a'r Tarthau Angau wedyn, wel, mae'r rheini'n fwy peniog ac yn gallu meddwl mwy drostyn nhw'u hunain."

Roedd Finn yn curo'r gwair ar y llwybr â'i gleddyf wrth gerdded.

"Y peth gyda dreigiau yw sylweddoli bod dy gorff di'n mynd i fod yn ofnus," meddai, gan feddwl yn ddwys. "Dwi'n cofio'n iawn y tro cynta i fi ymladd draig, a do'n i ddim 'di bod yn ddigon ffodus i gael gwersi. Un main oedd e, creadur yn byw yn y dŵr ac ar y tir." Crynodd wrth gofio. "Dy'n nhw ddim fel arfer yn ymosod, ond wnes i ddigwydd mynd ar ei dir e ar ymyl y clogwyn." Tynnodd Finn ei grys i fyny a dangos craith ddofn liw porffor ar ochr ei asennau.

"Wna i ddim hynny eto," meddai gan godi ei aeliau.

"Dyw hyn ddim yn helpu," meddai Cwilsyn, yn hanner tynnu coes.

"Paid bod yn wirion," meddai Finn yn llawn cysur. "Sdim angen i ti boeni. Dwi yma!"

Clywodd Cwilsyn y Cafflwyr cyn eu gweld. Teimlad rhyfedd oedd i'w gorff synhwyro eu bod nhw yna cyn iddyn nhw ddod yn agos. Rhywbeth i'w wneud â thymheredd yr aer, y ffordd roedd eu sŵn yn gwneud i'r tir dan draed ddirgrynu.

Rhoddodd Finn ei fys ar ei wefusau. Tynnodd dorth o fara o'r bag a gwneud arwydd ar Cwilsyn i ddechrau cropian. Felly, dyna wnaeth e, a gwthio'i gleddyf a'i wain i'r ochr fel nad oedd e'n baglu drostyn nhw. Cyrhaeddon nhw gopa'r bryncyn ac edrych i lawr, a gweld dwy ddraig â tsiaen o gwmpas eu gyddfau ryw gan metr ar wahân, ac un arall ymhellach i ffwrdd. Roedd y tir o'u cwmpas wedi ei grafu ac yn foel. Roedd dŵr ac ambell ddarn o gig wedi eu gadael i'r creaduriaid. Roedd un fel petai'n cysgu, ac un arall yn tynnu ar ei tsiaen a siglo'i ben yn flin. Dechreuodd Finn dorri darnau o fara o'r dorth.

"Ti'n cael tamed i fwyta nawr?" sibrydodd Cwilsyn.

"Naaa," winciodd Finn. Yna aeth ar ei bengliniau a thaflodd ddarn o fara tu ôl i'r Cafflwr agosaf atyn nhw, a throdd hwnnw ei ben yn sydyn wrth i'r bara daro'r llawr. Chwipiodd ei gynffon a cherdded at y bara, ei ben yn isel. Edrychodd Cwilsyn arno, ei adenydd caeedig yn plycio, ei lygaid yn ymledu a sŵn chwyrnu isel i'w glywed wrth iddo syllu'n amheus ar y bara.

"Beth nawr?" holodd Cwilsyn, ond doedd dim ateb. Edrychodd draw, ac roedd Finn wedi diflannu.

"Finn?" Edrychodd o'i gwmpas, ond doedd e ddim i'w weld yn unman. Syllodd i'r awyr. Dim byd. Yna, sgrechiodd y ddraig. Aeth llygaid Cwilsyn yn ôl ati, a gweld Finn yn tynnu ei chynffon. Chwipiodd y ddraig ei chorff ond doedd hi ddim yn gallu cyffwrdd yn Finn. Ceisiodd eto ac eto, ond roedd Finn yn troi mewn cylch, a'i gwneud yn amhosib i'r ddraig ei ddal. Clywodd Cwilsyn y ddraig yn mynd yn fwy a mwy blin, ac oherwydd hynny, deffrodd y ddraig arall a dechrau grwnian. Gollyngodd Finn y gynffon a rhedeg am yn ôl, yn gwahodd y ddraig i'w ddilyn, ond yna, er syndod i Cwilsyn, stopiodd redeg.

A safodd yn stond.

Caeodd Cwilsyn ei lygaid, gan feddwl bod y diwedd wedi dod i Finn, ond yna sylwodd nad oedd y ddraig yn gallu mynd ddim pellach. Roedd wedi cyrraedd pen y tsiaen. Arhosodd yno yn flin, a phrociodd Finn ei thrwyn yn ysgafn â'i gleddyf, i'w phryfocio, nid ei brifo, a rhuodd y ddraig arno. Daeth fflam ffyrnig o'i cheg, felly trodd Finn yn ôl yn aderyn a diflannu cyn iddo gael ei losgi'n ulw. Chwiliodd y ddraig am Finn, wedi drysu'n lân. Peidiodd y rhuo, edrychodd o'i chwmpas ac yna, fel petai wedi anghofio pam roedd hi'n flin, aeth yn ôl i chwilio am y bara.

"Dy dro di nawr," meddai Finn, oedd wedi dod at ei ymyl.

"Ti'n jocan!"

"Cer," meddai, allan o wynt. "I gael teimlad y peth. Dim ond cath fawr yw hi. Y tro cynta yw'r gwaetha, dwi'n addo. Cofia, mae ei chylch hi i droi yn fach, dyw hi ddim yn gallu cofio'n dda ac mae pellter o fetr cyn i'r fflam dy gyrraedd di."

Nodiodd Cwilsyn. Doedd e ddim yn gallu credu ei fod e'n gwneud hyn. Cydiodd mewn darn o fara ac yn ei gleddyf, codi a mynd i lawr y bryncyn. Edrychodd draw ar y Cafflwr, oedd ddim yn ymwybodol ohono eto. Nawr ei fod ar yr un lefel â'r ddraig, roedd hi'n edrych yn fwy o faint. Roedd y streipiau ar ei chroen yn sgleinio, er nad oedd llawer o gig arni, ac roedd ambell graith ar ei chroen.

Teimlodd Cwilsyn ofn yn cropian i fyny ei asgwrn cefn ac roedd croen gŵydd dros ei freichiau i gyd. Cylchodd o gwmpas y ddraig, sefyll tu ôl i goeden, ac aros i fagu digon o hyder i daflu'r bara ati. Roedd e'n anadlu'n drwm. Cofiodd eiriau Macsen; galli di guddio ond bydd rhaid i ti wynebu dy ofnau rhywbryd. Tynnodd anadl ddofn, troi, a thaflu'r bara yn agos at y ddraig. Rhuodd y ddraig arall a daeth yr un agosaf ato yn nes at y bara, ond ddim cweit yn gallu ei gyrraedd. Tynnodd a phlyciodd ar y tsiaen, gan fynd yn fwyfwy ffyrnig. Symudodd Cwilsyn, cylchu tu ôl iddi, a sylwi ar ei chefn. Roedd yr adenydd fel rhai ystlum, wedi eu cau. Roedd ei chynffon o'i flaen, y croen yn drwchus a sgleiniog. Symudodd tuag ati, cydio yn y gynffon a theimlo ton fawr o banig wrth i'r ddraig droi i'w wynebu. Roedd y llygaid yn anhygoel, fel lliw saffir glas dwfn, a'i safn yn flew pigog. Roedd Cwilsyn wedi cael cymaint o fraw fel na allai glywed gweiddi Finn yn glir.

"Paid jyst sefyll yna!"

Daeth yn ôl ato'i hun wrth i ddannedd y ddraig glepian ychydig gentimetrau o'i wyneb. Cylchodd o gwmpas y creadur eto. Teimlai ei phwysau trwm wrth iddi drio cael gwell ongl i'w ladd. Roedd hi'n drewi o fwyd wedi pydru a'r mwd dan ei thraed. Gallai ei churo'n hawdd petai eisiau, gan ei phrocio yn ei hochr i ddangos hynny. Rhedodd ymhellach i ffwrdd a phlygu i nôl y darn bara o'r llawr. Clywodd y ddraig yn cyrraedd diwedd hyd y tsiaen ac yna trodd, gan wneud yn siŵr ei fod yn ddigon pell o'r fflamau.

Roedd calon Cwilsyn yn curo'n gynt nag erioed wrth iddo daflu'r bara ati eto.

Ymddangosodd Finn wrth ei ymyl. "Ti'n wych! O'n i'n gwbod bod *rhywbeth* fyddet ti'n gallu neud yn dda," meddai, gan dynnu ei goes.

"Ha ha," atebodd Cwilsyn, a sychodd y chwys oddi ar ei dalcen â'i law.

Edrychodd y ddau ar y ddraig, oedd newydd orffen y bara.

"Mae'n denau iawn, druan," meddai Cwilsyn, gan deimlo trueni drosti, a sylwi ar y croen fel papur crêp a'r graith wyrddlas ar ei hystlys.

"Ydy," meddai Finn. "Dyw Arawn ddim yn edrych ar eu holau nhw. Dwi'n flin, ond beth allwn ni neud?"

Edrychodd Cwilsyn arno. "Dyw'r tennyn ddim yn edrych yn gryf o gwbl," meddai gan wenu.

"Hei, na, allwn ni ddim... Bydde hynny'n wirion," meddai Finn.

"Ti isie ymarfer corff?" gofynnodd Cwilsyn.

"Ti o ddifri?" meddai Finn.

"Wel, dim ond rhyw loncian bach."

Roedd Cwilsyn wedi penderfynu beth i'w wneud, ond roedd hi'n teimlo'n afreal wrth iddo godi ei gleddyf a thorri drwy'r tsiaen oedd yn cadw'r ddraig yn gaeth i'r llawr. Chwalodd yr hen tsiaen rydlyd, ac roedd y ddraig yn rhydd.

"Dere!" gwaeddodd Cwilsyn wrth ddechrau rhedeg.

"Paid poeni," chwarddodd Finn gan ddechrau rhedeg

gydag e, "fydd hi ddim wedi sylwi ei bod hi'n rhydd am o leia eiliad neu ddwy."

Yna clywodd y ddau ruo anferth tu ôl iddyn nhw.

"RHED!" sgrechiodd Finn gan chwerthin.

Adroddodd Finn y stori o flaen y tân wrth iddyn nhw fwyta. Slapiodd ei goesau a sôn am yr olwg oedd ar wyneb Cwilsyn pan sylweddolodd pa mor gyflym y gallai Cafflwr symud. Gwelodd Cwilsyn wyneb Deryn yn gwenu wrth wrando ar yr hanes ac roedd Pia, hyd yn oed, yno'n gwrando wrth y tân. Twt-twtiodd Erin.

"Ddylech chi ddim eu pryfocio nhw, cofiwch. Dwi'n nabod rhywun gafodd ei losgi'n ddrwg."

"Mae'r Cafflwyr yn iawn," ochneidiodd Finn. "Y Dreigiau Madfallog a'r Tarthau Angau yw'r broblem. Maen nhw'n codi arswyd arna i."

"Sut maen nhw'n waeth?" gofynnodd Cwilsyn. "Dreigiau ydyn nhw hefyd."

Edrychodd Finn arno fel petai'n siarad rhyw iaith arall.

"Dwi 'di clywed bod cathod fel teigrod hefyd, ond fyddet ti ddim yn cosi bola teigr, fyddet ti!"

Gallai Cwilsyn weld ei fod o ddifri.

"Mae'r Dreigiau Madfallog yn fwy creulon, a'r Tarthau Angau yn fwy anodd, oherwydd eu bod mewn criw bob tro, ond ti'n gwbod, mae 'na ffordd."

"Pam maen nhw'n ffyddlon i Arawn os ydy e'n eu trin nhw mor wael?" gofynnodd Cwilsyn.

Cododd Finn ei ysgwyddau. "Dy'n nhw ddim yn gwbod am unrhyw beth gwahanol."

"Mae 'na hen stori amdanyn nhw." Deryn oedd yn siarad nawr. "Mae'n debyg mai Arawn laddodd eu mam-ddraig nhw."

Roedd golwg ddryslyd ar Cwilsyn.

"Mae dreigiau'n ffyddlon iawn i'w harweinydd," esboniodd Deryn. "Maen nhw'n dilyn pwy bynnag sy'n debyg i fam. Heb y fam maen nhw'n ddiniwed. Roedd ganddyn nhw ffydd ynddo fe…"

Gwrandawodd Cwilsyn arni.

"A falle eu bod nhw'n hoff o ochr dywyll eu meistr," meddai.

"Mae'n bosib," meddai Cwilsyn, gan droi ei fwyd â'i fforc. Roedd rhywbeth am y dreigiau wedi eu clymu'n gaeth wedi cyffwrdd â'i galon.

Y noson honno, roedd Cwilsyn eisiau gweld Solas. Aeth at y llyn, ei gorff wedi blino ar ôl y ras yn ôl i'r castell, â'r Cafflwr yn ei ddilyn. Roedd angen llonyddwch arno, yr heddwch fyddai Solas yn ei roi iddo. Aeth i eistedd ar lan y llyn, arafu ei anadl a cheisio dod â Solas i flaen ei feddwl.

"Dere, os ti isie," sibrydodd.

Dim byd.

"Mae'n iawn," meddai wrth y dŵr. Eisteddodd yn dawel am dipyn. "Welais i ddraig heddi, ti'n gwbod, wedi ei chlymu ac yn gaeth. Fydden i byth yn neud hynna i ti," meddai'n dyner. "Er 'mod i dy angen di, dwi isie i *ti* fod isie bod gyda *fi*. Mae unrhyw beth arall yn greulon."

Roedd wedi meddwl am hyn drwy'r dydd, fod Solas yn gwrthod ei ddilyn am nad oedd e eisiau dod. Roedd golwg druenus y ddraig wedi ei frifo. Roedd Finn wedi ei ddysgu i weld eu bod nhw'n greaduriaid anhygoel, llawn hud, ond eu bod nhw'n byw hanner eu bywyd mewn caethiwed. Er bod un o'r dreigiau wedi dod ar ei ôl, roedd e'n falch ei fod wedi ei rhyddhau, gan wybod ei fod e a Finn wedi gwneud y peth iawn.

"Dria i neud hyn ar ben fy hunan os nad wyt ti isie bod gyda fi," meddai, gan edrych yn ofalus ar wyneb y dŵr. "Well gen i fethu yn deg nag ennill trwy orfodaeth. Alla i ddim bod fel Arawn, ac os ydy hynna'n golygu 'mod i'n wan, wel dyna ni."

Roedd y lleuad yn tyfu uwch ei ben, yn llenwi unwaith eto ar ôl ambell noson dywyll. Edrychodd Cwnsyn i fyny ar y sêr am eiliad, y rhai roedd ei dad wedi eu dangos iddo, a sylwi am y tro cyntaf fod y clystyrau wedi eu ffurfio tu chwith yma. Yn union yr un peth, ond fel edrych ar adlewyrchiad mewn drych. Gwenodd ar y rhyfeddod. Edrychodd yn ôl at y dŵr ond doedd dim sôn am Solas. Roedd e'n sylweddoli y byddai'n teimlo siom, roedd hynny'n naturiol, ond roedd hefyd yn gwybod na allai ei orfodi i'w helpu. Rhaid derbyn hynny. Cododd, troi a dechrau cerdded yn ôl ar hyd y llyn tuag at y castell. Yn sydyn, sylwodd ar oleuni gwan yn codi o'r cysgodion o'i flaen. Cerddodd ymlaen, ei gefn at y llyn o hyd, a chlywodd garnau Solas yn taro wyneb y dŵr ger ymyl y llyn. Stopiodd Cwilsyn. Wnaeth e ddim troi i edrych. Arhosodd yn amyneddgar, ac yna clywodd sŵn anhygoel carnau Solas ar y tir – sŵn tawelach, tynerach. Clywodd e'n dod yn nes at ei gefn ac yn sydyn, teimlodd ddagrau yn rhedeg i lawr ei fochau. Roedd e'n gysur enfawr pan deimlodd drwyn Solas ar ei ysgwydd ac yn erbyn ei glust. Safodd Cwilsyn yno dan olau lleuad godidog, a gwyrodd ei ben i gyffwrdd â chefn Solas.

Pennod 17

Roedd mwy a mwy o filwyr yn cyrraedd bob dydd, ac roedd y castell yn brysurach ac yn fwy swnllyd. Roedd Erin wedi cynhyrfu oherwydd yr holl bethau roedd ganddi i'w gwneud ond tybiai Cwilsyn ei bod hi'n mwynhau pob munud. Y bore yma roedd hi'n ffysian dros Cwilsyn wrth iddo fwyta'i frecwast.

"Rwyt ti'n dysgu'r holl bethau newydd yma, ond dim ond bachgen wyt ti o hyd. Mae angen i ti ymlacio a chael amser i ti dy hunan."

"Bydd amser i hynny cyn bo hir," atebodd Deryn drosto. "Ar ôl iddo wella'i sgiliau cleddyfa." A gwenodd ar Cwilsyn.

Daeth Macsen a rhai o'r uwch-swyddogion i mewn i roi'r wybodaeth ddiweddaraf iddyn nhw am y cynllun i gael goleuni'n ôl i'r byd. Dadroliodd y map ar y bwrdd a dechrau esbonio. "Byddwn ni'n anfon y don gyntaf – ugain milwr a Finn."

"Pam Finn?" gofynnodd Cwilsyn.

"Os ydy Arawn 'di gosod gwarchodwyr yna, bydd Finn yn gallu eu trin cyn i ni gyrraedd. Bydda i, Cwilsyn, Solas, Deryn a Pia yn dod gyda'r ail don yn syth wedyn. Mae 'na dipyn o Ddreigiau Madfallog, sy'n hela drwy sain. Felly, gan y bydd hi'n amhosib i ni fynd i'r ogof yn dawel, y peth gorau i neud yw eu byddaru nhw â sŵn."

"Fydd hynny'n gweithio?" gofynnodd Deryn.

"Os ydy eu clyw mor sensitif ag y mae Finn yn dweud, bydd yr holl sŵn yn eu gyrru nhw'n wallgof."

"Hmm, dwi ddim yn siŵr," meddai Finn.

"Fyddan nhw ddim yn gallu meddwl am ymosod mewn ffordd gall."

Roedd Finn yn dal yn amheus.

"Dyna'r unig gynllun sy 'da ni," meddai Macsen. "Wedyn, tro Cwilsyn fydd hi."

"Ddwedodd Hafgan unrhyw beth am sut i gael y goleuni'n ôl?"

Ysgydwodd Macsen ei ben. "Naddo, ond ti'n gwbod, byddi di'n gwbod beth i neud."

"Ti'n dweud hynna o hyd," meddai Cwilsyn.

"A dwi 'di bod yn iawn bob tro, hyd yn hyn," meddai Macsen gan wenu. "Faint mwy o amser sydd angen arno?" gofynnodd, gan droi at Deryn.

"Dyw hynna ddim yn deg."

"Allwn ni ddim aros llawer hirach."

"Bydd e'n barod whap," meddai Deryn, gan osgoi edrych ar Cwilsyn, a rhoi mwy o bwysau arno.

"Da iawn, wel, byddwn ni'n barod pan ti'n barod," meddai Macsen.

Roedd Solas yn aros am gyfnodau hirach erbyn hyn. Byddai'n dilyn Cwilsyn i bob man. Roedd Deryn a Finn wedi mynd i'w weld, ac roedd Solas wedi dod yn agos atyn nhw hefyd, fel petai'n trio dod i'w hadnabod. Roedd Pia wedi cadw ei phellter ac roedd Cwilsyn wedi edrych mewn rhyfeddod arni pan welodd hi Solas am y tro cyntaf, ei llygaid wedi eu hudo gan ei ddisgleirdeb. Wnaeth hi ddim ymdrech i gyffwrdd ynddo, na dod yn nes, fel petai'n hapusach i edrych arno o bell.

Byddai Cwilsyn yn ymarfer ei sgiliau cleddyfa neu saethu drwy'r dydd ac yna'n mynd at y llyn i chwilio am Solas, y ddau'n cadw cwmni i'w gilydd. Roedd Macsen wedi ei annog i dreulio gymaint o amser â phosib gyda Solas. Ac roedd hynny'n hawdd i Cwilsyn. Solas oedd ei le hapus, ei noddfa ddiogel. Heno roedden nhw wedi cerdded o amgylch y llyn, a Cwilsyn yn rhedeg ei ddwylo ar hyd ei fwng. Gwyddai y byddai'n rhaid iddo ddringo ar ei gefn rhywbryd, ond roedd meddwl am hynny'n ormod ar hyn o bryd. Allai e ddim hyd yn oed farchogaeth ceffyl cyffredin. Doedd e ddim eisiau ei frifo chwaith wrth ddringo arno. Fyddai hynny ddim yn dasg hawdd, gan fod ei adenydd wedi'u plygu o gwmpas ochrau ei gorff a byddai'n rhaid i Cwilsyn eistedd reit ar y blaen, fel joci.

Roedd Cwilsyn yn dal i fwytho'i fwng pan blygodd Solas ei ben a chodi ei droed flaen. Yn ei wahodd i gamu ar ei goes a gwthio'i hun i fyny ar ei gefn. Dechreuodd calon Cwilsyn guro'n drwm. Roedd geiriau Macsen yn canu yn ei glustiau: "ceffyl allai droi'n ôl yn ddŵr unrhyw eiliad, a gwneud i ti ddisgyn i dy farwolaeth." Arhosodd Solas, ac er ei fod yn ofnus, cydiodd Cwilsyn mewn darn o'r mwng a chamu ar goes Solas er mwyn codi ei hun ar gefn y ceffyl. Baglodd a methu y tro cyntaf, ond roedd Solas yn amyneddgar, yn cadw ei ben i lawr, a chododd Cwilsyn ei hun eto ar gefn yr anifail, ac wedyn dyma realiti'r sefyllfa yn ei daro. Roedd Solas yn hollol dryloyw ond roedd e'n teimlo'n gadarn a chryf odano. Chwarddodd Cwilsyn wrth sylweddoli mor wyrthiol oedd hyn. Sythodd Solas a dechrau cerdded o gwmpas, gan agor ei adenydd yn araf oddi wrth ei gorff. Sylwodd Cwilsyn pa mor bell oedd y ddaear odano, a pha mor hardd oedd lliwiau Solas. Yna dechreuodd Solas gyflymu ei gamau, dechrau trotian, a cheisiodd Cwilsyn beidio â mynd i banig wrth iddo garlamu tuag at y llyn.

Yn reddfol, pwysodd Cwilsyn ymlaen a chydio yn y mwng. Yna teimlodd siglad wrth i Solas ledu ei adenydd a chodi o'r tir. Gallai deimlo a chlywed y pŵer yn y plu dyfrllyd ar ei adenydd agored. Roedd yr esgyniad i'r awyr yn anhygoel a dechreuodd Cwilsyn deimlo'n rhyfedd,

fel petai dim cysylltiad rhyngddo a'r hyn oedd oddi tano. Gwingodd mewn ofn pur ac wrth edrych i lawr, sylweddolodd eu bod nhw eisoes wedi codi deg metr uwchben y llyn. Daeth ei siâp yn fwy clir islaw. Tynhaodd ei gorff wrth i'r panig godi drwyddo.

Yna, diflannodd holl olau Solas. Mewn eiliad, doedd dim byd odano. Diferodd Solas fel glaw yn ôl i mewn i ddŵr y llyn wrth i Cwilsyn droi a throelli drwy'r awyr, a syrthio gyda sblash drwy'r dŵr tywyll, byrlymus. Ymladdodd ei ffordd i'r wyneb. Torrodd wyneb y llyn, gan boeri llond ceg o ddŵr rhag ei lyncu, ac yna tynnodd anadl ddofn, gan drio rheoli ei banig. Trodd i weld Solas yn sefyll ar lan y llyn, yn aros yn amyneddgar iddo roi cynnig arall arni.

Pennod 18

Dros y nosweithiau dilynol roedd Cwilsyn wedi syrthio oddi ar y ceffyl fwy o weithiau nag y gallai gofio. Heno, unwaith eto, roedd wedi cwympo o'r awyr i'r llyn o bellter uwch nag o'r blaen ac roedd e mor oer ac mor wlyb fel na allai deimlo'i gorff. Safodd ar lan y llyn yn crynu wrth i Solas aros yn amyneddgar amdano eto. Clywodd Cwilsyn sŵn traed, ac o'u trymder roedd e'n gwybod mai Macsen oedd ar ei ffordd.

"Est ti am nofiad fach, do?"

Roedd Cwilsyn yn rhy oer i chwerthin a synhwyrodd Macsen pa mor ddifrifol oedd y bachgen.

"Mae e… ni'n dechrau hedfan… ac mae rhywbeth yn dod drosta i ac mae Solas yn diflannu. Dwi'n dechrau meddwl nad yw e'n hoffi fi."

Edrychodd Macsen arno, gan drio peidio gwenu.

"Ti'n gwbod be, os na fydde fe'n hoffi ti, fydde fe ddim yn gadael i ti gwympo'n ddiogel i'r dŵr."

Doedd Cwilsyn ddim wedi meddwl am hynny.

"Falle dylet ti roi'r gorau iddi am ychydig," awgrymodd Macsen.

"Sdim amser i hynny," mwmiodd Cwilsyn.

Edrychodd ar Macsen, fel petai wedi ei drechu.

"Be sy'n digwydd?" gofynnodd Macsen. "Be sy'n digwydd yn dy feddwl di, cyn i ti gwympo?"

"Fel dwedes i, dwi'n dechrau teimlo fel... fel..." Allai e ddim dod o hyd i'r geiriau.

"Fel be?"

Caeodd Cwilsyn ei lygaid am eiliad, yn ceisio meddwl am y teimlad.

"Fel tasen i ddim i fod i neud hyn. Fel... nad fy mywyd i yw hwn."

"Ond ie," meddai Macsen yn syml. "Felly, rwyt ti'n ceisio gwahanu dy hunan oddi wrth Solas? Falle mai dyna'r broblem?"

Cerddodd Macsen yn agosach ato.

"Rwyt ti 'di bod yma ers digon o amser nawr, rhaid i ti hawlio'r bywyd yma."

"Ond pan dwi'n meddwl am fod yn frenin, ac am..."

"Ddim dyna be dwi'n feddwl," meddai Macsen yn dyner. "Byw dy fywyd dy hunan, gwbod pwy wyt ti, a bod yn *ti*, ddim trio newid pwy wyt ti – dyna'r peth mwya pwerus yn y byd."

Edrychodd Cwilsyn arno fel petai ddim yn credu gair.

"Beth wyt ti'n meddwl sy'n neud brenin da?"

Cododd Cwilsyn ei ysgwyddau. "Ym, sai'n gwbod. Bod yn ddewr? Cryf? Heb ofn?"

Gwenodd Macsen. "Dwi'n credu gest ti'r syniad o frenin da o'r chwedlau tylwyth teg. Meddylia am y bobl orau rwyt ti'n nabod."

Llenwodd ei feddwl â lluniau o'i dad, ei fam, a Jona.

"A beth yw eu nodweddion da nhw?"

Meddyliodd Cwilsyn. "Disgyblaeth, tynerwch, hiwmor?"

Edrychodd Macsen arno drwy'r düwch a thynnodd Cwilsyn anadl sydyn, gan ryddhau tensiwn doedd e ddim yn sylweddoli ei fod yn llechu ynddo.

"Mae'n iawn i fod yn ansicr, i gwestiynu pethau. Pobl hyderus, uchel eu cloch sydd fel arfer yn cael y clod, ond weithiau maen nhw'n siarad gormod ac yn anghofio meddwl… anghofio sylwi. Mae bod yn swil ac yn dawel yn nodweddion pwerus."

Meddalodd rhywbeth tu mewn i Cwilsyn.

"Sdim rhaid i ti esgus bod yn rhywun arall, jyst bydda'n Cwilsyn. Ti sy biau dy fywyd. Mae Solas yn rhan o'r bywyd hwnnw. Paid â'i wthio fe i ffwrdd."

Roedd llaw Macsen ar ei ysgwydd.

"Mae'n ymddangos i fi fod Solas wedi dy ddewis di, ond wyt ti wedi dewis Solas?"

"Wrth gwrs…" dechreuodd Cwilsyn brotestio, ond methodd ddod o hyd i ragor o eiriau.

"Roedd rhaid i ti ddod yma, mae'r stori yma i gyd wedi ei rhoi arnat ti. Falle bod yr amser 'di dod i ti ddewis hyn neu beidio? Mae'n bryd i ti ddechrau derbyn hynny â breichiau agored."

Edrychodd Cwilsyn arno, a sylweddoli ei fod e'n iawn.

"Fe wna i adael nawr," meddai Macsen, gan droi i gerdded yn ôl am y castell. Edrychodd Cwilsyn arno'n mynd.

"Diolch," meddai, yn ddigon uchel iddo glywed, ond throdd Macsen ddim yn ôl. Cerddodd ymlaen, gan wybod bod angen llonydd ar Cwilsyn.

Trodd Cwilsyn a gweld Solas tu ôl iddo, ac am unwaith, yn hytrach na cheisio mynd ar ei gefn, safodd yn dawel gan edrych yn ddwfn i'w lygaid. Plygodd Solas ei ben a safodd y ddau dalcen wrth dalcen, meddwl yn gwasgu yn erbyn meddwl, ac roedd yn rhyfedd ond teimlodd Cwilsyn y byd yn diflannu, sŵn y gwynt ar y dŵr yn distewi. Gallai bron deimlo meddyliau Solas, llif ei gyhyrau, ei gefn. Yna, cododd Solas ei goes a neidiodd Cwilsyn ar ei gefn. Trodd Solas i wynebu'r ffordd arall ac ymlaciodd Cwilsyn. Dechreuodd drotian eto a'r tro yma, yn hytrach na sythu ei gefn, suddodd i mewn iddo. Caeodd ei lygaid, ac wrth i Solas ddechrau rhedeg canolbwyntiodd ar deimlo'r cyhyrau'n symud. Teimlodd y naid a sylweddoli eu bod wedi esgyn i'r awyr, oherwydd roedd sŵn y carnau ar y tir wedi distewi. Y tro yma, canolbwyntiodd ar ei feddyliau, dweud wrtho'i hun mai fel un roedden nhw i fod ac erbyn iddo agor ei lygaid eto, roedden nhw'n uwch nag erioed o'r blaen. Ebychodd Cwilsyn, y llyn yn fach yn y pellter a'r castell yn edrych fel maint bocs sgidiau. Roedd hi mor dawel i fyny fry, heblaw am sŵn yr adenydd yn curo'n ysgafn, a churo trymach ei galon. Roedd Solas yn anadlu mor drwm fel bod ei ffroenau ar agor led y pen. Roedd yr awyr dywyll yn ddiderfyn uwch eu pennau ac, am y tro cyntaf, gadawodd fynd. Eisteddodd ychydig yn sythach, agor ei freichiau, a rhoi ei holl ffydd yn Solas. Syrthiodd y tensiwn o'i gorff, a doedd dim yn llenwi ei ben, dim ond teimlo'n fyw, y gwynt yn ei wthio a churiadau adenydd Solas yn ei galon.

"Mae e 'di neud e!" gwaeddodd Deryn.

"Na, byth!" meddai Finn, gan ruthro at y drws i weld.

Roedd Deryn wedi bod yn dilyn ei gynnydd dros y nosweithiau diwethaf. Daeth Macsen draw i edrych hefyd ond erbyn hynny roedd Cwilsyn a Solas ymhell i ffwrdd, fel seren arall yn yr awyr.

"Gobeithio bydd e'n ofalus," meddai Erin, gan wasgu ei dwylo at ei gilydd.

"Bydd e'n iawn, gad iddo gael hwyl," meddai Deryn. "Mae'n haeddu sbort ar ôl yr holl waith caled."

"Allwn ni hedfan gydag e?" gofynnodd Finn yn awyddus.

"Fory. Gad iddo fwynhau'r eiliad yma. Gawn ni ddigon o amser i hedfan gyda'n gilydd," meddai hi, gan roi ei fraich o'i gwmpas. "Dwi'n addo. A ti'n gwbod be? Dwi'n meddwl bydd e'n cofio'r eiliad hon am byth."

*

Galwodd Macsen ar filwr a gofyn iddo drosglwyddo'r neges ar hyd y gwersyll. Bydden nhw'n barod i gychwyn mewn diwrnod neu ddau. Rhedodd y milwr allan ac ynghanol y cynnwrf a'r cyffro, doedd neb wedi sylwi ar Pia yn eu gwylio o'r lle tân. Roedd hi wedi bod yn sefyll tu ôl iddyn nhw yn gwylio Cwilsyn a Solas yn hedfan i ffwrdd. Wedyn roedd hi wedi symud oddi wrthyn nhw. Pan oedd pawb wedi mynd yn ôl at eu gwaith, llithrodd allan drwy'r drws a dechrau rhedeg, y fellten wen yn ei gwallt yn glir yn y tywyllwch. Neidiodd i fyny, troi'n bioden, a hedfan tuag at Gaer Siddi.

Pennod 19

"Symuda dy draed yn gynt. Symuda dy gorff i gyd o'r ffordd!" gwaeddodd Finn.

"Dwi'n trio!" gwaeddodd Cwilsyn yn ôl, gan ymladd am ei anadl.

"Dyna welliant!"

Hwn oedd diwrnod olaf yr ymarfer ac roedd Cwilsyn yn teimlo'n gryfach.

"Cadw'r darian o flaen y corff!" gwaeddodd Finn, a'i lygaid yn dawnsio'n hapus.

Roedd Cwilsyn wedi gwella a'i hyder wedi tyfu, ac roedd hyd yn oed wedi llwyddo i daro Finn o bryd i'w gilydd. Erbyn hyn roedd breichiau Cwilsyn mor flinedig â'i goesau, ei gorff wedi cleisio ar ôl cael ei bwnio yn ei ochr gan gleddyf ymarfer, heb fin, Finn. Roedd Deryn wedi dod i weiddi anogaeth o'r ochr. Doedd neb wedi gweld Pia.

"Dim drwg…" meddai Finn, allan o wynt.

"Gallen i ddweud yr un peth amdanat ti, ond wna i ddim…" meddai Cwilsyn, gan dynnu ei goes, ac ochrgamu ymdrechion Finn i daro heibio ei darian.

"Fel rhywun sy 'di cael miloedd o flynyddoedd i ymarfer, ti'n gadael y tîm i lawr," meddai Cwilsyn gan wenu.

"Ie, ie," chwarddodd Finn, gan dynnu tafod arno. Pwysodd Finn ymlaen eto a theimlodd Cwilsyn y bwniad dan ei asennau, teimlad cyfarwydd erbyn hyn.

"Hei, ti'n twyllo! Tynnu fy sylw!" gwaeddodd Cwilsyn yn ddramatig.

"Ydw, ond dwi'n fyw, a ti ddim," giglodd Finn. Stopiodd ddawnsio o gwmpas a'i daro ar ei ysgwydd. "Iawn, ocê, digon am heddi. Ges i lond pen arall gan Erin am weithio ti'n rhy galed."

Roedd y ddau'n anadlu'n drwm. Plygodd Cwilsyn i lawr a gosod ei ddwylo ar ei bengliniau, gan drio rheoli ei anadl. Yn ei flinder, gwelai sgidiau trwm Finn yn mynd a dod o flaen ei lygaid. Clywodd sŵn traed Deryn wrth iddi gerdded i lawr y bryncyn tuag ato, yn barod i dynnu ei goes.

"Ond ti'n gwbod beth yw dy broblem di, on'd wyt ti?" meddai Finn yn ysgafn. Sythodd Cwilsyn. Edrychodd Finn arno gyda difrifoldeb ffug. "Ti mor araf, mor *bathetig* o araf…"

Yna, gwenodd Finn o glust i glust, troi a dechrau rhedeg i ffwrdd. "Rasia i di i ymyl y goedwig!"

Safodd Cwilsyn am hanner eiliad, ei feddwl yn clirio a'i goesau'n crynu, cyn teimlo'r ysfa i ddechrau rhedeg ar ei ôl. Bant ag e, a chlywodd Finn yn gweiddi o'i flaen, yn neidio dros foncyffion coed a tharo golwg dros ei ysgwydd bob hyn a hyn i wneud yn siŵr nad oedd Cwilsyn yn ei ddal. Ceisiodd Cwilsyn beidio â chwerthin wrth i'w ysgyfaint ddechrau llosgi, gan bwmpio'i freichiau a'i goesau poenus. Roedd e bron wrth ei sodlau pan neidiodd Finn i'r awyr a throi'n gudyll glas. Gwichiodd Cwilsyn wrth redeg ochr yn ochr â Finn, gan glywed curiadau'r adenydd yn curo fel petaen nhw'n guriadau ei galon ei hun.

Edrychodd y ddau ar ei gilydd a dyma Cwilsyn yn teimlo ei fod yn rhydd. Gallai deimlo pwysau'r ymladd a'r dysgu a'r anwybodaeth yn disgyn oddi arno, ac roedd yn ysu i redeg a rhedeg yn gynt a chynt. Yn sydyn, clywodd Deryn yn chwerthin tu ôl iddo wrth iddi hela'r ddau. Rhedodd Cwilsyn tan ei fod yn gweld, o gornel ei lygad, fod Deryn wedi ffrwydro'n gigfran.

"Dyw hynna ddim yn deg!" ceisiodd Cwilsyn weiddi, â gwên fawr ar ei wyneb. Roedd y ddau arall o'i flaen nawr wrth iddyn nhw agosáu at y llyn, felly chwiliodd yn ei galon am Solas. Cadwodd lygad ar yr adar wrth i ddiferion glaw godi o'r dŵr. Trodd sŵn y gwair dan ei draed yn sŵn cerrig mân wrth lan y llyn. Ymddangosodd Solas wrth ei ymyl gan garlamu, a dŵr yn llifo dros ei gorff disglair. Roedd yn taflu ei ben yn ôl ac yn chwyrnu gan gyffro. Rhedodd Cwilsyn wrth ei ochr wrth i Solas ddod yn nes ac yn nes, yn ddigon agos iddo gydio yn ei fwng. Wrth iddyn nhw gamu i'r llyn, neidiodd Cwilsyn ar ei gefn. Teimlodd ysgwyddau Solas yn hyrddio wrth iddo godi o'r dŵr, a Deryn a Finn yn hedfan o'i flaen.

"Dere'n gynt, wir!" Clywodd lais Deryn ar y gwynt.

Gwasgodd Cwilsyn ei goesau yn erbyn ochrau Solas gan ei annog i hedfan yn gynt. Gwyrodd dros y mwng fel na allai'r gwynt ddal ei gorff a'u harafu. Cododd y ddau yn uwch ac yn uwch. Roedd toeon pluog tyrau'r castell yn sgleinio islaw, ac roedd golau olaf y dydd yn disgleirio ar wyneb y llyn wrth i bawb gyflymu tuag at y goedwig. Roedd hi'n noson leuad lawn, a'r goleuni'n golchi popeth yn lân fel ceiniog newydd, a throi copaon y coed yn arian. Roedd Finn yn dangos ei hun, yn symud o un ochr i'r llall drwy'r coed gan wybod na allai Cwilsyn ei ddilyn yno. Roedd Deryn yn trio dal i fyny ag e, gan ddewis ei llwybrau'n fwy call a pheidio gwastraffu mwy o egni nag oedd raid.

Hedfanodd Cwilsyn a Solas uwchben y coed, gan dracio'r adar a gwylio'u cyrff yn llifo drwy'r coed fel gwynt. Roedd y goedwig yn enfawr, yn fwy nag unrhyw goedwig roedd Cwilsyn wedi ei gweld erioed. Roedd e'n rhyfedd. Roedd ei dad yn arfer mynd ag e i goedwigoedd gwahanol ar y Ddaear, i chwilio am bren i drwsio cwch, ond roedd y rhai yma yn wahanol. Roedd Cwilsyn wastad wedi meddwl bod coed yn cuddio cyfrinachau ac yma, wrth rasio uwch eu pennau, gan wibio drwy'r niwloedd

oedd fel petaen nhw'n eu hamgylchynu o hyd, bron y gallai eu clywed yn sibrwd. Edrychodd rhwng dwy glust Solas, a gwrando ar rythm y carnau wrth iddo garlamu drwy'r awyr, ei gorff mor llachar â charreg opal. Trodd y diferion glas yn dywyll, yna fel llechen lwyd gydag arlliw o binc pan oedd y golau'n newid. Dyna'r peth harddaf iddo ei weld erioed, ond yn fwy na hynny, roedd Cwilsyn nawr yn rhan ohono. Bellach, doedd dim angen cicio'i ochrau i wneud iddo fynd yn gynt, dim ond pwyso ymlaen, ac roedd Solas yn deall. Roedd y ddau'n darllen ei gilydd; yn deall meddyliau ei gilydd.

Roedden nhw hanner ffordd yna, yr arfordir ar y dde, yn llinell ddu denau, ac ymhell i'r chwith roedd tyrau myglyd Caer Siddi. Roedd yr adar wedi cael digon ar rasio ei gilydd rhwng y coed ac roedden nhw'n dilyn brig y canghennau. Dechreuodd rhyw ias oer gropian ar hyd asgwrn cefn Cwilsyn. Sŵn cŵn hela. Edrychodd i lawr a gwgu, ac yn y coed gwelodd tua chant ohonyn nhw, yn hela eneidiau a'u hebrwng i Gaer Siddi. Teimlodd Solas yn arafu ac yn disgyn yn is tua'r coed. Clywodd Finn a Deryn yn hedfan bob ochr iddo. Roedd rhai o'r eneidiau fel petaen nhw'n trio dianc, ac yn gwasgaru drwy'r cysgodion. Roedd helwyr yn gweiddi a chwythu eu cyrn. Teimlai Cwilsyn bwysau'r eneidiau, eu hofn, ac o gornel ei lygad gwelodd un ci mwy na'r lleill a gwyddai mai Conan oedd hwnnw.

Yn reddfol, cydiodd Cwilsyn yn ei gleddyf. Roedd

Conan wedi llwyddo i wahanu un enaid oddi wrth y lleill ac roedd yn ei erlid, yn ei hela drwy'r coed islaw. Aeth bollt o ofn drwy Cwilsyn na allai ei esbonio. Roedd Conan yn dilyn yr enaid yn ddidrugaredd, ac er i'r enaid groesi llwybr eneidiau eraill, roedd yn dal i fynd ar ei ôl. Gwgodd Cwilsyn a gofyn i Solas hedfan yn is, gan ddilyn Conan a'r enaid at y clogwyn. Roedd rhywbeth cyfarwydd am yr enaid yma. Allai e ddim esbonio, a'r peth call fyddai troi'n ôl i gyfeiriad y castell, ond allai e ddim. Roedd yr enaid wedi cael ei ddal ar yr ymyl, ac roedd Conan yn agosáu, yn ei wthio'n ôl. Teimlai Cwilsyn yn sâl. Roedd yn cofio'r teimlad, ofn dychrynllyd y trwyn gwlyb, a'r anadl ffiaidd. Glaniodd Solas yn ddistaw tu ôl i Conan, oedd heb sylwi eu bod yno. Roedd Deryn a Finn yn clwydo ar goeden gerllaw.

Wrth i olau'r lleuad lewyrchu'n ddisgleiriach edrychodd Cwilsyn ar yr enaid. Roedd Deryn yn iawn. Roedd hi'n bosib gweld eu nodweddion, cysgodion o bwy oedden nhw. Y ffordd roedden nhw'n cerdded a sefyll, a gallai weld hynny yn yr enaid oedd o'i flaen. Y ffordd roedd yr enaid yma'n edrych arno. Y ffordd y gwnaeth yr enaid droi ei phen oddi wrth Conan a chodi ei breichiau mewn ofn. Teimlodd Cwilsyn ei fyd yn troi wyneb i waered wrth sylweddoli mai'r enaid o'i flaen oedd ei fam.

Pennod 20

"Na!" gwaeddodd Cwilsyn. "NA!"

Ymddangosodd Deryn a Finn ar ffurf pobl wrth ymyl Solas wrth i Cwilsyn sefyll yno, wedi dychryn.

"Be sy'n bod?" gofynnodd Deryn. "Plis, Cwilsyn? Ti'n codi ofn arna i."

"Mam… Fy mam yw hi," meddai, ac allai e ddim credu ei fod yn yngan y geiriau. Roedd ei galon yn torri. Gwyrodd Solas ei ben. Er nad oedd yn deall, roedd fel petai'n gallu synhwyro'r emosiwn oedd yn treiddio drwy Cwilsyn.

Trodd Finn i edrych ar y ffigwr oedd yn sefyll mewn anobaith ar ymyl y dibyn. Roedd Conan wedi troi i'w hwynebu nhw nawr. Y cŵn hela eraill yn udo yn y coed ymhellach i ffwrdd. Roedd Cwilsyn yn siŵr bod Conan wedi ei adnabod, wedi synhwyro bod rhyw gysylltiad rhyngddo fe a'i fam. Dangosodd Conan ei ddannedd ac ysgyrnygu'n isel.

"Af i i'r chwith," meddai Deryn gan dynnu ei chleddyf a chreu sŵn haearnaidd oer yn y tawelwch.

"Ac af i i'r dde," atebodd Finn, gan dynnu ei gleddyf yntau hefyd.

Roedd Solas wedi dechrau dawnsio'n anesmwyth wrth i Conan symud yn nes.

"Mae'n iawn," cysurodd Cwilsyn. "Mae'n iawn."

Llithrodd Cwilsyn oddi ar ei gefn a thynnu ei gleddyf. Safodd o flaen Solas wrth i Conan nesáu. Gwelodd Cwilsyn y llygaid coch yn symud oddi wrth Deryn ato yntau ac yn ôl at Finn.

"Cer di rownd," meddai Finn wrth Deryn. "Cadw'r enaid yn saff."

Aeth Deryn at yr ymyl ac yn yr eiliad honno, neidiodd Conan amdani, gan glecian ei safn. Ebychodd Cwilsyn wrth i Conan ddal ei llawes, a'i thynnu ar hyd y llawr tuag ato. Neidiodd Finn atynt, codi ei gleddyf uwch ei ben, ei ollwng, a thorri drwy ddefnydd cot Deryn, a'i rhyddhau. Gwthiodd ei gleddyf i wyneb Conan a chamodd hwnnw am yn ôl. Gan anadlu'n drwm, cododd Deryn a rhedeg tu ôl i Conan at fam Cwilsyn tra oedd y ci hela yn brysur gyda Finn. Symudodd Cwilsyn tuag at Finn ac ar yr eiliad honno, anghofiodd Conan am Finn a throi ei sylw'n llwyr at Cwilsyn gydag angerdd arswydus. Camodd ato, fel petai'n adnabod yr arogl. Chwifiodd Cwilsyn y cleddyf o'i flaen i geisio atal Conan rhag neidio arno. Roedd llygaid y ddau wedi eu hoelio ar ei gilydd, a theimlodd Cwilsyn ei holl nerth a phopeth roedd wedi ei ddysgu hyd yma yn gadael ei gorff. Gwthiodd ei gleddyf eto, ond neidiodd y ci amdano gan ddangos llond ceg o ddannedd melyn. Cododd Cwilsyn ei fraich a theimlo poen siarp yn ei arddwrn wrth i ddannedd Conan suddo i'r croen.

Gwaeddodd Cwilsyn, a gwelodd fflach o olau wrth i Solas ymddangos uwch ei ben a rhoi cic nerthol i Conan.

Sgrechiodd Conan wrth hedfan ar draws llawr y goedwig a tharo coeden. Tawelwch llwyr, a Cwilsyn yn gobeithio bod y ci hela wedi cael ei daro'n anymwybodol. Cydiodd Cwilsyn yng nghoes Solas a thynnu ei hun ar ei draed, ei arddwrn yn llosgi mewn poen. Suddodd ei galon pan gododd Conan eto, ond roedd Finn yn aros amdano. Gwyliodd Finn a'r creadur wyneb yn wyneb, Finn yn chwifio'i gleddyf o ochr i ochr. Cododd Cwilsyn ei gleddyf ei hun o'r llawr gyda'i law chwith ac edrych draw ar ei fam.

Roedd y ci yn poeri ewyn gwyn o'i geg, ac yn colli gwaed. Edrychodd ar Finn, wedyn ar Cwilsyn, a llamu eto. Y tro hwn, neidiodd Cwilsyn i'r ochr a chymerodd Finn fantais o hynny a chrafu cefn coesau Conan â'i gleddyf. Trodd y ci eto, gan udo, y sŵn yn llenwi'r goedwig. Roedd y nerth fel petai'n llifo o gorff Conan a dechreuodd gamu'n ôl, gan wybod nad oedd gobaith ennill. Ond roedd Cwilsyn yn deall nad ofn roedd Conan yn ei deimlo, ond yn hytrach ei fod wedi gwneud penderfyniad i ildio, am y tro, er mwyn gallu ymladd rywdro eto. Pan oedd Conan yn ddigon pell i ffwrdd, oedodd am dipyn, gwaed yn diferu o'i goes ar lawr y goedwig, poer yn dripian o'i geg afiach, yna trodd a dianc.

Safodd Cwilsyn, wedi blino'n lân, heb fawr o fywyd ar ôl ynddo. Edrychodd draw a gweld Deryn yn gwarchod ei fam. Rhedodd Cwilsyn ati; roedd popeth amdani mor gyfarwydd, ond eto'n ddieithr. Camodd Deryn i ffwrdd yn araf.

"Mam?" llefodd.

Edrychodd hi arno, ei hwyneb yn real ac yn afreal ar yr un pryd. Fel adlais. Yr un nodweddion, y llygaid meddal, ond eto mor wahanol.

"Mam? Fi sy 'ma."

Roedd hi'n edrych yn syth drwyddo, fel petai hi ddim yn ei adnabod yn iawn. Edrychai fel petai mewn breuddwyd.

Aeth Cwilsyn yn nes ati, ond roedd ei hwyneb yn mynd yn llai clir wrth iddo nesáu. Fel edrych ar gwmwl yn newid ei siâp. Wrth iddo symud, roedd yn colli'r hyn roedd yn edrych arno. Estynnodd ei law ac am eiliad meddyliodd ei bod wedi ei adnabod, gwên fach a ddiflannodd mor sydyn â'r goleuni'n newid ar lawr y goedwig.

"Mae'n edrych yn heddychlon," sibrydodd Finn tu ôl iddo.

"Na'th hi addo 'ngweld i'n fuan," meddai Cwilsyn.

Roedd Deryn wedi symud atyn nhw. "Dwi mor sori," meddai'n dyner.

Roedd dagrau'n llifo i lawr bochau Cwilsyn wrth i wyneb ei fam ddiflannu.

"Dylen i fod wedi gweithio'n galetach, ymarfer mwy. O'n i'n rhy araf i'w hachub hi."

"Ddim dy fai di yw hyn," meddai Finn yn bendant.

"Dyw'r cŵn hela ddim fel arfer yn dod i'r goedwig. Rhaid ei bod hi'n chwilio amdanat ti. Os wneith hi aros fan hyn, bydd hi'n saff, ac wedyn awn ni â hi i Ffynnon Eneidiau."

"Glywest ti?" gofynnodd Cwilsyn i'w fam. "Ti'n deall? Rhaid i ti aros yn y goedwig."

"Mae hi'n iawn," meddai Deryn. "Mae ei henaid yn dal ganddi. Mae angen iddi fynd at Ffynnon Eneidiau, dyna i gyd."

"Dad druan," sibrydodd Cwilsyn yn llawn emosiwn. Cydiodd Deryn yn ei fraich a'i gwasgu. Clywodd Cwilsyn Solas yn cyrraedd, a'i oleuni'n taflu llewyrch ar wyneb ei fam. Roedd hi'n hardd.

"Sdim byd galli di neud iddi nawr," sibrydodd Deryn. "Mae angen i rywun edrych ar yr arddwrn yna."

Llyncodd Cwilsyn yn galed, a'r galar fel lwmp yn ei wddw. Nodiodd wrth i'w fam droi ac anelu am ganol y goedwig, at ddiogelwch.

"Mae hi'n gwbod bod ti 'ma," meddai Deryn yn garedig. "Rhaid i ti adael iddi fynd am nawr."

Nodiodd Cwilsyn eto, y dagrau'n powlio i lawr ei wyneb. "Rhaid i ni gael goleuni'r byd," meddai dan ei anadl. "Ni'n gadael gyda'r wawr."

Pennod 21

Eisteddodd Cwilsyn ar y bwrdd yn y cyntedd wrth i Erin lanhau'r clwyf ar ei arddwrn. Allai e ddim edrych arni'n rhoi rhyw eli estynnodd hi o'i ffedog ar y marciau dannedd.

"Dyw e ddim yn rhy wael," meddai, gan ganolbwyntio. "Rhaid neud yn siŵr na fydd e'n mynd yn heintus."

Ar ôl iddi orffen, rhoddodd rwymyn arno'n ofalus a'i gofleidio'n dawel. Doedd Cwilsyn ddim wedi sylweddoli gymaint roedd angen cwtsh arno tan iddo feddalu yn ei breichiau. Cyffyrddodd ag ochr ei foch.

"Dwi'n mynd yn ôl i'r ddinas heno, wedyn hwylio i'r uwchfyd i drio gweld dy dad, a dod yn ôl ag unrhyw newyddion i ti."

Allai Cwilsyn ddim siarad ond roedd e'n siŵr bod Erin yn deall pa mor ddiolchgar oedd e.

"Ti'n siŵr ddylet ti ddim aros tan fod yr arddwrn yn

gwella?" gofynnodd hi. "Dyna dy law ymladd di, cofia."

"Sdim amser 'da ni," atebodd Cwilsyn. "Ni angen goleuni'r byd, a chael Ffynnon Eneidiau yn ôl."

Roedd hi'n dywyll tu allan ond roedd digon o fwrlwm wrth i'r milwyr baratoi i adael. Roedden nhw wrthi'n glanhau eu cyfrwyau ac yn archwilio'u cleddyfau. Roedd Deryn yn brysur yn sicrhau bod popeth yn barod, ac roedd Finn yn adolygu popeth roedd e'n ei wybod am y Dreigiau Madfallog.

"Ga i air?" Macsen oedd yno.

Nodiodd Cwilsyn. Symudodd Macsen draw at y lle tân ym mhen arall y neuadd.

"Ar ôl i chi fynd, gawson ni negeseuon yn dweud bod Pia 'di cael ei gweld yn dod o Gaer Siddi."

"Be?"

"Mae… mae hi 'di cael ei gweld yn dod o gastell Arawn. Ry'n ni 'di bod yn ei gwylio. Mae hi 'di bod yno fwy nag unwaith."

Ochneidiodd Cwilsyn fel petai wedi cael ei daro yn ei stumog.

"Mae'n ddrwg 'da fi orfod dweud. Yn enwedig nawr, a tithe 'di cael digon o newyddion drwg am un diwrnod."

"Ble mae hi?"

"Dwi 'di ei hanfon hi o 'ma. Doedd dim dewis. Gobeithio bod ti'n deall."

"Ond dyw e ddim yn neud synnwyr," meddai Cwilsyn yn ddryslyd.

"Be sy ddim yn neud synnwyr?" gofynnodd Deryn, oedd wedi ymddangos wrth eu hymyl.

Allai Cwilsyn ddim hyd yn oed edrych arni.

"Cwil?"

"Sdim ffordd hawdd i ddweud hyn," meddai Macsen, "ond mae Pia 'di cael ei gweld yn mynd a dod o Gaer Siddi. Ry'n ni 'di bod yn ei dilyn hi."

Roedd fel petai'r aer wedi ei sugno o'r stafell. Siglodd Deryn ei phen. "Na."

"Mae rhai wedi'i gweld hi, Deryn. Pa reswm yn y byd oedd ganddi i fynd yna? Dwi ddim yn gwbod pa wybodaeth mae hi 'di bod yn rhoi i Arawn, na pam, ond falle nad yw e'n sioc llwyr?"

"Ond fe saethodd hi'r ysbïwr yna, y sgwarnog…"

Edrychodd Macsen arni. "I'n rhoi ni ar drywydd arall, falle? Neud iddi edrych yn ddieuog. Na'th hi ddim lladd yr anifail. Ry'ch chi'n gwbod cystal â fi y byddai Pia yn taro'r targed yn ei ganol petai hi isie ei daro."

Roedd meddwl am Pia yn eu bradychu yn brifo. Yn llosgi. Ond pan edrychodd Cwilsyn ar Deryn gallai weld nad oedd e wedi cael ei frifo gymaint â hi. Roedd hi'n edrych mor siomedig.

"O'n i wastad yn cadw'i hochr hi."

"Ddwedes i." Roedd Finn wedi ymddangos tu ôl iddyn nhw. Roedd e wedi clywed diwedd y sgwrs. "Tries i ddweud wrthot ti!" meddai wrth Deryn. "Y ffordd roedd hi'n ymddwyn 'da Cwil – ro'n i'n gwbod bod hi'n newid."

Edrychodd Deryn ar Finn ond doedd ganddi ddim egni i ddadlau.

"Ti byth yn gwrando arna i," meddai Finn. "Ti wastad yn meddwl mai ti sy'n gwbod orau." Trodd a sleifio oddi yno, wedi ei siomi.

Edrychodd pawb arno'n mynd.

"Mae e 'di cael siom. Bydd e'n iawn," meddai Deryn.

"Rhaid symud mlaen," meddai Macsen yn gadarn. "Ydy Solas yn barod?"

Nodiodd Cwilsyn, heb glywed ei eiriau, bron.

"Wel, dewch 'te."

Roedd gwawr wan yn torri pan neidiodd Cwilsyn ar gefn Solas. Roedd niwl yn cymylu'r rhaniad rhwng nos a dydd, felly roedd hi'n anodd gwahaniaethu rhwng y ddau. Roedd hi'n eithriadol o oer, ac wrth i Solas ddilyn ceffyl Macsen, edrychodd Cwilsyn ar y castell oedd wedi dod yn gartref iddo, ac yna i'r cyfeiriad arall lle roedd enaid ei fam yn cuddio. Edrychodd ar y milwyr yn eu dilyn, pob un yn ddifrifol ac yn benderfynol, a meddyliodd pa mor bell roedden nhw wedi dod, pa mor syfrdan roedd e wedi teimlo pan welodd y milwyr yn cyrraedd y castell am y tro cyntaf. Gwelodd Finn a Deryn yn hedfan uwchben, yn bâr cymesur rhyfedd heb Pia.

Roedd diwrnod o farchogaeth o'u blaen er mwyn cyrraedd yr ogof cyn iddi nosi. Fyddai dim gwahaniaeth petaen nhw'n ymosod yn syth neu'n aros tan y bore oherwydd byddai'r ogof yn gwbl dywyll beth bynnag. Crwydron nhw allan o'r dyffryn, lle roedd y castell yn nythu, ac i fyny ar hyd ymyl y goedwig, gan geisio cadw mor agos at y coed â phosib er mwyn osgoi tynnu sylw unrhyw ddreigiau oedd yn hedfan uwchben.

Roedd clincian metel gwartholion y marchogion yn swnllyd yn nhawelwch y bore bach. Gwrandawodd Cwilsyn ar y cerdded rhythmig ac roedd yn falch i allu canolbwyntio ar y sŵn, oherwydd doedd e ddim eisiau siarad. Roedd ei feddwl yn gwibio'n ôl ac ymlaen rhwng Pia a'i fam. Roedd e'n gwybod nad oedd unrhyw beth allai fod wedi ei wneud i'w fam; roedd hi wedi bod yn sâl ers amser. Roedd e hefyd yn gwybod na fyddai ei dad eisiau iddo boeni ac y byddai am iddo ganolbwyntio ar y dysgu. Byddai ei dad wedi gwneud popeth o fewn ei allu i ofalu amdani yn yr uwchfyd a nawr, yn yr isfyd, tro Cwilsyn oedd hi.

Cododd Macsen ei law a daeth y ceffylau i stop. Yna rhoddodd yr arwydd iddyn nhw symud yn ddyfnach i'r goedwig gan fod haid o Sgrechwyr yn hedfan uwchben. Roedd y ceffylau yn anghyfforddus ynghanol y coed wrth i gysgodion y dreigiau symud ar draws y llawr. Roedd Cwilsyn yn adnabod eu nodweddion o'r llyfrau roedd Finn wedi eu benthyg iddo, ac yna meddyliodd am y Dreigiau Madfallog, ac ofn Finn ohonyn nhw. Rhoddodd Macsen arwydd arall, ac aeth y ceffylau yn ôl i'r un rhythm eto. Roedd hi'n rhyfedd bod allan o'r dyffryn unwaith eto, ond doedd y tirwedd ddim yn edrych mor rhyfedd iddo

ag ar y noson gyntaf honno. Edrychodd tua'r gorllewin at y mynyddoedd garw. Roedd eu maint yn chwalu ei ben. Dywedodd Deryn a Finn eu bod wedi bod yn chwilio am Rhiannon ers blynyddoedd, ac o weld anferthedd yr olygfa gallai ddeall pam na ddaethon nhw o hyd i Gastell y Drychau. Am eiliad, meddyliodd pa mor rhyfedd oedd hi bod ei ddwy fam bellach yn yr isfyd, ond bod y ddwy allan o'i afael.

Buon nhw'n teithio drwy'r dydd, ac edrychai Macsen i fyny bob hyn a hyn i wylio Deryn a Finn, oedd yn eu harwain ar hyd y ffordd fwyaf diogel i gyrraedd yr ogof. Erbyn i'r llafn cyntaf o olau oleuo'r awyr roedden nhw dipyn yn agosach. Tyfodd tensiwn amlwg ymhlith y dynion a phan gyrhaeddon nhw, safodd pawb mewn tawelwch tyn. Roedd pob un yn deall beth oedd ei rôl, ond nawr eu bod nhw yma, roedd y realiti yn wahanol.

Arweiniodd Macsen nhw at gylch o goed lle bydden nhw'n gadael eu ceffylau. Byddai'n rhaid cerdded o hyn ymlaen. Daeth Macsen oddi ar ei geffyl, a gwnaeth y milwyr eraill yr un peth. Arhosodd Cwilsyn ar gefn Solas, yr unig geffyl oedd yn mynd gyda nhw ymhellach. Trodd Finn yn fachgen a glanio wrth ymyl Cwilsyn.

"Wel, dyma ni 'te!" meddai Finn.

Teimlodd Cwilsyn ei stumog yn rhoi naid. "Ie, mae'n siŵr."

Byddai Finn yn mynd gyda'r milwyr cyntaf, yn ôl y cynllun.

"Byddwn ni tu ôl i chi," meddai Cwilsyn.

Ymddangosodd Deryn wedyn, gan sefyll wrth ymyl pen Solas wrth iddo wthio'i drwyn i'w hysgwydd.

"Pob lwc, Finn," meddai'n dawel. Allai Finn ddim gwenu arni oherwydd roedd e'n dal i fod yn flin, felly nodiodd a symud i ffwrdd.

"Ti'n barod?" gofynnodd Deryn, gan edrych ar Cwilsyn.

"Na," atebodd yn swrth.

Doedd ganddo ddim syniad o hyd sut i gael goleuni'r byd. Ond roedd e'n gwybod bod rhaid marchogaeth Solas i mewn i'r dŵr. Ac wedyn beth? Gobeithio uwchlaw pob gobaith bod rhyw reddf yn mynd i gydio ynddo?

Roedd hi'n amlwg ei fod yn poeni, ac na fyddai unrhyw beth ddywedai Deryn yn rhoi cysur iddo. Rhoddodd hi un mwythiad olaf i wddw Solas cyn gwasgu braich Cwilsyn. Yna, pan oedd pawb yn eu lle, i ffwrdd â nhw, gan gydgerdded. Daeth Cwilsyn oddi ar y ceffyl a cherdded wrth ymyl Deryn, gyda Solas tu ôl iddyn nhw.

Roedd yr ogof yng nghalon un o'r mynyddoedd a godai'n fygythiol uwch eu pennau. Dywedodd Deryn nad oedd hi wedi gweld yr ochr yma o'r mynydd o'r blaen, oherwydd y tro diwethaf iddi hi a Finn fod yn yr ogof, roedden nhw wedi mynd drwy dwnnel ar yr ochr arall. Ond fyddai hynny ddim yn bosib gyda chymaint o ddynion, felly dyma fynd at agoriad creigiog arall. Macsen oedd yn eu harwain ar hyd y llwybr, gan roi arwydd iddyn nhw dawelu bob hyn a hyn.

Edrychodd Cwilsyn ar Deryn. A sylweddolodd fod Solas wedi diflannu. Edrychodd o'i gwmpas, a Deryn hefyd.

"Fydd e ddim gwerth i ti nawr," sibrydodd Deryn. "Os rhywbeth, byddai'n tynnu gormod o sylw oherwydd ei olau."

Ceisiodd Cwilsyn gysuro'i hun, ond roedd bod heb Solas yn gwneud iddo deimlo'n unig, yn fregus. Dyma nhw'n troi cornel ac arwyddodd Macsen iddyn nhw fynd ar eu cwrcwd. Cododd Cwilsyn ei ben, ac er siom iddo gwelodd res o fflachlampau yn y pellter wrth geg yr ogof. Roedd Arawn wedi gosod milwyr yno. Suddodd calon Cwilsyn, yna gwelodd Finn yn gwneud rhywbeth annisgwyl. Plygodd Finn i lawr yn isel a symud oddi wrth y criw. Gwnaeth yn siŵr fod digon o bellter rhyngddyn nhw ac yna, er syndod i Cwilsyn, dechreuodd ganu. Roedd ganddo lais rhyfeddol o feddal a hudolus.

"Cau dy glustiau!" sibrydodd Deryn. Gwasgodd Cwilsyn gledrau ei ddwylo dros ei glustiau, a sylwi bod ei arddwrn yn dal i frifo. Gwyliodd Finn yn cerdded ar hyd y llwybr tuag at yr ogof ac yn sydyn, wrth glywed y canu, fe wnaeth y rhes o filwyr symud eu bwâu o'u cefnau a pharatoi eu saethau. Cododd Finn ei law arnyn nhw ac roedd hi'n amlwg nad oedden nhw'n barod am hyn. Edrychodd Cwilsyn mewn rhyfeddod wrth i'r milwyr gael eu swyno gan Finn. Roedd e'n dal i ganu oherwydd roedd Cwilsyn yn gallu gweld ei geg yn symud, ac roedd wynebau'r milwyr yn wên i gyd. Roedd rhai wedi gostwng eu bwâu, ac roedd eraill yn dechrau edrych ar ei gilydd. Roedd calon Cwilsyn yn curo fel gordd. Roedd wynebau'r milwyr yn newid, yn meddalu; eu llygaid yn pefrio. Cerddodd Finn o un i'r llall ac yna, yn sydyn, gollyngodd pawb eu harfau. Gallai Finn wneud i unrhyw un anghofio'i boenau a'i ofidiau. Dyna beth ddywedodd Deryn. Dyna'i bŵer. O'i gymharu â phŵer Pia a Deryn roedd Cwilsyn wedi meddwl nad oedd hynny'n bwerus iawn, ond nawr, wrth edrych ar y dynion yn dechrau cerdded i ffwrdd heb unrhyw ofid na gofal yn y byd, gallai weld pa mor eithriadol o nerthol oedd y pŵer hwnnw.

Meddyliodd am Conan, ac am ei fam, a dychmygu sut beth fyddai anghofio'r atgofion. Yr atgofion da a'r rhai drwg, byddai Finn yn gallu gwneud i chi anghofio'r cyfan. Ceisiodd Cwilsyn beidio â meddwl am Pia. Roedd Deryn wedi cael ei brifo gan yr hyn ddywedodd Macsen amdani a'r ffordd roedd hi wedi cael ei halltudio. Bu'n rhaid aros am amser hir cyn i'r dynion i gyd adael, yna trodd Finn atyn nhw a gwenu. Tynnodd Deryn ei dwylo o'i chlustiau a thynnu ar fraich Cwilsyn hefyd.

"Mae'n bryd i ni fynd i mewn."

Aeth pawb at geg yr ogof, heb sylwi ar y pâr o lygaid coch oedd yn eu gwylio o bell. Sniffiodd Conan yr aer a throi ei gynffon, cyn rhedeg ymhell i ffwrdd yn ôl i Gaer Siddi.

Roedd ceg yr ogof yn greigiog, a'r garreg dan draed

yn beryglus o lithrig. Roedd y lle'n drewi ac yn dywyll, a dŵr yn diferu. Gwelodd Cwilsyn gorff Finn yn tynhau a gwyddai ei fod yn meddwl am y Dreigiau Madfallog. Roedden nhw am fynd yn ddwfn dan ddaear i ddechrau ac yna am greu sŵn anferthol, uffernol, drwy daro'u tarianau â'u cleddyfau. Yn yr ogof lawn adlais byddai hynny'n ddigon i ddrysu'r Dreigiau Madfallog. Symudodd Deryn o flaen Cwilsyn. Roedd hi'n cydio yn ei dagr nawr. Er eu bod wedi ceisio bod mor dawel â phosib, roedd hi'n naturiol bod pedwar deg o ddynion yn mynd i greu sŵn. Dyma nhw'n parhau i gerdded drwy'r düwch. Roedd rhai wedi cymryd y fflachlampau roedd y gwarchodwyr wedi eu gadael ar ôl. Doedd y Dreigiau Madfallog ddim yn gallu gweld, beth bynnag, felly roedd hynny'n gwneud y daith yn haws. Dechreuodd yr ogof fynd yn gulach, a'r to yn is, ac roedd Macsen yn poeni bod y dynion i gyd ar ben ei gilydd gan eu gwneud yn darged hawdd oherwydd doedd dim lle i bawb wasgaru.

Roedd rhywbeth yn annaturiol am fod mor bell dan ddaear. Er eu bod yn cerdded â'u cefnau'n syth, teimlai Cwilsyn ryw deimlad o wasgu, gwasgu meddyliol yn hytrach na chorfforol, teimlad bod pob cell yn dy gorff yn dweud wrthot ti am droi a rhedeg i ffwrdd. Crynodd. Roedd hi'n oer yma hefyd. Y gwres yn llifo o'i gorff.

Wrth i'r milwyr ddod i arfer â'u rhythm, agorodd yr ogof ychydig yn fwy llydan. Dyma nhw'n troi cornel ac yno, o'u blaen, roedd y llyn harddaf a welodd Cwilsyn erioed. Agorodd ei lygaid led y pen; a syrthiodd ei geg ar agor. Roedd y llyn yn eu mesmereiddio ac yn llawn goleuni. Safodd pawb a syllu'n syn fel petaen nhw mewn lle sanctaidd, nes i sŵn anfon ias i lawr asgwrn cefn Cwilsyn: sŵn siffrwd adenydd yn agor yn y tywyllwch.

"Dreigiau Madfallog!!" gwaeddodd rhywun, wrth i nifer o gyrff gwyn ymlusgol ddechrau ymddangos drwy'r gwyll.

"Paratowch eich arfau!" Macsen oedd yn gorchymyn, ei lais yn taranu yn y gwagle anferth. Daeth gwaedd o banig a sŵn estyn am gleddyfau, a sgrech erchyll un ddraig ar ôl iddi gael ei tharo. Dechreuodd y milwyr wedyn guro'u tarianau â'u cleddyfau, a'r sain fyddarol yn diasbedain o gwmpas yr ogof.

"Daliwch yn dynn!" gwaeddodd llais arall.

Roedd tua chwech o ddreigiau erbyn hyn yn gwingo'n filain mewn poen. Llenwodd yr ogof â thwrw llethol. Safodd Cwilsyn yn ôl a gwylio'r milwyr yn gweiddi a'r dreigiau'n ysgwyd, a chododd panig drwy ei gorff. Doedd e ddim yn gallu dioddef hyn. Doedd e ddim yn gwybod llawer am y dreigiau yma, ond roedd e'n deall eu bod wedi ymgynnull gyda'i gilydd ac yn gwingo mewn poen. Roedd cynllun Macsen wedi gweithio – roedden nhw fel petaen nhw wedi eu parlysu.

"Rhaid cadw nhw fan hyn!" gwaeddodd Macsen uwchben y dwndwr. "Cwilsyn! Cer at y dŵr!"

Doedd Cwilsyn ddim yn gallu symud. Roedd yntau fel

petai wedi ei barlysu hefyd, yn meddwl am y tywyllwch a'r tawelwch fan hyn, y ffordd roedden nhw wedi ymyrryd, yr holl sŵn wnaethon nhw. Synhwyrodd yn sydyn fod y dreigiau, siŵr o fod, wedi cael llond twll o ofn. Meddyliodd am ei gartref a'r ystlumod oedd yn arfer hedfan o gwmpas yr harbwr yn y nos, a'r ffordd roedden nhw'n dod i mewn i dŷ'r cychod a chael eu dallu gan y golau a'r sŵn. Teimlodd ei hun yn rhedeg at y Dreigiau Madfallog.

"Be ti'n neud?!" gwaeddodd Deryn.

"Dere'n ôl!" gwaeddodd Macsen.

Tynnodd Cwilsyn un o hwyliau ei dad o'i glogyn. Dadroliodd y defnydd wrth redeg, gan drio peidio edrych ar y dreigiau'n sgrechian o'i flaen. Yna taflodd yr hwyl dros eu pennau a llithrodd honno i lawr a glanio arnyn nhw'n dyner. Llonyddodd y dreigiau, bob un. Chwifiodd Cwilsyn ei ddwylo uwch ei ben.

"Digon!" gwaeddodd. "Digon!"

Roedd y milwyr yn gegrwth wrth i'r dreigiau setlo, yr hwyl yn rhoi cysur, yn lle diogel i guddio. Aeth pob un yn hollol dawel, yn gwbl lonydd. Roedd Cwilsyn yn anadlu'n ddwfn, a chrafodd Finn ei ben.

"Gwych!" meddai. "Hollol anhygoel."

Pennod 22

Cododd Solas o'r dŵr yn harddach nag erioed, y diferion dŵr yn gloywi â golau. Er bod Cwilsyn wedi gweld hyn sawl gwaith erbyn hyn, roedd yr olygfa'n dal i'w swyno. Clywodd y milwyr tu ôl iddo yn ochneidio mewn rhyfeddod. Ffurfiodd Solas yn geffyl ac yn lle cerdded tuag at y lan, aeth i ganol y llyn lle roedd y goleuni ar ei gryfaf. Taflodd ei ben yn ôl ac aros yno yn amyneddgar.

Doedd Cwilsyn ddim yn siŵr beth i'w wneud. Ceisiodd anwybyddu'r milwyr oedd yn gwylio, a sgrechfeydd poenus y Dreigiau Madfallog; er eu bod wedi tawelu, roedd y sŵn yn dal yn ei glustiau, ac roedd pwysau ar ei ysgwyddau. Roedd rhaid iddo roi ei ffydd yn Solas, dyna'r unig beth y gallai ei wneud. Gwyliodd y creadur, a chael ei dynnu ganddo, fel yr oedd Solas unwaith wedi cael ei dynnu ganddo yntau, ac yna, heb wybod pam, dechreuodd Cwilsyn gerdded ar ddŵr y llyn. Doedd hynny ddim yn bosib, siŵr, ond rywffordd, gallai gerdded ar draws y llyn fel petai wedi ei wneud o wydr. Edrychodd i lawr, ac nid yn unig roedd Solas yn gadarn, roedd y llyn yn gadarn hefyd. Gallai weld i'r dyfnder heibio'i draed, ond doedd dim ofn arno. Edrychodd i fyny eto ar Solas, oedd yn aros amdano.

Wrth i Cwilsyn gyrraedd canol y llyn, doedd dim teimlad o frys, dim rhuthro, dim ond y teimlad eu bod i fod yno. Gwasgodd ei dalcen yn erbyn talcen Solas ac aros yn llonydd am rai munudau: y ceffyl dŵr hardd a Cwilsyn. Yn hofran yno, fel petaen nhw yng nghanol y bydysawd. Plethodd y ddau eu meddyliau'n un ac yna, wrth iddyn nhw ddechrau symud, teimlodd Cwilsyn ei hun yn syrthio drwy wyneb y llyn, ei fyd i gyd yn troi ar ei echel. Daeth sŵn o'i geg, a chafodd ei hun yn sefyll ben i waered, o dan y dŵr. Roedd gwadnau ei sgidiau islaw'r fan lle safodd eiliadau'n ôl. Edrychodd i waelod y llyn a gweld golau llachar yno.

Snwffiodd Solas wrth ei ochr a phlygu un goes er mwyn i Cwilsyn allu dringo ar ei gefn. Allai e ddim credu ei lygaid pan ddechreuodd Solas drotian, yna carlamu cyn hedfan am i fyny i waelod y llyn. Roedd Cwilsyn yn gallu anadlu'r dŵr fel petai'n anadlu aer. Roedd y swigod fel clystyrau o sêr. Y goleuni prydferth yn sgleinio fel yr haul. Yn uwch ac yn uwch, a Solas yn ymdrechu'n galed, hyd yr eithaf.

"Dere, Solas, dwi 'da ti," sibrydodd Cwilsyn, yn ei gysuro wrth iddyn nhw anelu am y goleuni. I fyny ac i fyny at y goleuni, oedd yn tyfu'n fawr o'u cwmpas, a Cwilsyn yn teimlo'i ofn yn diflannu, pob pryder yn chwalu. Roedd y ddau'n gweithio fel un. Roedd y goleuni o fewn eu gafael ac o fewn eiliadau, roedden nhw'n agos at waelod y llyn. Bach oedd y goleuni, ond roedd yn eu dallu, ac roedd y dŵr fel petai'n fwy trwchus ac yn gwneud i Solas arafu.

"Bron yna! Solas! Ni bron yna!" gwaeddodd Cwilsyn. Doedd e erioed wedi gweld Solas yn gweithio mor galed, erioed wedi ei weld yn ymdrechu gymaint. Mwythodd ei wddw a'i annog ymlaen â phob gewyn yn ei gorff. Ychydig fetrau oedd i fynd eto ac eisteddodd Cwilsyn i fyny, ceisio'i helpu, ymestyn ei fraich a'i fysedd.

Aeth Solas ag e yn nes ac yn nes. Roedd y goleuni yn beryglus o agos. Pwysodd Cwilsyn i un ochr er mwyn ei gyrraedd. Roedd ei arddwrn yn boenus o hyd. Yn nes. Ac yn nes. Gwthiodd ei fysedd ac yna… ei gyffwrdd. Cydio ynddo! Roedd goleuni'r byd yn ei ddwylo! Llamodd ei galon. Llifodd ton hapus o drydan drwyddo ac, wrth iddo'i dynnu'n agosach ato, diffoddodd y goleuni. Doedd dim byd yna. Edrychodd ar ei law. Troi ei ddwylo. Dim.

"Na! Na! NA!!!"

Teimlodd bwysau anferth ar ei frest ac yn sydyn roedd yn methu anadlu. Gwelodd Solas yn tasgu ac yn cicio yn y dŵr. Roedd y byd wedi ei droi ben i waered, ac aeth ei ddwylo at ei wddw. Yr unig beth ar ei feddwl oedd pa mor ddwfn roedden nhw. Roedd y dŵr yn ddu, yn rhewllyd ac yn brifo'i gorff. Roedd ei ysgyfaint yn llosgi, eisiau aer.

Roedd e'n mynd i foddi. Fan hyn. Dyma lle roedd popeth yn dod i ben.

Edrychodd o'i gwmpas, swigod yn dod o'i drwyn a'i geg, a gweld Solas yn disgleirio wrth ei ymyl. Teimlo'i ddannedd yn gafael yn ei goler. Ceisiodd symud, ond yn ei banig, roedd fel petai wedi anghofio sut i nofio. Ciciodd a chiciodd ei goesau – dyna'r unig beth allai ei wneud. Teimlodd nhw'n symud. Doedd dim smic heblaw sŵn y dŵr yn ei glustiau, ac wrth iddyn nhw esgyn i fyny drwy'r dŵr du, teimlodd rywbeth. Rhyw deimlad ofnadwy ei fod yn boddi. Teimlo fel petai wedi cael digon, ei fod eisiau rhoi'r gorau iddi – roedd hynny'n apelio. Heblaw am oleuni Solas drwy'r dŵr, byddai wedi ildio. Aeth y ddau yn uwch ac yn uwch yn ddiddiwedd. Collodd bob synnwyr, ond yna teimlodd ddwylo arno.

Roedd Macsen dan y dŵr, ei fraich o dan fraich Cwilsyn, yn ei helpu i ddod â Solas i'r wyneb. Wrth dorri drwy wyneb y dŵr gyda'i gilydd roedd Macsen a Cwilsyn yn ymladd am aer. Ffrwydrodd ysgyfaint Cwilsyn wrth anadlu. Gallai glywed Macsen yn peswch wrth ei ymyl. Roedd hi'n dywyllach yn yr ogof nawr heb oleuni'r byd, a diflannodd y pelydryn olaf o olau wrth i Solas ddiflannu hefyd.

Teimlodd Cwilsyn ei hun yn cael ei lusgo i ochr y llyn. Rhoddodd Macsen ef yn dyner i orwedd ar y creigiau. Roedd ei gorff yn teimlo'n drwm, fel petai byth yn mynd i fedru symud eto. Ddywedodd neb air wrth iddyn nhw gynnau ambell lamp. Roedd pawb yn methu credu'r olygfa, wrth i Cwilsyn geisio cael rhythm cyson i'w anadlu. Agorodd ei lygaid llosg ac edrych ar ei law, ei law wag. Allai e deimlo dim byd ond cywilydd. Roedd e wedi methu.

Clywodd Macsen yn cyfarth gorchmynion ar y milwyr i fynd allan o'r ogof, yn ôl at y coed lle roedd y ceffylau, a pharatoi i adael. Gadawodd pawb yn araf, pob un yn methu cuddio'r ffaith eu bod wedi aros blynyddoedd i Cwilsyn gyrraedd a dod â goleuni yn ôl i'r byd, a'i fod yntau wedi eu siomi.

"Cwil?" Llais addfwyn Deryn. Edrychodd arni, yn ceisio gweld ei hwyneb yn gliriach. "Wnest ti mor dda."

Teimlodd Finn yn ei godi ar ei draed.

"Fel'na roedd pethau i fod," meddai Finn yn galonogol, wrth i Cwilsyn bwyso arno i gael nerth. "Dim ond goleuni oedd e, beth bynnag."

Allai Cwilsyn ddim codi gwên. Edrychodd ar Macsen, wedi torri ei galon. "Pam?" gofynnodd. "Pam ddigwyddodd hynna?"

Methodd Macsen edrych arno. "Dwi ddim yn gwbod," meddai'n onest. "Falle bod y golau'n rhy wan i'w symud. Falle ein bod ni jyst yn rhy hwyr."

Meddyliodd Cwilsyn am hyn. "Dwi mor sori," meddai, a syrthiodd ei ên ar ei frest.

Cydiodd Macsen yn ei freichiau. "Sdim isie bod yn sori," meddai, ond doedd Cwilsyn ddim yn ei gredu. "Mae angen amser i feddwl, ac rwyt ti'n oer, rhy oer."

Doedd Cwilsyn ddim yn gallu teimlo'i ddwylo na'i draed.

Tynnodd Deryn ei chlogyn a'i wisgo amdano. Cerddon nhw bob ochr i Cwilsyn wrth iddyn nhw aildroedio eu ffordd at geg yr ogof, a chodi hwyl Cwilsyn oddi ar y Dreigiau Madfallog, oedd bellach yn cysgu'n sownd.

Aethon nhw allan i'r nos, a chododd y blew ar war Cwilsyn wrth weld pwy oedd yn aros amdanyn nhw wrth geg yr ogof. Estynnodd Macsen, Finn a Deryn am eu cleddyfau. O'u blaenau roedd Conan a cheffyl mawr du. Roedd gan Cwilsyn syniad go lew mai Arawn ei hun oedd y dyn ar gefn y march.

"Dylen i ddiolch i ti, mae'n debyg," meddai wrth Cwilsyn. Roedd ei lais yn ddyfnach nag yr oedd Cwilsyn wedi ei ddychmygu. Ei lygaid glas golau yn dreiddgar. Fel ddywedodd Macsen, doedd e ddim yn ddyn ag wyneb creulon, ond wedyn, pwy sydd?

"Dwi 'di ceisio diffodd y goleuni yna ers blynyddoedd, ond fethais i fynd yn ddigon agos ato. Rwyt ti 'di neud ffafr â fi."

Roedd e'n gwawdio, ei lais yn llyfn, dan reolaeth. "Felly, dyma ti, o'r diwedd. Y mab afradlon 'di dod 'nôl. Dwi'n credu bod ti 'di cwrdd â Conan yn barod."

Craffodd ar gorff Cwilsyn, y ffordd y câi drafferth i sefyll, ei ddillad gwlyb yn gwneud iddo ymddangos yn llai ac yn deneuach nag oedd e go iawn.

"Gallen i ladd pob un ohonoch chi nawr," meddai

Arawn. “Ond dim ond buddugoliaeth fach fyddai hynny, o gofio bod neb yn gwbod bod ti yma eto. Mae’n ddoniol bod ti’n trio…” Anogodd ei geffyl ymlaen a chamodd Macsen o flaen Cwilsyn. Arhosodd Arawn.

“Dwi ’di dweud wrthot ti ganwaith, Macsen – byddai ymladdwr fel ti’n well ar ein hochr ni. Wyt ti’n mwynhau

colli? Sut mae dy ffyddlondeb di'n cael ei wobrwyo? Drwy gael dy alltudio? Byw bywyd ar yr ymylon?"

Edrychodd ar Cwilsyn gyda chymysgedd o drueni a ffieidd-dod. "Aberthu dy fywyd er mwyn y plentyn yma?"

Dechreuodd chwerthin, a gallai Cwilsyn deimlo'r dicter yn corddi tu mewn iddo, ond allai e ddim dweud gair. Roedd arno gywilydd llwyr.

Teimlodd Arawn yn astudio'i wyneb. "Dwi'n berson tosturiol, felly fe gewch chi'ch brwydr. Fe ddangosa i'r parch yna i chi, er cof am Hafgan."

Tynhaodd gên Cwilsyn.

"Fe wnawn ni ymladd adeg y lleuad lawn nesaf, ond dwi'n gwbod gymaint â hyn: wna i ddim dangos unrhyw dosturi y tro nesa." Roedd ei lais yn galed, mor oer â rhew. Roedd Conan yn dangos ei ddannedd.

"Fe ladda i di yn yr un ffordd ag y cafodd *e* ei ladd."

Ar hynny, tynnodd geg y ceffyl i'r ochr yn chwyrn, a'i sbarduno i garlamu. Safodd Conan am eiliad, ei flew wedi codi, cyn udo a chamu i'r tywyllwch.

Pennod 23

Roedd y tywyllwch yn cau amdanyn nhw wrth deithio'n ôl i gyfeiriad y castell, felly dyma nhw'n penderfynu codi gwersyll wrth ymyl coedwig. Roedd y milwyr wedi cynnau tân, a'r ceffylau wedi eu gadael yn rhydd. Newidiodd Cwilsyn i ddillad sych, ond roedd e'n oer hyd at fêr ei esgyrn. Roedd rhyw dawelwch afiach yn y gwersyll, y siom yn gorwedd yn drwm ar bawb. Allai Cwilsyn ddim dioddef hyn. Dywedodd Macsen wrtho am aros wrth y tân ond symudodd ef ei hun yn ôl, allan o olwg y milwyr. Gwyliodd Cwilsyn, a'i gefn yn pwyso ar foncyff coeden, wrth iddyn nhw goginio bwyd ar y tân. Rhyw hymian anniddig ym mhob man. Ceisiodd beidio gwrando ar ddau ddyn yn siarad â Macsen, eu lleisiau'n codi'n raddol. Gwelodd wyneb llawn cynnwrf Macsen yn ceisio'u tawelu, ond roedd e'n gwybod bod popeth wedi newid. Roedden nhw wedi aros mor hir i gael goleuni'r byd yn ôl, ond yn fwy na hynny, wedi aros mewn gobaith.

Clywodd Macsen yn cyfarth gorchmynion yn uchel, cyn i'r ddau filwr sleifio i ffwrdd. Edrychodd Cwilsyn i'r llawr wrth i Macsen gerdded ato a rhoi diod gynnes iddo. Cymerodd Cwilsyn y ddiod yn ddiolchgar. Eisteddodd Macsen wrth ei ymyl, yn dweud dim.

"Tries i neud popeth yn iawn."

"Dwi'n gwbod. Does neb arall 'di dod hanner mor agos â hynna o'r blaen. Mae hynny'n golygu rhywbeth," meddai'n dawel.

"Mae ar ben, ydy hi?"

Edrychodd Macsen arno yn llawn cwestiynau.

"Heb oleuni'r byd," parhaodd Cwilsyn, "allwn ni ddim curo Arawn. Dim ond sioe fydd y frwydr 'ma."

"Dwi ddim yn meddwl gallwn ni ei guro heb y goleuni, na."

Dyna'r geiriau doedd Cwilsyn ddim eisiau eu clywed.

"Ond falle mai un o'r straeon tylwyth teg yw hon?" meddai Macsen yn dawel. "Weithiau, mae 'na gynllun, a rhywbeth yn mynd o'i le, ond rhaid cadw'r ffydd."

Cofiodd Cwilsyn y ci hela a'r carw ifanc yn rhedeg ar ôl ei gilydd ar y bwrdd yn y neuadd.

"Falle bod rhywbeth ry'n ni wedi methu, neu ddim yn gweld," meddai Macsen.

"Ond beth os nag oes e?" gofynnodd Cwilsyn, ei galon yn torri.

Gwrandawodd y ddau ar sŵn y tân yn tasgu am ychydig.

"Sut wyt ti isie byw dy fywyd, Cwil?"

Gwgodd Cwilsyn.

"Dwi 'di byw bywyd hir; canrifoedd hyd yn oed."

Edrychodd Cwilsyn arno ac edrychai'n fwy dynol nag erioed, yn eistedd ar y llawr yng ngolau'r fflamau.

"Dwi'n blino, dwi'n gwanhau…"

Allai Cwilsyn ddim credu hynny.

"… ond fel arall byddai'n rhaid ildio i'r tywyllwch a'r diflastod. Mae patrymau yma, pethau dwi ddim yn deall: ceffylau o ddŵr, eneidiau hardd, bregus, sy'n llosgi a diffodd fel sêr gwib. Mae creulondeb yma, wrth gwrs, ond mae cariad hefyd." Cododd Macsen ei ysgwyddau. "Dwi'n dewis credu bod ateb i hyn, hyd yn oed os nad y'n ni'n gwbod beth yw hwnnw eto. Dwi 'di sylwi bod atebion yn dod o lefydd annisgwyl iawn weithiau."

Aeth Macsen yn dawel wedyn, a chlywodd Cwilsyn sŵn siffrwd adenydd wrth i Finn a Deryn, oedd wedi bod yn cadw llygad ar bethau o'r awyr, lanio wrth eu hymyl. Eisteddodd pawb gan edrych ar y tân, a sylweddolodd Cwilsyn eu bod yn rhannu ei dristwch, er eu siom, yn hytrach na'i feio amdano. Cynhesodd ei galon rhywfaint o wybod nad oedden nhw'n meddwl yn wahanol amdano ar ôl colli goleuni'r byd, a doedd e ddim yn teimlo cweit mor unig.

Cyrhaeddon nhw'r castell ar ôl iddi wawrio, y milwyr wedi blino'n llwyr ac angen gorffwyso. Aeth Finn a Deryn i'w helpu gyda'r ceffylau. Roedd hi'n oer yn y neuadd a sylwodd Cwilsyn ar absenoldeb Erin, a'i thân a'i bwyd, a'i chynhesrwydd twymgalon. Roedd Macsen yn meddwl yn ddwys, ac roedd Cwilsyn yn cael y teimlad ei fod yn ystyried y camau nesaf. Roedd Cwilsyn eisiau bod ar ei ben ei hun. Safodd am eiliad yn y neuadd oer cyn troi a cherdded allan tuag at y llyn, ei galon yn ysu am Solas.

Arhosodd am funud, ceisio ei ddenu ato, ond roedd y dŵr yn llonydd. Roedd e'n gwybod bod Solas wedi blino'n lân, wedi gweld y golau'n llifo ohono wrth geisio cyrraedd goleuni'r byd. Roedd Solas wedi rhoi popeth oedd ganddo i fynd ag e'n agos at y goleuni. Suddodd ei stumog wrth feddwl am siomi Solas. Suddodd ei galon hefyd, a theimlodd yn rhwystredig bod popeth yn cwympo o'i afael. Hafgan, Rhiannon, ei fam, Pia, goleuni'r byd – hyd yn oed Solas weithiau.

Roedd angen y goleuni arno yntau hefyd, angen ei obaith. Roedd yn arwydd o'r dyfodol, yn ffordd ymlaen, ac roedd e'n credu bod hynny ganddo yn ei ddwylo. Ac yn rhyfedd, roedd wedi meddwl y byddai'r goleuni yn ferwedig o boeth, y byddai'n ei losgi, ond roedd wedi teimlo'n llawn heddwch. Wnaeth e ddim sgaldio, dim ond sgleinio. Teimlai'n oerach yn sydyn. Roedd yr atgof llachar o'r goleuni yn ei ddwylo wedi ei adael mewn mwy o dywyllwch. Cofiodd am yr hwyl dan ei glogyn, gwres ei deulu. Tynnodd yr hwyl allan a'i lapio o'i gwmpas. Clywodd sŵn carnau yn y pellter, lleisiau isel, ac yna sŵn traed Erin. Safodd wrth iddi agosáu. Roedd hi'n edrych yn flinedig ar ôl marchogaeth o'r ddinas drwy'r nos. Doedd dim angen i Cwilsyn ofyn; roedd e'n siŵr y byddai hi'n rhannu'r hyn roedd hi wedi ei ddarganfod.

"Mae'n ddrwg 'da fi glywed am oleuni'r byd," meddai'n dyner.

Nodiodd Cwilsyn, heb wybod beth i'w ddweud.

"Ffeindiais i dy dad," meddai'n dawel. "Aeth dy fam yn sâl yn sydyn iawn. Doedd dim amser i ti fynd yn ôl."

Aeth ton o dristwch drwyddo.

"Doedd hi ddim isie dy nôl di oherwydd roedd hi'n gwbod bod ti fan hyn, ac y byddai'n dy weld di eto, ac roedd hi'n iawn," esboniodd Erin yn dawel. "Mae dy dad yn galaru, ond mae e mor browd ohonot ti. Mae'n meddwl amdanat ti bob awr. Mae Jona a'i deulu'n garedig iawn wrtho."

Nodiodd Cwilsyn, ac roedd meddwl am Jona yno yn gysur iddo.

"Mae'n gallu dy drystio di, ac mae e'n gwbod y byddi di'n gwrando ar dy galon."

Daeth lwmp i wddw Cwilsyn.

"Rhaid i ni fynd â'i henaid hi at y ffynnon," dywedodd yn dawel. "Falle allwn ni ddim curo Arawn, ond gallwn ni neud hynny."

Nodiodd Erin.

"Rhaid i ti orffwys," meddai wrth Cwilsyn. "Mae golwg 'di blino arnat ti. Fe af i i neud te i ni," meddai â gwên wan.

Gwenodd Cwilsyn yn ôl ac edrych arni'n mynd. Chwipiodd y gwynt oer yr hwyl o'i gwmpas yn sydyn ac edrychodd arni, ar y siapiau trionglog ar ei hyd. Dechreuodd feddwl amdanyn nhw, a'r holl amser roedd wedi ei gymryd i'w dad eu pwytho nhw i gyd. Roedd yr hwyl ei hun yn siâp triongl, a'r holl drionglau oedd o fewn y clymau Celtaidd yn llifo o un gornel i'r llall, i'r nesaf, a'r nesaf wedyn, heb ddechrau na diwedd. Ei fam a'i dad yn yr uwchfyd a Cwilsyn. Rhiannon a Hafgan a Cwilsyn. Deryn a Finn a Pia. Arawn, Hafgan a Cwilsyn. Yr uwchfyd a'r isfyd a'r môr rhyngddyn nhw. Uwchben, odanodd ac ar draws. Efallai fod Macsen yn iawn, bod yna batrymau allai e ddim eu gweld.

Edrychodd ar y llyn, ei galon yn erfyn am Solas. Roedd rhaid iddyn nhw fynd yn ôl at Ffynnon Eneidiau; rhaid ailddechrau'r llif o eneidiau i'r Ddaear. Roedd rhaid dod o hyd i'w fam er mwyn iddi barhau â'i thaith drwy'r isfyd. Gwyliodd y glaw yn codi o'r llyn, yn troi a throelli nes ffurfio yn Solas. Anadlodd yn ddyfnach wrth ei weld ac wrth i Solas gerdded ato, gallai synhwyro ei fod wedi blino ond yn benderfynol. Anwesodd wyneb Cwilsyn ac am eiliad, allan o olwg y milwyr a'r castell, claddodd Cwilsyn ei ben yn y mwng a safodd y ddau yno yn y bore bach, yn gefn i'w gilydd.

Pennod 24

Roedd Cwilsyn wedi gofyn i Macsen hel pawb at ei gilydd erbyn machlud haul ac roedden nhw'n sefyll o'i flaen nawr, wedi cael diwrnod da o orffwys. Doedd Cwilsyn ddim wedi annerch y milwyr o'r blaen, ond roedd Macsen wedi parchu ei ddymuniad a safodd yntau wrth ymyl Cwilsyn yn ôl ei arfer, yn gefnogol ond heb gymryd drosodd, gan ddangos i bawb ei fod yn para'n ffyddlon trwy fod yno. Roedd Deryn yn gwylio o'r tu ôl i'r criw, a Finn gyda hi. Roedd ceg Cwilsyn yn sych.

"Dwi isie diolch i chi am bopeth wnaethoch chi ddoe, am fod yn ddewr a ffyddlon," meddai, gan sylweddoli fod ei lais yn swnio'n ifanc. Gwibiodd ei lygaid at Macsen i chwilio am gysur. "Wnaeth pethau ddim digwydd fel ro'n ni wedi gobeithio, ond allwn ni ddim gadael i hynny'n trechu ni."

Roedd pawb yn dawel, eu hwynebau'n anodd i'w darllen.

"Dwi 'di cael fy anfon yma am reswm, a wna i ddim ildio."

Tyfodd sŵn mwmian tawel.

"Er gwaetha'r rhwystrau, rhaid i ni gadw ar ochr goleuni a chynhesrwydd. Lwyddon ni ddim i gael goleuni'r byd, ond rhaid cadw ei nodweddion yn ein calonnau."

Daeth ambell waedd o gymeradwyaeth a theimlodd Cwilsyn ias yn mynd drwyddo.

"Ry'n ni'n neud penderfyniad, ac er bod y tywyllwch o'n cwmpas, ry'n ni'n dewis y goleuni." Roedd yn ceisio cadw'i lais yn llonydd. "Gallwn ni ddewis neud daioni, pethau da, er na fydd hynny'n dod â chlod mawr, ond falle bydd e'n teimlo'n fwy rhyfeddol oherwydd hynny."

Roedd popeth yn dawel.

"Ydych chi 'da fi?" gofynnodd Cwilsyn. Tawelwch eto am eiliad. Edrychodd ar yr wynebau. "Ydych chi 'da fi, wedes i."

"Ydyn!" Lleisiau Deryn a Finn yn uno fel deuawd.

"Ydyn!" Llais dwfn Macsen.

Safodd Cwilsyn yn llonydd, yn teimlo'n llai nag erioed. "Ydych chi 'da fi, ofynnes i."

Tawelwch eto, a deimlai fel oes, cyn i'r milwyr i gyd floeddio'u cymeradwyaeth. Cododd calon Cwilsyn, a llonyddodd ei anadl. Edrychodd arnyn nhw, un wyneb ar ôl y llall, ei ysgwyddau'n syrthio gan ryddhad.

"Mae Ffynnon Eneidiau yn cael ei gwarchod gan Arawn. Rhaid ei chipio'n ôl. Rhaid i ni adael i'r eneidiau symud o'r isfyd i'r uwchfyd. A phan fydd hi'n lleuad lawn, fe wnawn ni ymladd Arawn â phopeth sy 'da ni."

Daeth mwy o weiddi a chododd Finn ei fawd arno o gefn y dorf.

"Ry'n ni'n gadael am hanner nos," meddai Cwilsyn. "Bydd Macsen yn rhoi eich gorchmynion i chi."

Gwasgarodd y milwyr i ddechrau ar y paratoi. Gwyliodd Cwilsyn nhw'n mynd a theimlodd law Macsen ar ei ysgwydd. Ddywedodd e ddim gair, roedd yr arwydd yn ddigon.

"Mae gwaith 'da ni i neud," meddai Cwilsyn wrth iddyn nhw gerdded i'r neuadd.

"Dim ond dau fetr ar draws yw'r ffynnon," meddai Macsen, gan bwyso'i fys ar y map. Roedd Finn yn eistedd wrth y bwrdd a'i lyfrau o'i gwmpas.

"Ry'n ni'n gwbod bod o leia bum deg milwr yn ei gwarchod."

Edrychodd Finn i fyny. "Galla i ganu i ddeg, dau ddeg o bobl, ond dim mwy. Erbyn i fi gyrraedd y gweddill byddan nhw'n gwbod bod rhywbeth ar y gweill."

Nodiodd Macsen. "Rhaid i'n milwyr ni ymladd un i un y tro yma. Bydd e'n fwy peryglus."

Edrychodd Cwilsyn ar Macsen.

"Mae 'na rai Cafflwyr, ac Adenydd Tân yna hefyd," meddai Finn.

Cofiodd Cwilsyn ddarllen am yr Adenydd Tân yn y

llyfrau. Roedden nhw'n ddu i gyd, heblaw am streipiau coch igam-ogam ar hyd eu cynffonnau. Tynhaodd ei frest wrth feddwl amdanyn nhw.

"Gallwn ni drin y Cafflwyr," meddai Cwilsyn.

"Mae'r Adenydd Tân yn glyfar iawn ond yn gwarchod eu tir. Pan maen nhw'n gwylltio, mae'r adenydd yn troi'n fflamau," meddai Finn, gan fodio drwy'r llyfr i ddod o hyd i'r dudalen iawn. "Pan mae eu hadenydd ar dân maen nhw'n llosgi am byth bythoedd. Mae'n erchyll. Dy'n nhw ddim yn marw, ddim yn gallu gorffwys na gwella. Maen nhw'n byw gyda'r boen am byth."

"Ych a fi," meddai Deryn wrth ddod i mewn.

"Mae'n eu neud nhw'n flin iawn," meddai Finn.

"Dwi ddim yn synnu," atebodd Cwilsyn.

"Os wnawn ni adael am hanner nos byddwn ni yna erbyn toriad gwawr," meddai Macsen, yna edrychodd ar Cwilsyn a Deryn. "Dwi'n meddwl bod angen i bawb orffwys. Bydd angen pob nerth arnon ni fory."

Nodiodd Deryn, a sylwodd Cwilsyn am y tro cyntaf golwg mor flinedig oedd arni. Trodd Deryn a cherdded tuag at y grisiau.

"Dwi isie te," meddai Finn, ac aeth i chwilio am Erin.

Safai Macsen yn llonydd.

"Gallwn ni neud hyn," meddai Cwilsyn, wrtho'i hun yn fwy na neb arall.

"Wrth gwrs gallwn ni," atebodd Macsen yn dawel.

⋆

Dringodd Cwilsyn y grisiau, yn barod am ychydig oriau o gwsg cyn y diwrnod mawr, ond cyn mynd i'w stafell, aeth i fyny'r ail set o risiau. Roedd e eisiau edrych ar y llyn am funud, teimlo Solas yn agos, ac yna clywodd sŵn traed. Gwelodd ryw symudiad sydyn o gornel ei lygad. Trodd ei ben a sylweddoli bod y symudiad yn dod o stafell Pia. Gwgodd, ei galon ar ras. Roedd y drws ar agor, a golau gwan tu mewn. Aeth ar flaenau ei draed ar hyd y coridor. Roedd rhywun yn y stafell. Roedd Macsen wedi anfon Pia i ffwrdd ond rhaid ei bod wedi dod yn ôl rywsut. Safodd am funud, ei gorff yn dynn, ei law ar y drws. Yn gwrando. Gwrando. Sŵn cerdded ysgafn rhywun yn symud o gwmpas, ac yna tynnodd anadl ddofn a gwthio'r drws ar agor… a gweld Deryn yn troi ato, ei llygaid yn fawr.

"Be ti'n neud?" gwaeddodd, ei llaw yn symud yn reddfol at ei dagr. "Gallen i fod wedi dy ladd di."

"Beth d*wi*'n neud?" gofynnodd Cwilsyn yn fyr ei anadl. "Ro'n i'n meddwl mai Pia oedd yna!"

Safodd y ddau yn stond i ddod dros y sioc a sylwodd Cwilsyn ar fwclis yn llaw Deryn. Rhoddodd hi'r mwclis ar y bwrdd, a'r gleiniau i'w clywed yn oer a chaled arno. Meddalodd ei hwyneb. Roedd tawelwch rhyngddyn nhw.

"Dwi'n ei cholli hi," meddai Deryn wedyn.

Gallai Cwilsyn weld ei bod hi'n dweud y gwir. Edrychodd o gwmpas y stafell. Fel hyn roedd e wedi dychmygu'r lle. Lluniau o'r lleuad a chlystyrau sêr. Casgliad o blu, oedd yn edrych yn ddu ar yr olwg gyntaf, ond o graffu'n fanylach

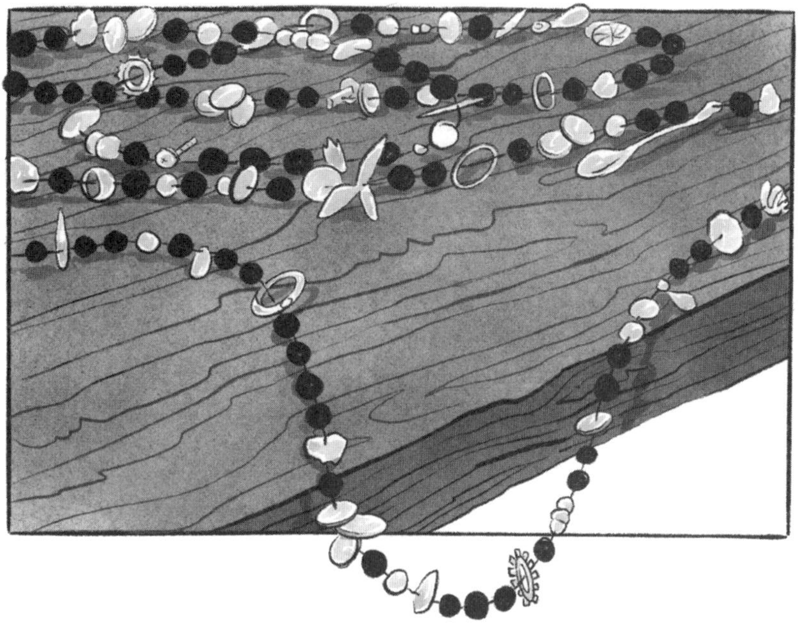

roedd pob math o liwiau ynddyn nhw. Roedden nhw'n sgleinio'n wyrdd a phorffor yng ngolau'r gannwyll. Roedd saethau wedi eu hongian mewn llinell syth ar y wal, pob un yn ddarn o gelf. Roedd mân bethau eraill hefyd, yn ddisglair yn y golau cynnes. Gleiniau, llwyau arian, powlenni o bethau hardd oedd wedi torri, ond yn dal i fod yn drawiadol. Cogiau o glociau, a modrwyau arian a chadwyni wedi torri. Trodd Deryn i'w wynebu.

"Ro'n i'n gwbod ei bod hi'n dioddef, bod pethau'n dywyll iddi, ond do'n i byth yn meddwl y byddai hi 'di neud rhywbeth fel hyn. Dwi'n methu credu. Cawson ni'n creu 'da'n gilydd – Finn, hi a fi. Ro'n ni i fod 'da'n gilydd am byth."

Allai Cwilsyn ddim dod o hyd i'r geiriau i'w chysuro. Doedd dim byd i'w ddweud.

"Mae Finn yn meddwl bydd popeth yn iawn, ond dwi…" arhosodd am funud, yn chwilio am y geiriau iawn. "Mae'n codi ofn arna i ei bod hi 'di ildio, eu bod nhw wedi mynd â hi. Os gallan nhw ei chipio *hi*, gallan nhw gipio unrhyw un."

"Falle bod Arawn 'di dweud celwydd wrthi? Neu ei bygwth hi?"

Edrychodd ar Deryn a chododd hi ei hysgwyddau. Allai Cwilsyn ddim meddwl am rywbeth defnyddiol i'w ddweud.

"Ti 'di blino," meddai'n garedig. "Dwi'n meddwl dylen ni orffwys."

Eisteddodd Deryn ar wely Pia.

"Ti'n iawn," meddai, wedi blino'n llwyr.

"Gorwedda a chysga am dipyn," meddai Cwilsyn, wrth iddo gau'r drws a mynd i'w stafell ei hun, gan adael Deryn i gysgu am ychydig oriau mewn nyth fenthyg.

Pennod 25

Dechreuodd y daith am hanner nos. Doedd y ffynnon ddim mor bell â'r ogof. Am y tro cyntaf ers i Cwilsyn gyrraedd yr isfyd, roedd hi wedi bwrw glaw. Rhyw law mân, rhyfedd, niwlog, oedd yn eich gwlychu'n llwyr o fewn eiliadau. Roedd Solas yn sgleinio'n fwy disglair nag arfer yn y bore llwyd. Dringodd Cwilsyn ar ei gefn ac aros am orchymyn Macsen i adael.

Roedd y ffynnon ar ymyl rhan hynaf y goedwig er mwyn i'r eneidiau adael eu doethineb a llifo i mewn i'r coed. Roedd modd cuddio'n hawdd, a phetai Macsen a'i filwyr yn ymosod ar y gelyn o'r cefn, byddai'r sioc annisgwyl yn rhoi mantais iddyn nhw. Penderfynodd Macsen ddenu'r Adenydd Tân drwy eu hannog i redeg ar eu hôl. Doedd Cwilsyn ddim yn siŵr sut fyddai hynny'n gweithio, ond roedd y milwyr yn edrych yn ddigon hyderus. Edrychodd

Cwilsyn i'r awyr ac roedd hi'n anodd gweld Deryn a Finn gan eu bod yn hedfan mor uchel.

Roedd yr isfyd yn edrych fel petai wedi ei sgrwbio gan y glaw, ac roedd cymylau trwm dros y tir. Roedd popeth yn wlyb, ei wallt, ei wyneb, ei ddwylo, a meddyliodd am eiliad sut roedd y glaw yn aros yn yr harbwr adre weithiau, a'i dad ac yntau'n sylweddoli bod glaw yn gwneud i sŵn gario'n wahanol. Byddai ei dad yn rhedeg i ochr arall yr harbwr ac yn sibrwd rhywbeth, ac roedd Cwilsyn yn grediniol bod y sŵn yn dod o'r tu ôl iddo. Gwenodd Cwilsyn wrth feddwl amdano, yr atgofion yn ei lenwi â chynhesrwydd.

Ymlaen yr aeth pawb yn y gwyll. Syrthiodd tawelwch dros y milwyr wrth agosáu at y goedwig hynafol, ac yna, drwy'r tywyllwch, rhoddodd Macsen orchymyn, a dyma pawb yn dod i stop ar fryn oedd yn edrych i lawr ar y ffynnon. Daeth Cwilsyn oddi ar ei geffyl a gweld Solas wedyn yn diflannu tu ôl iddo. Cerddodd heibio'r ceffylau at Macsen oedd yn cyfri nifer y milwyr oedd yn gwarchod y ffynnon islaw.

"Pedwar deg chwech," meddai'n dawel.

Edrychodd Cwilsyn i lawr.

"A thair draig wedi eu clymu."

Dechreuodd calon Cwilsyn rasio. Roedd yr Adenydd Tân wedi eu clymu wrth gadwynau hir fel eu bod yn gallu crwydro'n rhydd o gwmpas y ffynnon. Fyddai dim ffordd o gyrraedd y ffynnon heb eu gadael nhw'n rhydd yn gyntaf.

"Fe wnawn ni ddelio â'r milwyr gynta, yna rhyddhau'r dreigiau," clywodd Macsen yn sibrwd.

"Dwi isie trio rhywbeth," meddai Cwilsyn, gan edrych ar Macsen, oedd â'i lygaid tywyll yn disgleirio. "Dwi ddim yn gwbod a fydd e'n gweithio, ond… mae gen i syniad?" meddai Cwilsyn.

Rhoddodd Macsen y nòd lleiaf iddo.

"Dwi angen Finn," ychwanegodd Cwilsyn, ac ar unwaith ymddangosodd ei ffrind wrth ei ochr, bron â'i daro drosodd.

"Dwi angen i ti hedfan uwch eu pennau, a sgrechian."

"Pam?" gofynnodd Macsen.

"Gei di weld…" meddai Cwilsyn. Nodiodd Finn, gan droi'n gudyll glas a hedfan mewn llinell syth at y ffynnon. Yna stopiodd, gan hongian yn yr aer, ei adenydd yn siffrwd. Roedd ei reolaeth yn anhygoel ac edrychai fel petai'n herio disgyrchiant. Yna sgrechiodd. A sgrechiodd eto. Doedd Cwilsyn ddim yn edrych arno. Roedd e'n canolbwyntio ar y milwyr wrth iddyn nhw edrych o'u cwmpas, ac uwchben. Doedden nhw ddim yn gallu dyfalu o ble roedd y sŵn yn dod.

"A, dwi'n deall!" meddai Macsen, gan droi at Cwilsyn â gwên yn lledu'n araf wrth iddo ddechrau rhoi gorchmynion i'w filwyr eiddgar.

Ymddangosodd Finn fel bachgen wrth ei ymyl.

"Sut oedd hynna?" meddai'n ysgafn. "Perfformiad campus, dwi'n meddwl!"

Gerllaw, gwenodd Deryn.

Roedd hi wedi dechrau glawio'n drymach, a storm yn agosáu ar y gorwel, ond gwasgarodd y criw, gan adael eu ceffylau ar y bryn. Sleifiodd pawb tu ôl i'r ffynnon, gan gadw'n ddigon pell o olwg byddin Arawn. Roedd hi'n dal i fod yn dywyll, felly fyddai hi ddim yn hawdd i neb eu gweld. Arhosodd Cwilsyn a Macsen ar y bryn i gael gwell golygfa, ac roedd Deryn a Finn yn barod i hedfan negeseuon at y milwyr petai angen.

Roedd y tawelwch yn fyddarol, tan i un sŵn udo ddod o'r dyffryn islaw. Aeth ias i lawr asgwrn cefn Cwilsyn ac roedd y milwyr o gwmpas y ffynnon yn fwy effro yn sydyn. Un o ddynion Macsen oedd yno, wrth gwrs. Yna daeth sŵn gwichian o gyfeiriad arall. Sŵn dychrynllyd, a dechreuodd y gwarchodwyr glosio at ei gilydd mewn ofn, pob un yn edrych o'i gwmpas. Roedd y dreigiau i gyd wedi gorwedd i lawr, fel petaen nhw'n gwrando'n astud. Yna daeth sŵn taran yn y pellter, taran go iawn, meddyliodd Cwilsyn, ac roedd e'n falch fod natur yn eu helpu. Roedd milwyr Arawn yn mynd yn fwy ac yn fwy nerfus, ddim yn siŵr ble i droi tan iddyn nhw glywed un sgrech annaearol, a dyma rhai'n rhedeg i ffwrdd.

Craffodd Cwilsyn arnyn nhw. Wrth i rai redeg oddi yno, roedd eraill wedi cydio yn eu harfau ac er nad oedden nhw'n gwybod o ble roedd y synau'n dod, dyma nhw'n gwasgaru a dechrau cerdded oddi wrth y ffynnon, yn edrych am rywbeth i ymosod arno. Gwyliodd Cwilsyn wrth i filwyr Macsen eu cornelu, gan guro un criw ar ôl y llall, a thawelu eu gweiddi wrth iddyn nhw gael eu dal a'u clymu. Edrychodd Macsen draw ar Cwilsyn a gwenu.

"A nawr am y dreigiau," meddai.

Aeth Cwilsyn a Macsen i lawr i'r dyffryn lle roedd y milwyr wedi ymgynnull. Roedden nhw wedi cydio yn eu cleddyfau, yn barod i ymosod ar y creaduriaid. Roedd o leiaf dri milwr i bob draig, felly roedd pethau o'u plaid. Roedd y dreigiau wedi cael eu clymu tua deg metr ar wahân ac roedden nhw'n flin, yn tynnu ar eu cadwynau ac yn siglo'u pennau. Roedden nhw'n gwybod nad oedd y gwarchodwyr yno bellach, ac oherwydd eu bod yn gaeth roedd hi'n anodd iddyn nhw ymosod.

"Maen nhw'n fwy o faint nag o'n i 'di meddwl," meddai Cwilsyn wrth Finn, oedd wedi ymddangos wrth ei ochr. Roedd pob un tua thri metr o daldra ac mor hir â bws. Yn hisian a phoeri, yn tynnu ar y cadwynau oedd yn eu caethiwo. Teimlai Cwilsyn ofn yn rhedeg drwy ei waed. Roedd eu cynffonnau'n chwyrlïo'n chwyrn, eu hadenydd yn dal ac yn bigog ar eu cefnau. Roedden nhw'n wyllt gacwn. Yna, yn sydyn, dyma nhw'n tawelu. Roedd Cwilsyn wedi drysu, cyn sylweddoli bod Solas wedi ymddangos o'u blaenau drwy'r glaw. Cerddodd Cwilsyn tuag ato, a llygaid y dreigiau yn dilyn pob cam. Cododd Macsen ei law yn arwydd i'r milwyr ymosod, ond cydiodd Cwilsyn ynddi.

"Aros!" meddai. "Aros..."

Edrychodd Cwilsyn ar y dreigiau, a sylwi bod eu llygaid yn meddalu wrth edrych ar Solas.

"Tân a dŵr," meddai Cwilsyn dan ei anadl. "Mae dŵr Solas yn lleddfu eu tân, yn tawelu eu ffyrnigrwydd."

Edrychodd y ddraig agosaf ar Solas, ac yna troi ei chefn arno. Fyddai dim un ddraig yn troi cefn ar rywbeth roedd hi'n ei ofni neu eisiau ymosod arno. Camodd Cwilsyn yn agosach at y ddraig ond cydiodd Macsen yn ei fraich.

"Paid mynd yn agos ati, gei di dy ladd."

Edrychodd Cwilsyn i fyny arno. "Rhaid i fi neud hyn," meddai.

"Paid â gadael iddi dy dwyllo, dim ond tric yw hyn i ti fynd yn agosach."

Ysgydwodd Cwilsyn fraich Macsen i ffwrdd. "Os bydd ei hadenydd yn mynd ar dân bydd hi mewn poen am byth," meddai. "Dwi ddim yn meddwl bydd hi isie hynny. Os na wna i ei bygwth hi, falle bydd hi'n gadael i fi fod."

Roedd Macsen yn ansicr, ond roedd Solas yn symud yn nes at yr Adain Tân. Trodd Cwilsyn i edrych ar y ddraig a gweld ei bod hi wedi cynhyrfu, ond ddim yn flin, ei hadenydd heb eu plygu'n llwyr ond ddim yn barod i hedfan chwaith. Symudodd Cwilsyn yn araf, araf tuag ati. Camodd Solas gydag e, gan roi ei hun rhwng Cwilsyn a'r Adain Tân. Rhwystr tryloyw, presenoldeb tawel.

Gwyliodd byddin Macsen yn gegrwth wrth i Cwilsyn gerdded yn hamddenol i mewn i ofod y ddraig. Gallai Cwilsyn weld y lliwiau yn llifo ar ei chefn ac er bod y llyfrau i gyd yn nodi eu bod yn ddu, roedden nhw'n frown a du a lliw arian hefyd. Chwyrnai'r ddraig, y sŵn dwfn yn crynu yn ei brest enfawr, a'i llygaid yn dilyn pob symudiad a wnâi Cwilsyn. Teimlodd Cwilsyn y blew ar ei war yn codi. Roedd y llygaid yn anhygoel: yn anferth a thywyll, ond roedd rhyw sbarc ynddyn nhw fel fflam yn dawnsio. Cannwyll y llygad fel diemwnt ynghanol cylch oren o gols yn llosgi. Cyrhaeddodd Cwilsyn y tennyn, a thynnodd ei gleddyf allan yn rhy sydyn. Rhoddodd y ddraig naid ymlaen mewn ofn, a gwneud i'r milwyr weiddi. Safodd Cwilsyn yn syth a chuddio'i wyneb, ond cododd Solas ar ei goesau ôl rhyngddyn nhw, gan siglo'i fwng a gweryru'n wyllt, a symudodd y ddraig yn ôl. Glaniodd Solas ar ei draed eto gyda chlec a chwyrnu rhybudd. Erbyn hyn roedd Cwilsyn bron â rhewi gan ofn. Gwthiodd Solas ef â'i drwyn. Gwyddai fod rhaid iddo symud, bwrw bywyd yn ôl i'w gorff. Cododd ei gleddyf a thorri'r gadwyn, gan ryddhau'r ddraig. Dyma Macsen a'r milwyr yn estyn eu breichiau ar led a symud yn ôl. Trodd Cwilsyn i edrych ar y ddraig.

"Cer!" meddai. "Bant â ti! Ti ddim i fod ar y tir yma. Cer 'nôl i'r corsydd. Fan'na mae dy le di!"

Roedd golwg ddryslyd ar y ddraig am eiliad. Trodd mewn cylch, heb ddeall ei bod hi'n rhydd. Yna, siglodd ei phen, gan ysgwyd y gadwyn yn rhydd, a chodi ofn arni hi ei hun. Aeth am yn ôl yn sydyn, o fewn centimetrau'n unig i Cwilsyn. Ceisiodd Cwilsyn aros yn llonydd, er mwyn

peidio codi mwy o ofn arni, ac yna trodd, edrychodd ar Cwilsyn, agor ei hadenydd a dechrau eu hymestyn. Doedd hi ddim fel petai wedi hedfan ers blynyddoedd; roedd yr adenydd yn edrych yn wan a thrwsgl.

"Ie, dyna ti," meddai. "Cer!"

Yna symudodd ling-di-long ac yna'n gynt, cyn codi i'r aer, a gyda swish anferth hedfanodd i ffwrdd, a'r gadwyn yn siglo oddi tani wrth iddi adael. Gweryrodd Solas ac edrychodd y dreigiau eraill draw.

"Dwy arall i fynd," sibrydodd Cwilsyn.

Roedd yr ail ddraig yn fwy dof, fel petai'n sylweddoli nad oedd hi mewn perygl. Pan ddechreuai hi chwyrnu byddai Solas yn camu'n nes ati, yn lleddfu ei thymer. Pan gafodd ei rhyddhau dyma hi'n hedfan i ffwrdd ar unwaith, rhag ofn iddyn nhw newid eu meddyliau.

Roedd y ddraig olaf yn fwy gofalus – efallai gan ei bod hi ar ei phen ei hun – ond dyma hi'n troi, yn ceisio symud heibio Solas at Cwilsyn. Roedd hi'n mynd yn fwy a mwy blin a dyma hi'n rhuthro at Solas. Symudodd Solas yn agosach ati a bygwth ei chicio gyda'i goesau ôl.

"Cer 'nôl!" gwaeddodd Cwilsyn. Dechreuodd Solas stampio'i draed yn llawn cynnwrf. "Dwi'n methu mynd heibio!"

"Dere mas, rho amser iddi!" meddai Macsen.

Edrychodd Cwilsyn ar y ddraig a dyma hi'n hoelio'i llygaid arno, gan refru a rhuo.

"Mae'r tân yn dechrau!" gwaeddodd Macsen.

Edrychodd Cwilsyn a gweld blaen yr adenydd yn dechrau llosgi.

"Na," meddai Cwilsyn dan ei anadl. "Allwn ni ddim gadael i hynna ddigwydd."

"Dere mas," meddai Macsen eto.

"Na," meddai Finn. "Unwaith mae'r tân yn dechrau, bydd hi'n mynd yn fwy a mwy blin."

Roedd Cwilsyn yn anadlu'n drwm, ei arddwrn yn brifo wrth gario'r cleddyf. Aeth yn agosach at y gadwyn, a dechreuodd Solas ddawnsio'n anghyfforddus wrth ei ochr, ei goesau blaen yn codi i'r awyr ac yn ôl i'r llawr.

"Bydd rhaid i ni fod yn gyflym," sibrydodd Cwilsyn wrtho.

Roedd yr Adain Tân yn ysu i ymosod, ei hadenydd yn barod uwch ei phen, a rhyw sŵn cwyno rhyfedd yn dod ohoni, fel petai mewn poen.

"Dwi'n sori," sibrydodd Cwilsyn, wrth iddo geisio agosáu at y gadwyn, gan drio peidio â'i chynhyrfu, ond heb wastraffu amser chwaith. Roedd yr adenydd yn gloywi'n lliw coch dwfn, peryglus erbyn hyn.

"Paid! Plis paid," sibrydodd Cwilsyn, wrth iddo ddechrau torri'r gadwyn. Doedd hon ddim wedi rhydu gymaint â'r cadwyni eraill, ac wrth i Cwilsyn daro drosodd a throsodd roedd y ddraig yn mynd yn fwy cynhyrfus. Rhuodd yn uchel, ac wrth i Cwilsyn dorri'r gadwyn o'r diwedd gwelodd fod Solas a'r ddraig yn sefyll ar eu coesau ôl. Daeth sŵn taran anferth wrth i gyrff y ddau daro'n erbyn ei gilydd, a neidiodd y ddraig am yn ôl fel petai wedi cael ei llosgi gan oerfel Solas. Yn sydyn, ymddangosodd niwl o'u cwmpas. Safodd y ddau ac edrych ar ei gilydd drwy'r tarth a'r mwg, eu ffroenau'n agored, ac am funud roedd yr aer yn drwm gan densiwn, cyn i'r ddraig chwifio'i chynffon. Wrth iddi wneud hynny syrthiodd y gadwyn i'r llawr; arhosodd y ddraig am eiliad ac edrych ar Cwilsyn. Roedd yn ei astudio, yn llawn chwilfrydedd, fel petai ddim yn siŵr ohono. Sylwodd Cwilsyn fod ei hadenydd yn pylu, a thawelodd y cwyno poenus cyn iddi agor ei hadenydd a diflannu oddi yno. Teimlodd Cwilsyn aer yr adenydd wrth iddi hedfan heibio, cyn edrych tuag at Ffynnon Eneidiau. Roedd y dasg wedi ei chwblhau. Roedd y ffynnon yn eu dwylo nhw.

Pennod 26

Aeth y dathlu ymlaen drwy'r bore. Byddai'n rhaid clirio'r ffynnon, oherwydd roedd Arawn wedi ceisio ei chau gyda chreigiau, ond nhw oedd yn berchen arni nawr. Doedd Cwilsyn erioed wedi gweld Macsen mor hapus, a dywedodd y byddai'n rhoi o leiaf hanner cant o filwyr yno i'w gwarchod hi. Roedd y milwyr yn ymlacio, yn yfed a bwyta, yn dathlu'r fuddugoliaeth fach hon.

"Da iawn," meddai Deryn, a'i guro ar ei gefn.

Trodd Cwilsyn i edrych arni. "Gwaith tîm oedd e," atebodd.

"Ti ddim yn edrych yn hapus chwaith," meddai. "Oherwydd dy fam?"

Nodiodd Cwilsyn. "Rhaid dod â hi fan hyn."

"Helpa i ti i chwilio amdani," meddai Deryn.

"A fi," meddai Finn, gan ymddangos tu ôl iddyn nhw.

"Gobeithio nad y'n ni'n rhy hwyr," meddai Cwilsyn.

Dyma pawb yn ffarwelio ac yn trefnu i gwrdd â Macsen yn ôl yn y castell yn hwyrach, wedi iddi nosi. Dechreuodd Finn a Deryn redeg, ac yna droi'n adar. Rhedodd Cwilsyn ar eu hôl, a daeth Solas wrth ei ochr. Neidiodd ar ei gefn gan lamu i fyny wrth iddyn nhw adael y llawr. Aethon nhw'n ôl at y goedwig lle roedden nhw wedi gweld enaid mam Cwilsyn ddiwethaf, a dechrau chwilio.

Aeth Deryn a Finn i ran uchaf y goedwig a chanolbwyntiodd Cwilsyn ar y rhan waelod. Buon nhw'n edrych am oriau ond er yr holl chwilio, doedd dim golwg ohoni yn unman. Roedd Cwilsyn a Solas wedi hedfan yn ôl ac ymlaen ar hyd y goedwig sawl gwaith ac er bod Solas yn barod iawn i blesio, gallai Cwilsyn weld ei fod wedi blino'n lân. Dyma nhw'n glanio ar lawr y goedwig, a dringodd Cwilsyn oddi ar ei gefn er mwyn i Solas gael hoe. Cerddodd drwy'r coed, gan fynd yn agosach at y fan lle roedd wedi gweld ei fam ddiwethaf. Safodd yn stond a cheisio teimlo'i phresenoldeb pan glywodd Solas yn snwffian, fel petai wedi cynhyrfu.

"Be sy'n bod, boi?" gofynnodd.

Ceisiodd fwytho'i ben ond roedd Solas yn symud oddi wrth ei law, fel petai'n trio dweud rhywbeth wrtho. Trodd a gweld dau lygad coch yn y coed gerllaw, a gwyddai'n syth pwy oedd yno. Tynnodd Cwilsyn ei gleddyf yn reddfol, ond allai e ddim credu pan welodd Arawn yn dod o'r cysgodion ar gefn ei geffyl du. Roedd golwg flin arno, lai hyderus na'r tro diwethaf iddyn nhw gwrdd, ac roedd gwên dynn ar ei wyneb. Roedd Cwilsyn eisiau cwmni Deryn a Finn.

"Wel, gymerest ti'r ffynnon yn ôl," meddai'n ddig.

"Nid ti oedd piau hi," atebodd Cwilsyn yn bwyllog, gan deimlo gwres Solas wrth ei ymyl.

Chwarddodd Arawn. "Dwi'n gweld. Chei di ddim codi cywilydd arna i," meddai rhwng ei ddannedd. "Mae'n siŵr fod y fuddugoliaeth fach yna 'di rhoi hyder i ti."

Arhosodd Cwilsyn yn dawel, gan ddal ei law ar Solas rhag ofn y byddai'n rhaid iddo neidio ar ei gefn yn sydyn.

"Dim ond rhyw niwsans bach wyt ti i fi, ti'n deall?"

"Wel, dwi'n synnu bod ti 'di mynd i'r holl drafferth i chwilio amdana i, dim ond i ddweud hynna. Rhaid bod pethau gwell 'da ti i neud."

Diflannodd gwên ffug Arawn a syrthiodd tôn ei lais yn beryglus.

"Gallen i dy ladd di yr eiliad hon," meddai, a chwyrnodd Conan wrth feddwl am y posibilrwydd.

"Ond ro'n i'n meddwl byddai'n well 'da ti bod pobl yn gweld ti'n trio fy lladd i. I ti gael teimlo'n fwy pwerus?" heriodd Cwilsyn.

Edrychodd Arawn arno'n ofalus, ac yna chwarddodd eto. "O, mae gen ti ryw ddewrder twp am rywun mor fach," meddai, yna edrychodd i'r awyr. "Mae'r lleuad bron yn llawn ac yna fe wnawn ni ymladd," poerodd. "A heb oleuni'r byd, gei di dy drechu'n hawdd."

“Os ti’n dweud,” meddai Cwilsyn gan wthio’i ên allan.

Edrychodd Arawn arno mewn penbleth.

“Pam fyddet ti isie ymladd brwydr rwyt ti’n siŵr o’i cholli?” gofynnodd. “Wyt ti’n dwpach nag wyt ti’n edrych?”

Ystyriodd Cwilsyn. “Bydda i’n ymladd *am* rywbeth, ddim yn *erbyn* rhywbeth. Mae gen i ffrindiau wrth fy ochr. A ti’n gwbod be? Sdim ots be fydd yn digwydd, oherwydd pan dwi’n ymladd gyda nhw, am oleuni, am gariad, dwi ar fy ennill beth bynnag.”

Daeth dicter rhyfedd i wyneb Arawn.

“Dwi ’di cael digon,” arthiodd, gan glicio’i fysedd ar Conan. “Roeddet ti’n hwyl ar y dechrau, ond ddim rhagor. Pan mae’n lleuad lawn fe wnawn ni ymladd yn y lle arferol ac fe gei di dy drechu, o flaen pawb.”

“Iawn,” meddai Cwilsyn. “Dwed ti.”

Ciciodd Arawn ei geffyl du ac i ffwrdd â nhw. Chwyrnodd Conan ar Solas cyn troi ar ei sawdl a rhedeg drwy’r coed.

Safodd Cwilsyn am funud, ei law ar Solas o hyd. Am y tro cyntaf doedd e ddim yn teimlo’r ofn roedd Arawn wedi ei godi ynddo y tro cyntaf iddyn nhw gyfarfod. Gallai weld ei falchder a’i ffolineb, ac roedd wedi cael llond bol arno. Cododd Solas ei droed a dringodd Cwilsyn ar ei gefn. Byddai’n rhaid dod yn ôl fory eto i chwilio am ei fam. Am nawr, roedd rhaid iddyn nhw ddychwelyd i ddiogelwch y castell i orffwys.

Dim ond rhai milwyr oedd wedi cyrraedd yn ôl. Roedd nifer wedi aros wrth y ffynnon i ddechrau ar y trwsio. Roedd Erin wedi gadael neges i ddweud ei bod wedi mynd i nôl mwy o gyflenwadau. Darllenodd Cwilsyn y nodyn a'i osod yn ôl ar y bwrdd. Edrychodd ar nenfwd y neuadd wag a sylwi bod patrymau'r sêr oedd wedi cael eu peintio ar y nenfwd hardd yn hanner tywyll, hanner golau, i gynrychioli cydbwysedd byd natur. Roedd ei fam enedigol yn deall pwysigrwydd cydbwyso, goleuni'n wynebu tywyllwch, ac o fewn diwrnodau byddai'n rhaid iddyn nhw adael y lle yma ac ymladd ag Arawn.

Edrychodd Cwilsyn o'i flaen. Roedd rhaid iddo siarad â Deryn neu Finn. Dringodd y grisiau i chwilio am Finn, ond doedd e ddim yno. Aeth heibio stafell Deryn, ond roedd y lle'n dawel. Roedd hi'n dywyll yn y cyntedd – yr unig oleuni oedd y lleuad yn disgleirio drwy'r ffenestri bwaog. Yna, clywodd sŵn yn stafell Pia. Ymlaciodd. Rhaid bod Deryn yno. Rhaid gofyn iddi am ei fam, a sôn wrthi am ei sgwrs ag Arawn. Cerddodd ar hyd y cyntedd a gwthiodd y drws ar agor. Aeth ei galon i dwll ei wddw. Roedd pioden yno, a'i hadain ar ryw ongl annaturiol. Gwaed ar y llawr carreg odani.

"Pia?"

Trodd y bioden, ei chorff yn gryndod i gyd, ac edrychodd Cwilsyn mewn ofn wrth i Pia ymddangos fel merch ar y llawr o'i flaen, cleddyf wrth ei hymyl, a'i hysgwydd yn gwaedu drwy ei dillad.

"Pia!" meddai'n ofnus. Roedd ei hwyneb yn llawn poen. "Be ddigwyddodd?" gofynnodd. Neidiodd ati a cheisio ei helpu i godi.

"Awwww, na, paid."

"Sori, dwi ddim yn gwbod beth i neud," meddai Cwilsyn, gan ddal ei ben yn ei ddwylo.

"Rho fi ar y gwely," sibrydodd, a'i llais yn gryg.

Cododd Cwilsyn hi yn ei freichiau a'i rhoi i orwedd ar y gwely. Gwingodd Pia mewn poen wrth i'w chorff lanio ar y fatres. Cydiodd Cwilsyn mewn clustog a'i gwasgu o dan ei phen. Gorweddodd yno gan anadlu'n ddwfn am dipyn, yn methu siarad.

"Be ddigwyddodd?" gofynnodd eto, wrth gofio iddi eu bradychu.

Gwingodd eto, a thrio cael y geiriau allan.

"Aeth Arawn â chleddyf Hafgan ar ôl ei ladd." Roedd pob gair yn boenus iddi. "Glywais i si fod y cleddyf yng Nghaer Siddi…" Ceisiodd wenu. "Ro'n i isie rhoi'r cleddyf i ti."

Teimlodd Cwilsyn ias oer yn ei gorff, ofn eu bod nhw i gyd wedi camddeall, eu bod nhw wedi gwneud camgymeriad mawr.

"Ro'n i'n gwbod fyddai Deryn a Finn byth yn gadael i fi fynd. Felly es i ar ben fy hunan."

"Pia, be ti 'di neud?" gofynnodd Cwilsyn, a'i wyneb yn troi'n wyn.

"Doedd cael y cleddyf ddim yn hawdd…"

Rhoddodd ei llaw ar ei hysgwydd.

"Ges i fy nhrywanu â saeth. Nawr dwi'n gwbod sut mae'n teimlo," meddai, gan chwerthin yn wan a'i llygaid yn mynd yn fwy pŵl.

"Cleddyf dy dad yw e. Ti sy biau fe. Fydden i byth yn troi cefn arnat ti," meddai, ei llygaid yn trymhau bob eiliad.

"Pia, aros yn effro… Pia!"

"Ond ti'n gwbod be, do'n i ddim wir isie'i roi e i ti," meddai'n wan, a'i llais bron â diflannu. "Dwi'n casglu pethau sgleiniog, ti'n gweld."

Yna, syrthiodd yn anymwybodol. Ysgydwodd Cwilsyn hi, ond doedd dim ymateb. Roedd ei law dde yn goch â'i gwaed hi. Edrychodd arni mewn ofn cyn troi a rhedeg i agor y drws.

"Deryn! DERYN!" gwaeddodd, wrth redeg i lawr y grisiau ac i'r cyntedd lle roedd Erin newydd gyrraedd yn ôl.

"Beth yn y byd sy 'di digwydd?" gofynnodd Erin wrth i Cwilsyn redeg heibio. Agorodd y drws a dechrau gweiddi. "DERYN! DERYN!" A chlywodd, gyda rhyddhad, sŵn adenydd, a gweld Deryn yn sefyll wrth ei ymyl fel merch, ei llygaid ar agor led y pen yn llawn pryder.

"Pia, Pia," meddai Cwilsyn. "Rhaid ti ddod 'da fi!"

★

Edrychodd Cwilsyn ar y drws yn cau tu ôl i Deryn, gan ei adael yntau'n camu'n ôl ac ymlaen yn y cyntedd. Clywodd hi'n canu'n dyner i Pia ac yna sgrialodd Finn ar draws y landin tuag at Cwilsyn.

"Sut mae hi?" gofynnodd yn daer. Ysgydwodd Cwilsyn ei ben.

"Dwi ddim yn gwbod. Mae Deryn gyda hi."

Safodd y ddau yno yn ddiymadferth, yn gwrando ar ganu Deryn. Cân swynol, feddal, fel golau seren neu we pry cop, ond doedd hi ddim yn gân hapus chwaith. Gallai glywed stormydd yn ei llais, a nosweithiau hafaidd, a ffyrnigrwydd a maddeuant. Roedd ei llais yn llawn lliwiau hefyd, lliwiau'r tymhorau a'r tir a'r lleuad. Roedd y canu fel petai'n mynd ymlaen am oriau, ond doedd e'n ddim mwy na munudau mewn gwirionedd, ac roedd Cwilsyn yn teimlo pob emosiwn i'r byw. Ymhen amser oedd yn teimlo fel oes, stopiodd y canu yn sydyn. Edrychodd Cwilsyn ar Finn ac agor y drws yn araf. Roedd Deryn yn sefyll dros Pia, yn dal ei llaw. Roedd ei llaw arall ar dalcen Pia.

"Deryn?" gofynnodd Cwilsyn.

Trodd, ac roedd ei hwyneb yn wyn fel eira. "Mae'n iawn," meddai. "Mae 'di dod yn ôl aton ni."

Cusanodd Deryn law Pia, a daeth Finn a Cwilsyn at y gwely. Agorodd Pia ei llygaid yn grynedig, ac edrychodd arnyn nhw am rai eiliadau cyn syrthio i drwmgwsg difreuddwyd.

Pennod 27

Roedd y cleddyf yn hardd i'w ryfeddu, y llafn yn hir ac yn gadarn, wedi ei wneud o aur gwyn. O gwmpas yr handlen roedd eiddew euraid yn troelli, ac ar dop y llafn roedd haul wedi ei gerfio a phelydrau yn saethu am i lawr tuag at y blaen. Roedd yn ysgafn, yn teimlo'n wastad yn ei law. Roedd Cwilsyn wedi gwirioni arno. Cleddyf addas i frenin.

Daeth Macsen i mewn i'r neuadd, ei ben i lawr. Eisteddodd gyferbyn â Cwilsyn. "Os wyt ti isie i fi adael, fe wna i," meddai.

Gosododd Cwilsyn y cleddyf ar y bwrdd a gwrando arno.

"Fe wnes i ei beirniadu, a'i diarddel cyn cael gwbod y gwir. Roedd hynny'n gamgymeriad. Ro'n i'n anghywir."

"Roedd bai arna i hefyd," meddai Cwilsyn yn dawel. "Ro'n i'n amau nad oedd neud iddi adael yn iawn, ond wnes i ddim byd am y peth. Ti'n gwbod, dwedodd fy nhad wrtha i am neud beth oedd yn teimlo'n iawn yn fy nghalon, a dylen i fod wedi chwilio amdani a gofyn iddi pam oedd hi'n mynd i'r castell."

Gwrandawodd Macsen ar Cwilsyn yn brwydro mwy a mwy gyda'i gryfderau a'i wendidau.

"Falle, os dwi'n onest, 'mod i'n ei hofni hi ychydig bach ers y dechrau. Ofni beth allai hi gyflawni. Ei phwerau. Yn lle siarad â hi, fe wnes i osgoi hi."

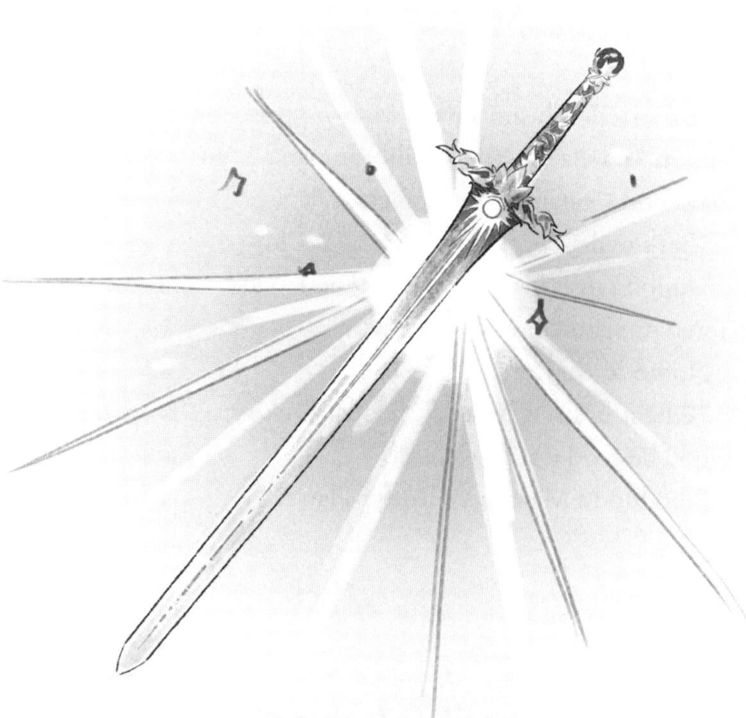

Eisteddodd y ddau mewn tawelwch.

"Falle gallwn ni'n dau ddysgu rhywbeth o hyn," meddai Cwilsyn, gan wenu ar Macsen. Brysiodd Erin heibio a mynd i fyny'r grisiau a chydiodd Macsen yn y cleddyf.

"Do'n i ddim yn meddwl bydden i'n gweld hwn eto," meddai, gan edrych ar hyd y llafn syth. "Roedd Hafgan yn dwli ar hwn. Mae'n debyg iddo gael ei greu yn yr haul."

"Galla i gredu hynny," meddai Cwilsyn. "Macsen, rhaid i fi ddweud rhywbeth wrthot ti."

Syrthiodd gwên Macsen ac edrychodd yn bryderus. "Be sy?"

"Dwi 'di bod yn meddwl sôn, ond gyda Pia a phopeth..."

"Be sy'n bod, Cwilsyn?"

"Weles i Arawn."

"Ble?"

"Es i i edrych am enaid Mam – y noson gipion ni'r ffynnon – a daeth e i chwilio amdana i yn y goedwig. Rhaid bod Conan wedi fy ogleuo i."

"Beth oedd e isie?"

"Atgoffa ni o'r frwydr ar y noson leuad lawn nesa, sydd o fewn diwrnodau os dwi'n iawn."

Nodiodd Macsen.

"Rhaid bod yn barod," meddai Cwilsyn. "Dwi angen gwbod be sydd o'n blaenau ni."

Rhoddodd Macsen y cleddyf i lawr.

“Fel rwyt ti’n gwbod, mae brwydrau’r haf a’r gaeaf yn digwydd yng Nghwm Ffawd.”

Roedd Cwilsyn wedi clywed Macsen yn sôn am hyn o’r blaen pan oedd yn adrodd hanes brwydrau mawr y gorffennol.

“Bydd Conan gydag e, wrth gwrs, a byddin o filwyr ar gefn ceffylau. Bydd rhai milwyr yn marchogaeth Adenydd Chwim. A bydd Cafflwyr, Cynffonnau Corniog, Adenydd Tân a Tharthau Angau yna hefyd.”

Nodiodd Cwilsyn a gwrando’n astud, gan feddwl am y carw a’r ci hela’n rasio ar y bwrdd, a’r carw’n troi’n flaidd ar ôl cael ei gornelu. “Dwi’n poeni nad oes unrhyw dywyllwch tu fewn i ’nghorff i i neud rhywbeth annisgwyl.”

“Be ti’n feddwl?” gofynnodd Macsen yn feddylgar.

“Wel, os mai’r carw ydw i, dwi ddim yn credu galla i droi’n flaidd.”

“Bydd rhaid i ni ymladd yn ôl ein gallu, dyna’r unig beth allwn ni neud,” meddai Macsen yn llawn cysur.

Daeth Erin i lawr y grisiau. Roedd hi’n cario dillad Pia ar gyfer eu golchi a’u trwsio.

“Reit, mae popeth yn lân ac yn daclus. Mae hi ’di deffro nawr, os y’ch chi isie mynd i weld hi.”

Nodiodd Cwilsyn a chodi ar ei draed.

“Cofia fi ati,” meddai Macsen, wrth i Cwilsyn fynd am y grisiau.

Deuai awel drwy’r ffenest agored, gan chwythu’r llenni

net ysgafn i'r stafell a siglo'r holl fwclis oedd yn hongian fan hyn a fan draw fel eu bod yn canu fel clychau. Roedd Pia yn gorwedd yn ei gwely, yn fwy llwyd nag arfer, ei hysgwydd mewn rhwymyn, a'i gwallt wedi ei glymu'n ôl. Roedd hynny'n gwneud iddi edrych dipyn yn fwy ifanc. Agorodd ei llygaid wrth i Cwilsyn fynd yn nes. Ddywedodd e ddim gair, dim ond estyn cadair at y gwely ac eistedd mewn tawelwch.

"Fel ymwelydd â rhywun sy'n sâl, ti braidd yn ddiflas," meddai'n bigog.

"Wel, ti'n amlwg yn teimlo'n well," meddai Cwilsyn gan wenu. "Pia, dwi… dwi isie ymddiheuro."

"Mae'n iawn," meddai Pia. "Dwi ddim yn rhywun hawdd ei ddeall, na'i hoffi—"

"Na, dyw e ddim yn iawn." Roedd pwysau'r emosiwn yn ei lais wedi synnu Cwilsyn. "A dylwn i ddeall hynny'n fwy na neb. Does dim o gynhesrwydd Finn na chymeriad cryf Deryn 'da fi. Weles i rywbeth ynddot ti wnaeth fy atgoffa i ohona i fy hunan, ac ro'n i isie osgoi hynny. Ac o ran bod yn hawdd dy hoffi – wel, ti ddim yn un am ddweud celwydd, ti ddim yn un am ganmol, na dweud wrth bobl be maen nhw isie clywed. Dyna dy gryfder di, a dylwn i fod wedi gwerthfawrogi hynny'n fwy. Sori," meddai, a theimlodd yr awel yn chwythu rhyngddyn nhw.

Roedd Pia fel petai'n meddwl am ei eiriau. "Dwi'n sori hefyd," cyfaddefodd. "Dwi'n gwbod bod pobl ddim yn cymryd ata i, a dwi'n ymateb i hynna. Rhoddes i brawf arnat ti, y noson yna ar y bryn, i weld a fyddet ti'n diflannu'n ôl i'r uwchfyd. Dwi fel arfer yn gallu perswadio pobl yn eitha hawdd, ond roeddet ti'n anodd."

"Dwi ddim mor siŵr am hynny…" meddai Cwilsyn yn onest.

"I ddweud y gwir," meddai Pia, ei llais ychydig yn gryg, "falle bod cadw pellter yn ffordd i fi gadw fy hunan yn ddiogel. Falle 'mod i'n ymddwyn fel hynny oherwydd ofn, 'mod i'n ofni i bobl ddod i fy nabod i, ac wedyn fyddan nhw ddim yn fy hoffi i."

Estynnodd Cwilsyn am ei llaw. "Ydyn ni'n dau'n iawn nawr?" gofynnodd.

Gwenodd a nodio, cyn tynnu ei llaw yn ôl, gan edrych yn fwy difrifol yn sydyn. "Rhaid i fi ddweud rhywbeth arall wrthot ti. Am oleuni'r byd."

"Hy, pa oleuni?" meddai Cwilsyn gan chwerthin yn chwerw. "Dwi 'di neud llanast o bethau, Pia. Mae e 'di mynd."

Siglodd Pia ei phen. "Na."

"Weles i'r goleuni. Estyn amdano fe, a diffoddodd e."

"Na, na, na'th e ddim diffodd," meddai, a'i llais yn gryfach. "Roedd Hafgan a fi'n nabod ein gilydd yn dda. Yn parchu ein gilydd. Ddwedodd e mai dim ond rhywun haeddiannol fyddai'n gallu cael goleuni'r byd yn ôl."

"Dries i 'ngorau, ond pan wnes i ei gyffwrdd, diflannodd e."

"Na, na'th e ddim diflannu, Cwil. Aeth y golau mewn i dy gorff. Treiddio i dy enaid di."

Gwgodd Cwilsyn arni.

"Ti ddim yn deall?" meddai Pia. "Aeth goleuni'r byd i dy enaid – mae e tu fewn i ti – a bydd e'n llenwi cleddyf dy dad pan fydd angen, yn chwyddo'r pŵer. Mae gen ti bopeth sydd angen i drechu Arawn."

Ysgydwodd Cwilsyn ei ben, yn methu credu. "Mae hynna'n amhosib."

"Ydy e?" gofynnodd, gan godi ael. "Y goleuni, y cleddyf, a ti – popeth sydd angen arnat ti i ddod â'r haf yn ôl, Cwil. Cer. Cer i neud e."

Estynnodd hithau am law Cwilsyn y tro hwn, a gwasgodd yn galed, ei llygaid tywyll yn llawn dagrau.

Pennod 28

Roedd y diwrnodau nesaf yn llawn paratoi ar gyfer y frwydr, wrth i'r lleuad chwyddo'n gylch llawn. Roedd Finn wedi addysgu'r milwyr am y Tarthau Angau, roedd Macsen a Deryn yn mynd dros y tactegau, a Cwilsyn yn ymarfer â'i gleddyf newydd bob cyfle posib, nes bod y ddau'n un â'i gilydd. Byddai Pia yn eistedd wrth ei gwely ac yn ei wylio'n ymarfer drwy'r ffenest bob hyn a hyn, a Deryn yn cadw cwmni iddi, y ddwy wedi siarad yn helaeth am eu cyfeillgarwch, ac wedi cyrraedd lle heddychlon. Bob nos, pan fyddai pawb arall yn gorffwys, roedd Cwilsyn yn hedfan ar gefn Solas i chwilio am enaid ei fam yn y goedwig, ond doedd dim golwg ohoni o hyd.

Heno, roedd popeth yn barod. Y milwyr yn cydio yn eu harfau a'r ceffylau wedi bwrw'u blinder. Roedd Erin yn llythrennol wedi bwydo byddin, a Finn wedi llenwi ei sach â saethau. Gwyliodd Cwilsyn Deryn yn hogi ei chleddyf mor finiog fel ei bod yn gallu taflu pluen o goler ei chlogyn i'r awyr a'i thorri'n ei hanner â'r llafn. Roedd rhyw dawelwch wedi syrthio dros bawb, ac roedd naws o ddisgwylgarwch nerfus.

Eisteddodd Cwilsyn wrth y tân mewn tawelwch ac aeth Macsen i gadw cwmni iddo. Edrychodd ar wyneb Cwilsyn oedd yn llawn straen. O'r diwedd siaradodd Cwilsyn. "Mae Arawn ar ei gryfa, ei fwya pwerus. Mae 'da fe o leia fil o filwyr. Pa obaith sydd i ni?"

"Dyw'r frwydr ddim wedi ei hymladd eto," meddai Macsen yn dyner, "ac mae goleuni'r byd gyda ni, cofia."

Tynnodd Cwilsyn ei lygaid i ffwrdd o'r tân ac edrych yn ddifrifol ar Macsen. "Beth bynnag fydd yn digwydd," meddai, "dwi isie dweud diolch."

Chwarddodd Macsen yn dawel.

"Na, dwi o ddifri. Rwyt ti 'di cadw dy ffydd yn Hafgan a fi, er bod dim llawer o reswm dros neud hynny."

Roedd Macsen yn edrych ar y tân nawr. "Wyt ti'n sylweddoli 'mod i a Hafgan yn blant gyda'n gilydd?"

Edrychodd Cwilsyn arno mewn syndod. "Tyfu lan 'da'ch gilydd?"

"Anodd credu, dwi'n gwbod. Roedd e'n hyderus, yn ddoniol, yn gynnes. Ro'n ni wastad mewn trwbl, ond ro'n ni wastad yn helpu'n gilydd. Roedd e'n wych gweld fy ffrind yn tyfu'n ddyn. Dorres i 'nghalon ar ôl iddo farw, ond mae gweld ei fab yn dechrau troi'n arweinydd yn rhywbeth arbennig. Rwyt ti'n rhy ifanc i ddeall yr hapusrwydd yma, ond fe wnei di ddeall rhyw ddiwrnod. Bydde fe mor browd ohonot ti."

Gwenodd Cwilsyn arno.

"Wyt ti'n gwbod beth dwi'n credu yw dy gryfder mwya di?" gofynnodd Macsen.

Siglodd Cwilsyn ei ben.

"Y ffaith i ti gael dy fagu fel rhywun dynol," meddai, ei wyneb yn fwy difrifol nawr. "Cefaist ti nodweddion arbennig iawn gan dy deulu yn yr uwchfyd. Dysgest ti am ddisgyblaeth a ffyddlondeb a chyfeillgarwch, a chael dy ddysgu i garu."

Teimlodd Cwilsyn don o ddiolch yn llifo drwy ei gorff.

"Rwyt ti'n gwbod beth yw bod yn fregus a pha mor werthfawr yw bywyd, er mor fyr neu mor anodd yw'r amgylchiadau. Rwyt ti'n deall beth yw bod yn fyw. Teimlo ofn, pryderu ac amddiffyn. Dyna dy gryfder di. Mae cael y nodweddion yma, a dod o'r isfyd, yn bwerus."

Allai Cwilsyn ddim dweud gair am funud.

Yna, dywedodd, "Dwi 'di bod yn poeni bod disgwyl i fi anafu Arawn, ei l…" Allai Cwilsyn ddim hyd yn oed ddweud y gair.

Edrychodd Macsen arno. "Fel ddwedais i o'r blaen, ein nod ni yw bod yn gyfrwys, dangos iddo bod ti wedi ei drechu, ond fydd hynny ddim yn hawdd," meddai.

"Lwyddodd e i ladd Hafgan. Fydd e'n gallu fy lladd i?" gofynnodd Cwilsyn yn blwmp ac yn blaen.

"Gobeithio ddim…" meddai Macsen. "Paid bod mor ddihyder, Cwilsyn."

Clywodd Cwilsyn rywun yn galw am Macsen a chododd Macsen ar ei draed.

"Esgusoda fi," meddai, "dylwn i fynd i baratoi. Byddwn ni'n gadael pan mae'n dechrau nosi."

Gwyliodd Cwilsyn Macsen yn nodio ac yna'n gadael, ei galon a'i feddwl yn crwydro at ei fam a'i dad a Jona. At yr hiraeth yn llais Deryn pan fyddai'n siarad am sut le oedd yr isfyd yn arfer bod. Rhaid iddo wneud hyn er eu mwyn nhw.

⋆

Yn y neuadd roedd Deryn, Finn ac Erin yn bwyta gyda Cwilsyn, a chafodd Cwilsyn ei atgoffa o'i noson gyntaf yn y castell. Y teimlad rhyfedd a gafodd o deimlo'n hollol gartrefol er nad oedd wedi bod yno o'r blaen. Edrychodd draw ar Finn, oedd yn bwyta'i gawl yn awchus, ac ar Deryn, oedd yn pigo'n nerfus ar ei bwyd. Roedd Erin i mewn ac allan o'r stafell, yn pentyrru mwy o fwyd ar y bwrdd, ac yn sydyn cafodd Cwilsyn ei daro gan y ffaith er ei fod wedi teimlo'n unig weithiau, doedd e erioed wedi bod ar ei ben ei hun. Roedd wedi cael ei garu gymaint gan Hafgan a Rhiannon fel y cafodd ei warchod a'i guddio, ac roedd wedi cael ei gario'n ofalus gan Erin i ddiogelwch. Roedd ei fam a'i dad yn yr uwchfyd wedi ei garu'n ddiamod, ac roedd ei dad wedi gwneud popeth i'w gadw rhag niwed. Roedd Rhiannon wedi anfon adar i gadw cwmni iddo pan oedd yn blentyn unig a, rhywsut, roedd wedi cael ffrind triw a doniol a llawn hwyl, sef Jona. Roedd wedi cael cyfeillgarwch gan Deryn fan hyn, teyrngarwch gan Pia, a hwyl a chwerthin gan Finn. Edrychodd Cwilsyn arno.

"Be?" gofynnodd Finn. "Oes grefi ar fy ngên i?"

Chwarddodd Cwilsyn a siglo'i ben. "Na, ro'n i'n meddwl am fy noson gynta yma."

Edrychodd Deryn draw a gwenu arno. "Ro'n i'n meddwl bod ti'n edrych yn od," meddai, gan godi ei haeliau.

Chwarddodd Cwilsyn. "Ha, meddai'r deryn-ferch!" heriodd.

"Ro'n i'n gwbod bydden ni'n ffrindiau da. Ddwedes i wrthot ti ar y pryd!" meddai Finn, gan ddowcio'i fara yn y grefi.

"Ffrindiau da iawn," meddai Cwilsyn.

"Wir?" gofynnodd Finn, a neidiodd ar draws y bwrdd i roi cwtsh iddo o gwmpas ei wddw. Chwarddodd Cwilsyn wrth i Finn daro rhai o'r llestri wrth fynd yn ôl i'w sedd.

"Beth yn y byd sy'n digwydd fan hyn?" Erin oedd yno, lliain sychu llestri ar ei hysgwydd, a'i dwylo ar ei chluniau. Twt-twtiodd wrth aildrefnu'r llestri. Sylwodd ar yr olion bwyd o gwmpas ceg Finn a dechreuodd eu sychu â'r lliain.

"'Drycha arnat ti, wir! Pwy sy'n mynd i fod ofn bachgen â grefi ar ei wyneb?" Rholiodd ei llygaid wrth i Finn geisio rhyddhau ei hun.

"Mae rhywbeth 'da fi i'w ddweud tra bod pawb yma," meddai Deryn, gan edrych ar Finn. "Er 'mod i 'di bod yn iawn am Pia—"

Tro Finn oedd hi i rolio'i lygaid nawr. "Dwi 'di ymddiheuro am hynna—"

"Dwi isie cyfaddef 'mod i'n arthio gorchmynion weithiau."

Rhoddodd Finn ei ddwylo dros ei geg yn ddramatig. "Na, byth!"

Gwenodd Deryn ac aeth yn ei blaen. "Dwi'n mynd i drio peidio o hyn ymlaen. Roedd y ffordd wnest ti Finn ganu i'r gwarchodwyr wrth yr ogof a chamarwain y milwyr wrth y ffynnon yn… anhygoel."

Roedd ei geiriau wedi cyffwrdd Finn.

"Ond mae'n gymaint o biti bod dy ymddygiad di wrth y bwrdd bwyd mor ofnadwy o wael."

Chwarddodd Deryn wedyn, a Cwilsyn hefyd, ac roedd

yr awyrgylch yn gynnes braf, cyn eu bod yn mentro allan i'r noson rewllyd oedd yn aros amdanyn nhw.

Pennod 29

Er bod amser a lleoliad penodol wedi cael eu trefnu, rhaid oedd bod yn effro i ymosodiad ar eu ffordd i Gwm Ffawd. Allen nhw ddim trystio Arawn. Roedd hi'n noson oer, yn oerach nag yr oedd hi wedi bod ers i Cwilsyn gyrraedd yr isfyd, ac roedd y lleuad, er yn llawn, wedi cael ei chuddio gan gymylau duon. Fflachiai ambell fellten yn y pellter gan oleuo'r tir, a gwneud i'r aer glecian yn drydanol. Gwrandawodd Cwilsyn ar y taranau yn chwyrnu'n fygythiol ar draws yr ynys, gan wneud y ceffylau'n nerfus. Roedden nhw'n troi eu clustiau am yn ôl a dawnsio yn yr unfan cyn cael eu hannog ymlaen. Teimlai Cwilsyn bwysau'r cleddyf ar ei goes a chynhesrwydd hwyl ei dad wedi ei lapio o'i gwmpas wrth iddyn nhw nesáu at y cwm. Roedd sŵn chwyrnu'r dreigiau yn gymysg â'r taranau yn troi stumog Cwilsyn.

Erbyn cyrraedd maes y frwydr, roedd niwl trwchus

wedi ffurfio. Hedfanodd Finn yn ei flaen i weld a oedd Arawn wedi cadw at ei air, ac i wirio nad oedd unrhyw un yn paratoi i ymosod arnyn nhw ar y ffordd. Arhosodd y milwyr tan iddo gyrraedd yn ôl, a throdd yn fachgen wrth ymyl Macsen.

"Mae ei filwyr yna. O leia mil ohonyn nhw, o beth gallen i gyfri – mae'n anodd gweld."

Roedd hynny'n fwy na'r disgwyl.

"Dreigiau hefyd. Weles i ddim Arawn ei hunan. Roedd e tu ôl i'r dreigiau o bosib."

"Y cachgi," meddai Macsen. "Barod?" gofynnodd gan droi at Cwilsyn.

Nodiodd Cwilsyn, er nad oedd e'n teimlo'n hanner parod. Reidiodd Cwilsyn a Macsen ymlaen ac, wrth droi cornel, agorodd y cwm o'u blaenau. Yn y pellter, gallai Cwilsyn weld rhes o geffylau tywyll a milwyr yn berwi dros y lle. Drwy'r niwl gwelai ddreigiau, clywai eu cadwynau'n cloncian, a sŵn drymio araf, rhythmig.

Roedd pob cell yn ei gorff yn ysu am ddianc, pob blewyn ar ei war yn sefyll yn syth. Roedd Solas yn gadarn, ei olau'n hollti'r düwch. Safodd y milwyr mewn rhengoedd, cant a hanner o ddynion, ac arweiniodd Cwilsyn a Macsen yn y blaen.

"Sut fyddwn ni'n gwbod pryd mae'n dechrau?"

Edrychodd Macsen draw ato, ei wallt tywyll yn wlyb sopen. "Byddwn ni'n gwbod. Arhosa di."

Roedd y glaw'n drymach nawr, y taranau'n cynyddu.

Edrychodd Cwilsyn i'r dde at y rhengoedd o filwyr. Roedd y ceffylau'n ysgwyd eu pennau yn rhwystredig. Edrychodd i'r chwith at Finn a Deryn oedd yn sefyll yno, eu dwylo ar eu cleddyfau.

"Aros," meddai Macsen.

Fforchiodd fflach o fellten ar draws y cwm, ac yna daeth clec taran bron yn syth, a chrynodd y ddaear dan eu traed.

Yna, drwy'r tywyllwch, gwelodd Cwilsyn gawod o saethau yn tasgu i'r awyr, â blaen pob un yn llosgi'n dân. Glaniodd y saethau mewn rhythm stacato o'u blaenau.

"NAWR!" gwaeddodd Macsen, a gyda hynny daeth rhuo dychrynllyd o gegau'r milwyr wrth iddyn nhw annog y ceffylau ymlaen. Llamodd Solas yn ei flaen a phlygodd Cwilsyn, tynnu ei gleddyf o'r wain a'i ddal

yn uchel uwch ei ben. Rhedodd Solas o flaen pawb, ei gyflymder arallfydol yn rhy chwim i'r ceffylau cyffredin, ac roedd sŵn carnau Solas fel petaen nhw wedi cryfhau, wedi lluosogi, ac yn llenwi'r aer o'i gwmpas. Edrychodd Cwilsyn mewn penbleth, ac er syndod iddo, roedd ceffylau dŵr wedi ymddangos dros bob man, rhes o gannoedd o geffylau bob ochr iddo, eu myngau'n chwythu yn y gwynt, eu carnau'n curo'r ddaear.

Roedden nhw'n ffurfio o'r niwl, un ar ôl y llall, yn carlamu nerth eu coesau.

Edrychodd Cwilsyn i'r chwith ac i'r dde wrth iddyn nhw daranu eu ffordd at y milwyr oedd yn aros amdanyn nhw, y ceffylau dŵr fel tswnami nerthol. Doedd gan y rheng gyntaf o filwyr Arawn ddim syniad beth oedd wedi eu taro. Cawson nhw eu sgubo i ffwrdd gan bŵer aruthrol y ceffylau, oedd fel petaen nhw wedi ymddangos o nunlle, ac erbyn i filwyr Cwilsyn gyrraedd byddin Arawn roedd y gelyn mewn anhrefn llwyr.

Yna daeth sŵn clecian cleddyfau'n taro a suo saethau wrth i'r ddwy ochr ddod at ei gilydd mewn un gyflafan fawr. Trodd Cwilsyn i ymuno yn y sgarmes. Daliodd gleddyf Hafgan yn uchel a theimlo pŵer anhygoel yn llifo drwy ei gorff. Disgleiriai cynhesrwydd a goleuni o'i grombil ac roedd e'n sylweddoli bod Pia yn iawn. Cofiodd am y llonyddwch pan deimlodd oleuni'r byd. Doedd y golau ddim wedi ei ddiffodd; roedd e tu mewn iddo. Yn sydyn, ymddangosodd golau yn ei fraich, gan symud ar hyd ei fraich ac yna i'w gleddyf. Chwyddai'r aur gwyn y golau llachar nes ei fod yn tywynnu a thasgodd mellten allan ohono gan oleuo'r awyr, ac aeth y ceffylau llwyd i banig llwyr.

Rhedodd rhai o'r milwyr i ffwrdd yn llawn ofn, gan anwybyddu siars y milwyr eraill i aros ac ymladd. Roedd sŵn y gweiddi a'r taro cleddyfau yn fyddarol, wrth i Cwilsyn ddechrau ymladd ar gefn Solas a gwthio'i ffordd ymlaen drwy'r rheng o ymladdwyr oedd ar ôl.

Roedd y ceffylau dŵr wedi troi, ac roedden nhw'n codi eu coesau blaen ac yn gweryru'n wyllt nes bod yr aer yn diasbedain. Gallai weld Macsen yn ymladd gyda'r holl filwyr ifanc, ond doedden nhw ddim yn edrych yn ifanc rhagor – ond yn gryf ac yn benderfynol o ymladd am oriau. Yn araf bach, dan y fath ymosodiad milain, dechreuodd rhengoedd Arawn leihau. Roedd ei filwyr yn digalonni ac roedd gweld y ceffylau dŵr wedi gwanhau eu hawydd i ymladd. Parhau wnaeth y taro cleddyfau tan i Cwilsyn droi Solas a gweld bod milwyr olaf Arawn yn rhedeg i ffwrdd.

"Stop!" gwaeddodd Cwilsyn, wrth i rai o filwyr Macsen fynd ar eu holau. "Digon! Digon!"

Roedd Solas yn troi a throelli odano wrth i'r ymladd ddod i ben. Yn sydyn roedd popeth yn dawel. Yn farw o dawel. Dim byd o'u cwmpas ond y niwl. Edrychodd Cwilsyn ar Macsen, ond doedd Solas ddim yn aros yn llonydd. Roedd e ar binnau, ei glustiau am yn ôl.

"Be sy'n bod, boi?" gofynnodd Cwilsyn.

Doedd dim tawelu ar Solas, ac er i Cwilsyn gael ei wres wrth ymladd, teimlai'n oer mwyaf sydyn.

"Tarthau Angau," meddai dan ei anadl, ac edrychodd draw i weld Finn a Deryn yn troi i'w ffurfiau dynol gerllaw.

"TARTHAU ANGAU!" gwaeddodd Cwilsyn ac aeth ei waedd fel larwm ar hyd y rheng flaen, wrth i'r milwyr ddechrau edrych o'u cwmpas.

Rhedodd Finn a Deryn at Solas, ac ymddangosodd

sawl pâr o lygaid erchyll yn y niwl o'u blaenau. Cododd Solas ar ei goesau ôl a cheisiodd Cwilsyn reoli ei anadl. Roedd siapiau'n dod drwy'r niwl nawr, eu ffurfiau'n dod yn gliriach. Un, tri, deuddeg Tarth Angau, eu llygaid wedi eu hoelio ar fyddin Macsen. Tu ôl iddyn nhw, gwelodd Cwilsyn Adenydd Tân a Chafflwyr, yn ogystal â milwyr ar gefnau Adenydd Chwim. Tyfodd eu grwnian yn wal o sŵn afiach, digon uchel i ddeffro'r meirw. Yna, efallai'n fwy iasol fyth, aeth pob un yn dawel.

Gwibiodd llygaid Cwilsyn i bob man wrth i Macsen geisio llonyddu'r milwyr o'i gwmpas.

"Maen nhw'n sgrechian cyn ymosod," mwmiodd Cwilsyn. "BYDDAN NHW'N SGRECHIAN CYN YMOSOD!"

Clywodd Cwilsyn ei anadl yn drwm, sŵn carnau Solas ar y llawr, ac yna'r sŵn mwyaf arswydus iddo'i glywed erioed – sgrech isel y Tarthau Angau.

"Ewch o 'ma!" gwaeddodd Cwilsyn ar Finn a Deryn.

"Na!" atebodd Finn.

"Rhaid i chi fynd!" meddai Cwilsyn dros y sgrechian dychrynllyd.

Roedd Solas yn dal i droi a throi, a'r dreigiau'n rhuthro'n nes. Y cyfan allai Cwilsyn ei weld oedd llygaid yn treiddio, cynffonnau'n chwipio a chyrff, tryloyw bron, y Tarthau Angau. Cododd Solas ar ei goesau ôl mewn ofn, a syrthiodd Cwilsyn i'r llawr. Glaniodd yn drwm, a'r dreigiau dim ond ychydig fetrau i ffwrdd. Cododd ar ei draed a cheisio dal ei gleddyf o'i flaen, ond roedd ei arddwrn gwan yn boenus.

"Go iawn, rhaid i fi fod 'ma, ond ddim chi!" gwaeddodd ar Deryn a Finn, ond wnaethon nhw ddim ei adael.

Ar yr eiliad honno, dyma'r Tarthau Angau yn codi ar eu traed ôl a dechrau sythu eu cyrff yn barod i daro. Rhoddodd y dreigiau ru anferthol, annaearol, a llamu tuag at Cwilsyn, ond cyn iddyn nhw ei gyrraedd daeth rhu ffyrnig arall uwchben wrth i fwy o ddreigiau ymddangos o rywle, gan neidio ar y Tarthau Angau a'u taro allan o'r ffordd. Roedd Cwilsyn wedi gorchuddio'i ben, yn barod am yr ymosodiad, ond pan na ddaeth hynny edrychodd i fyny i weld y dreigiau'n ymladd â'i gilydd, cyn i Deryn a Finn ei dynnu'n rhydd o'r perygl.

"Ewch 'nôl!" gwaeddodd Cwilsyn.

Roedd y milwyr eraill wedi symud yn ôl wrth i'r dreigiau frwydro o'u blaenau, eu cyrff enfawr yn cael eu taflu i'r awyr ac yn glanio'n drwm ar y llawr. Roedd y dreigiau a ddaeth o'r awyr yn sefyll mewn un llinell a'u cefnau o flaen Cwilsyn a'r milwyr, gan eu gwarchod rhag y dreigiau eraill. Cododd Cwilsyn ei ben, a sylwi mai Adenydd Tân a Chafflwyr oedden nhw, a bod Tarthau Angau Arawn wedi stopio ymosod. Safodd y ddwy haid o ddreigiau yn llawn tensiwn, yn wynebu ei gilydd. Roedd marchogion yr Adenydd Chwim wedi syrthio oddi ar gefnau'r dreigiau yn ystod yr ymladd, ac wedi gorfod rhedeg i ffwrdd. Mae'n rhaid bod rhyw fath o neges wedi eu cyrraedd oherwydd, wrth i Cwilsyn wylio, toddodd y Tarthau Angau o flaen ei lygaid a diflannu. Roedd yr Adenydd Tân eraill wedi tawelu a hedfanodd yr Adenydd Chwim oddi yno heb y dynion.

"Be sy'n digwydd?" gofynnodd Deryn.

"Dwi ddim yn siŵr," meddai Cwilsyn, wedi colli ei wynt. Yna trodd y Cafflwr oedd o flaen Cwilsyn i edrych arno, ac yn sydyn, sylweddolodd pwy oedd yno. Y croen toredig, y corff truenus o denau. Y Cafflwr roedd e a Finn wedi ei adael yn rhydd.

"Wyt ti'n gweld be dwi'n weld?" gofynnodd i Finn.

"O'n i'n meddwl bod y Cafflwyr ddim yn cofio pethau?" meddai Finn yn dawel.

Ymlwybrodd y Cafflwr at Cwilsyn, a safodd yntau ar ei draed yn gyflym, gan ddal ei anadl.

"Aros yn llonydd!" gwaeddodd Macsen.

Llyncodd Cwilsyn yn galed wrth weld maint y ddraig. Safodd y ddraig yn agos, wyneb yn wyneb, a'i llygad yn edrych yn syth i mewn i'w enaid, a rhyw gydnabod rhyfedd yn ei llygad llaith. Gallai Cwilsyn weld ei adlewyrchiad ei hun yng nghannwyll y llygad, bachgen wedi tyfu'n hŷn, â phresenoldeb cryf. Roedd y ddau'n anadlu'n drwm. Estynnodd ei law a'i gosod ar ochr wyneb y Cafflwr, ac yna, yn syth ar ôl ei chyffwrdd, diflannodd y ddraig. Hedfanodd ei chorff i fyny i'r awyr, a dilynodd yr Adenydd Tân a dreigiau Arawn ar ei hôl.

Safodd Cwilsyn mewn sioc, yn ymladd am ei anadl, yn methu credu beth oedd newydd ddigwydd. Safodd pawb arall yn stond hefyd, ac yna, dyma nhw'n clywed sŵn roedd Cwilsyn wedi bod yn ei ofni'n fwy na rhuo'r dreigiau – chwyrnu cyfarwydd Conan yn dod o'r cysgodion, wrth iddo ysgyrnygu ei ddannedd. Trodd Solas i'w wynebu, gan daro a stampio'i draed yn ffyrnig. Aeth Cwilsyn i sefyll wrth ei ymyl ac ymddangosodd Arawn wedyn ar gefn ei geffyl.

"Wyt ti wir yn meddwl bod gen ti bŵer dros fy nreigiau i nawr?" gwawdiodd Arawn.

Roedd Cwilsyn yn ceisio rheoli ei anadl. "Dwi'n eu trin nhw fel maen nhw'n haeddu cael eu trin," meddai'n araf.

Llithrodd Arawn oddi ar ei geffyl a thynnu ei gleddyf, ac ar ei ochr dde roedd Conan yn cropian yn nes at Solas.

"Fe *wnei* di ildio i fi! Fe *wnei* di blygu o fy mlaen i!" meddai Arawn, ei lygaid yn ferw gynddeiriog. Er bod ganddo fyddin tu ôl iddo, roedd Cwilsyn yn gwybod mai mater rhwng Arawn ac yntau'n unig oedd hyn. Clywodd Solas yn gweryru'n wyllt wrth i Conan ruthro at ei goesau.

Cylchodd Arawn o gwmpas Cwilsyn, ei lygaid yn treiddio trwyddo, ac roedd Cwilsyn yn amau bod llai o hyder ynddo nag o'r blaen. Cododd Arawn ei gleddyf a hyrddio ymlaen yn sydyn, ond symudodd Cwilsyn ei gorff o'r ffordd. Chwarddodd Arawn, ond roedd wedi cael ei gythruddo. Chwifiodd ei gleddyf at Cwilsyn eto, ond methodd â'i gyffwrdd. Roedd y glaw yn pistyllio, ac roedd hi'n anodd gweld, a'r cleddyfau'n llithrig i'w dal. Clywodd Solas yn gweryru mewn poen ar ôl cael ei gnoi gan Conan, a ffrydiodd dicter drwy gorff Cwilsyn wrth iddo neidio at Arawn. Roedd ei gleddyf yn gloywi gan olau llachar oedd fel petai'n creu trydan yn yr aer o'u cwmpas. Gwingodd Arawn a sylweddolodd Cwilsyn ei fod wedi crafu'i fraich. Ymladdodd Arawn yn ôl, yn flin, ond roedd Cwilsyn yn gyflymach ac yn gryfach nag yr oedd erioed wedi ei ddychmygu. Roedd maes y gad yn dawel heblaw am sŵn Solas a Conan yn ymladd, a chlecian cleddyfau Cwilsyn ac Arawn. Aeth y milwyr yn nes wrth i Solas agor ei adenydd a hedfan allan o afael Conan, ac yna disgyn i lawr i daro'r helgi'n galed ar ei ben. Un, dwy, tair gwaith, nes bod gwaed yn llifo i lawr ei wyneb ac ar draws ei drwyn. Roedd wedi drysu'n lân, a gwyddai Conan na allai ennill. Udodd yn erchyll, ac aeth am yn ôl, wedi ei anafu'n ddrwg, a diflannodd i'r goedwig.

"Dere'n ôl fan hyn!" gwaeddodd Arawn. Trodd i weiddi arno eto ond fe lithrodd, a chwympodd y cleddyf o'i law. Estynnodd Cwilsyn am y cleddyf a safodd Arawn o'i flaen, heb arf, yn y glaw mawr. Gallai Cwilsyn weld ei fod yn anadlu'n drwm, ei goes yn gwaedu.

"Do'n i ddim wedi disgwyl hyn," meddai Arawn mewn llais cryg, a'i anadl yn gyflym.

Edrychodd Cwilsyn arno.

"Oes rhaid i fi blygu o dy flaen *di* nawr?" poerodd Arawn, a'r glaw'n dal i chwipio. "I gyfaddef o flaen pawb dy fod di'n gryfach, a dangos mai ti sydd wedi ennill?"

Roedd calon Cwilsyn yn curo fel morthwyl yn ei

frest, a'i feddwl yn crwydro'n ôl i sut roedd e'n teimlo pan wnaeth Macsen foesymgrymu o'i flaen. Roedd hynny mor rhyfedd. Ei fod wedi plygu glin oherwydd pwy roedd Cwilsyn yn perthyn iddo yn hytrach na phwy oedd e fel bachgen. Meddyliodd hefyd am yr hyn ddywedodd Deryn am sut roedd goleuni'n parchu tywyllwch ar un adeg, a thywyllwch yn parchu goleuni.

Gwyliodd Cwilsyn Arawn yn paratoi i benlinio.

"Na!" meddai Cwilsyn.

Edrychodd Arawn arno, wedi drysu. Gwyddai Cwilsyn y gallai Arawn adeiladu byddin ac ymladd eto, ac na fyddai byth heddwch, ond roedd geiriau ei dad yn chwyrlïo yn ei ben. Rhaid iddo wneud beth oedd yn teimlo'n iawn yn ei galon.

"Ti yw brenin y tywyllwch," meddai Cwilsyn. "A dwi'n cynrychioli'r goleuni. Felly ry'n ni'n gyfartal mewn ffordd."

Gwgodd Arawn wrth edrych ar y bachgen o'i flaen.

"Pam *na* fyddet ti isie dial?" gofynnodd. "Ar ôl beth wnes i i ti, ac i Hafgan."

Edrychodd Cwilsyn arno a'i lygaid yn llawn tosturi. "Oherwydd fyddai hynny ddim yn cyflawni unrhyw beth," meddai.

Edrychai Arawn fel petai mewn penbleth.

"Dwi ddim isie dy fychanu di, dwi ddim isie dial, oherwydd dwi ddim mor wan â hynny," meddai.

Gyda hynny, taflodd Cwilsyn gleddyf Arawn i'r llawr.

"Nawr cer."

Plygodd Arawn i godi'r cleddyf, ac oedodd am eiliad fel petai'n ansicr beth i'w wneud nesaf. Yna, trodd a cherdded i ffwrdd drwy'r coed, fel alltud.

Safodd Cwilsyn yno, wedi blino'n llwyr, wrth i'r milwyr ddathlu o'i gwmpas. Roedd y sŵn yn fyddarol a gwyliodd Cwilsyn nhw'n tanio saeth ar ôl saeth i'r awyr. A dyna pryd y sylwodd fod y glaw wedi stopio a'r cymylau wedi clirio. Roedd hi wedi gwawrio ac wrth i'r haul godi, lledaenodd ei gynhesrwydd ar draws y gorwel yn binc ac oren. Caeodd Cwilsyn ei lygaid a theimlo pelydryn o wres bendigedig ar ei wyneb. Wrth iddo'i wylio, roedd yr haul yn tyfu ac fel petai'n blodeuo, gan symud ar hyd cromen yr awyr a thrawsnewid yr holl ffurfafen.

Roedd awel gynnes yn chwythu, ac am y tro cyntaf yn ei fywyd, gwelodd Cwilsyn haf. Blodeuodd o'i gwmpas, yng nghanopi'r coed ac yn y llwyni. Tynnodd anadl ddofn i arogli'r haf yn yr aer, a chaeodd ei lygaid mewn rhyddhad. Aeth Solas draw ato a gosod ei ben yn erbyn ei ben yntau.

Pennod 30

Edrychai'r ddinas yn wahanol yn y goleuni cynnes. Safodd Cwilsyn ar risiau Caer Siddi. Roedd cychod yr isfyd yn dal i fod wedi eu hangori yn yr harbwr, y strydoedd yn dal i blethu'n blith draphlith, ond roedd rhyw lonyddwch dros y lle nad oedd yno o'r blaen.

"Ti'n iawn?" Roedd Deryn yn edrych arno gyda'r un chwilfrydedd ag arfer.

Nodiodd Cwilsyn. "Do'n i byth 'di dychmygu byddai'r haf mor brydferth," meddai.

Gwenodd Deryn. "Mae cystal â dwi'n ei gofio," meddai, ac yna tynnodd ar ei fraich. "Dere. Mae eneidiau 'da ni i'w rhyddhau."

Uwchben drws y castell roedd griffon mawreddog wedi ei gerfio. Roedd yn eistedd yno fel petai'n croesawu pobl, ac roedd ei adenydd wedi eu plygu o'i gwmpas.

Wrth iddyn nhw fynd i mewn i Gaer Siddi, roedd hi'n

amlwg bod y neuadd fawr wedi cael ei hesgeuluso gan Arawn a'i fyddin. Roedd bwyd wedi pydru ar y llawr ac arfau wedi eu torri fan hyn a fan draw, ond wrth i Cwilsyn ddilyn Deryn i lawr yn ddwfn i grombil y castell roedd teimlad cryf o dristwch yno hefyd. Roedd rhesi o stafelloedd dan glo a thu mewn roedd eneidiau oedd fel

pelenni o olau wedi eu carcharu. Torrodd Macsen un o'r cloeon, a chafodd Cwilsyn ei syfrdanu wrth weld bod y stafell yn orlawn o eneidiau. Roedden nhw'n hardd, yn ddisglair, ond roedd rhywbeth digalon amdanyn nhw. Dechreuodd pob un symud, gwthio, un, sawl un, cant a mwy, a llifo fel dŵr i fyny'r grisiau carreg.

"Fe wnawn ni arwain nhw i Ffynnon Eneidiau," sibrydodd Deryn yn barchus. "Wedyn gallan nhw fynd i'r goedwig a bydd yr adar yn mynd â nhw i'r uwchfyd."

"I ddechrau eto, fel eneidiau newydd," meddai Cwilsyn.

"Yn hollol," meddai Deryn.

Mae'n rhaid bod ugain stafell i gyd a cherddon nhw o un i un, gan dorri cloeon y drysau a rhyddhau'r eneidiau. Roedd y castell yn goleuo ac yn ysgafnhau, a theimlodd Cwilsyn dawelwch meddwl wrth weld yr eneidiau'n symud. Dilynodd Finn yr eneidiau tu allan, i'w harwain ac i gadw llygad arnyn nhw wrth symud drwy'r tir tuag at y ffynnon. Aeth oriau o waith caled heibio. Bu Macsen yn goruchwylio'r cyfan tan iddyn nhw gamu i lawr i stafell ddyfnaf y castell, a gweld bod y drws eisoes ar agor. Edrychodd arno yn llawn pryder.

"Be sy'n bod?" gofynnodd Cwilsyn.

Trodd Macsen, gan boeni wrth glywed ei lais.

"Dim byd," atebodd gan siglo'i ben. "Dim byd. Mae'n gwaith ni ar ben fan hyn. Dewch i ni fynd adre."

Astudiodd Cwilsyn wyneb Macsen, yna gwenodd a nodio. Roedd Solas yn gorffwys ar ôl ei frwydr, felly aeth

Cwilsyn ar gefn un o geffylau Macsen, a Deryn hefyd. Wrth iddyn nhw farchogaeth yn ôl roedd hi'n ddiwrnod braf o haf, yr awel yn chwythu'n ysgafn a'r môr yn disgleirio'n hardd yn y bae.

"Os ti'n meddwl am y peth," meddai Deryn, "mae dreigiau'n dod o wyau, yr un peth ag adar. Ac os yw adar yn cael eu denu atat ti, falle bod dreigiau hefyd?"

Gwenodd Cwilsyn. "Dwi'n meddwl bod hynny oherwydd i Finn a fi adael y ddraig yna'n rhydd."

"Dwi'n cytuno â ti, Cwilsyn," meddai Macsen. "Ry'n ni 'di dod o hyd i dy bŵer arbennig di. Y tro annisgwyl sydd tu fewn i ti. Pan mae pobl yn disgwyl cosb, maen nhw'n derbyn caredigrwydd."

"Mae hynny'n siom, a bod yn onest," meddai Deryn, gan dynnu ei goes. "Ddim yn cŵl iawn, ydy e?"

Chwarddodd Cwilsyn. "Wel, sdim isie dweud wrth bawb, oes e?" atebodd.

Bu tawelwch rhwng y tri am dipyn, pob un ar goll yn ei feddyliau am y frwydr a'r gwres a'r ffaith fod Arawn fwy na thebyg yn cynllunio i ddial.

"Chi'n sylweddoli bydd rhaid i ni neud hyn eto mewn chwe mis," meddai Deryn.

Cododd Cwilsyn ei ysgwyddau. "Ond bydd haf ganddon ni cyn hynny."

"Ie, haf yn gynta," atebodd hi.

Edrychon nhw draw at y coed a gweld cudyll glas yn agosáu.

"Finn!" gwenodd Deryn.

Glaniodd o'u blaenau, gan godi ofn ar y ceffylau wrth iddo droi'n fachgen. Roedd golwg ddifrifol iawn arno.

"Cwil, ry'n ni 'di dod o hyd i dy fam. Mae hi wrth y ffynnon."

Syrthiodd gwên Cwilsyn yn syth.

"Well i ti ddod."

Nodiodd Cwilsyn ac annog ei geffyl ymlaen ar garlam, a'r lleill yn dilyn.

Roedd ei fam yn sefyll wrth Ffynnon Eneidiau. Aeth Cwilsyn oddi ar ei geffyl a rhedeg ati, ac er bod ei hwyneb yn pylu, roedd e'n gwybod ei bod hi wedi ei adnabod. Safodd Cwilsyn yno yn edrych arni, a'r dagrau'n llenwi ei lygaid.

"Fi sy 'ma, dwi yma," sibrydodd. "Ti'n gallu 'nghlywed i?" Edrychodd yn ôl ar Deryn. "Alli di ei helpu hi fel wnest ti gyda Pia?"

Roedd Deryn yn ansicr.

Cerddodd Cwilsyn ati, cydio yn ei llaw. "Plis, Deryn?"

Roedd llygaid Deryn yn llawn gofid. "Os wna i ganu iddi, bydd hi'n byw fan hyn am byth, bydd hi'n anfarwol."

"Mae hynna'n iawn," meddai'n daer.

"Rhaid iddi hi ddewis," meddai Deryn.

Roedd mam Cwilsyn wedi dechrau cerdded at y ffynnon.

"Deryn, plis?"

"Bydd rhaid iddi gael gwared ar unrhyw faich yn gynta," meddai Deryn. "Gad iddi sibrwd."

Dilynodd Cwilsyn ei fam a sefyll wrth ei hymyl, yn ei gwylio'n pwyso dros y ffynnon a siarad yn dawel i mewn iddi. Caeodd ei lygaid wrth glywed ei llais unwaith eto, yn sibrwd geiriau o gariad, a ffydd, geiriau am y bywyd rannodd hi gyda'i dad, am ei chariad at Cwilsyn a'r teimlad nad oedd hi wedi profi cariad tebyg i hynny, heb ddechrau na diwedd hyd dragwyddoldeb. Roedd dagrau yn tagu

Cwilsyn. Siaradodd hi am y machludoedd yn yr uwchfyd, a harddwch y môr. Roedd ei geiriau'n llawn cynhesrwydd a goleuni a thristwch am beidio gallu gweld mwy o'r byd. Ac yna siaradodd am ei dad gan ddweud na allai hi ddioddef bod ar wahân am byth, ac roedd hi'n gwybod, rhyw ddiwrnod a rhyw ffordd, y bydden nhw'n cwrdd eto oherwydd doedd dim diwedd i'w cariad, ac roedden nhw'n rhan o batrwm nad oedd neb yn ei ddeall. Cwilsyn, ei dad a hi. Yna trodd ac edrych ar Cwilsyn. Cododd ei llaw a chyffwrdd â'i foch, ac am y tro cyntaf ers gadael yr uwchfyd, gallai wir deimlo ei chyffyrddiad. Ei llaw gynnes, gariadus. Ac yna clywodd garnau Solas yn dod yn nes, a cheffyl Macsen wrth ei ochr. Ebychodd, gan deimlo ychydig o ofn yn sydyn, pan welodd pwy oedd ar gefn y ceffyl arall. Pia oedd hi, a'r rhwymyn ar ei hysgwydd a'i braich o hyd, ei chorff yn wan. Llithrodd yn ofalus oddi ar y ceffyl a mynd at Deryn.

Gwyliodd Cwilsyn y ddwy'n sefyll yno, a'i galon yn brifo mwy nag yr oedd e'n teimlo'i bod yn bosib.

"Rhaid iddi hi ddewis," meddai Deryn eto.

Ar hynny, dyma'i fam yn troi a cherdded tuag at Deryn a Pia. Edrychodd arnyn nhw, gwên gynnes ar ei hwyneb, ac yna, gyda'r cyffyrddiad ysgafnaf, rhoddodd ei breichiau o gwmpas Pia, oedd â dagrau yn ei llygaid.

"Mae hi isie cael ei gadael yn rhydd," sibrydodd Pia, ei llais yn torri. Edrychodd Pia ar Cwilsyn a nodiodd yntau.

Felly, dyma Pia yn estyn ei llaw a'i rhoi ar foch ei

fam, gan edrych i fyw ei llygaid. Roedd rhyw dawelwch rhyfedd rhyngddyn nhw, ac yna dechreuodd Pia ganu'r gân brydferthaf am dristwch a gadael. Cân am gau drysau a hwylio i ffwrdd, am y pwythau olaf a'r cordiau olaf.

Safodd Cwilsyn yno yn gwrando, a chlywed yr harddwch yn y tywyllwch, y rhyddhad a'r rhyddhau, ac am y tro cyntaf erioed sylweddolodd gymaint o fendith oedd ym mhwerau Pia. Trodd ei fam a cherdded ato, ei breichiau ar agor. Gallai ei theimlo o'i gwmpas i gyd. Ei chariad diddiwedd wedi gadael ei ôl arno, cyn iddi ddiflannu yn ei freichiau a throi'n belen o oleuni gan grebachu ac yn araf fynd yn llai ac yn llai nes ei bod hi'n hofran yn yr aer o'i flaen. Daeth siffrwd adenydd wrth i Pia droi'n bioden a chydiodd yn y golau disglair yn ei phig a hedfan, a'i gario'n dyner at y goedwig.

Ochneidiodd Cwilsyn wrth i Deryn redeg ato, a theimlodd Finn a hithau'n gafael yn dynn ynddo.

Epilog

Roedd yna wynt cynnes, a'r hwyl wedi llenwi'n llawn wrth fynd â Cwilsyn ac Erin allan i'r môr. Roedd Deryn a Finn yn ôl yn y castell yn gofalu am Pia, oedd yn dal i wella. Roedd Macsen a'r criw yn paratoi i anfon rhai i chwilio am Gastell y Drychau, sef eu tasg nesaf, ond roedd gan Cwilsyn rywbeth i'w wneud yn gyntaf. Edrychodd ar yr hwyl, oedd ychydig yn fwy di-raen nag o'r blaen, ond roedd hi'n dal i weithio'n dda. Roedd y pwythau'n eu lle a'r patrymau'n disgleirio yn yr haul tanbaid.

Roedden nhw wedi bod yn hwylio ers sawl awr pan ostegodd y gwynt yn sydyn. Edrychodd Cwilsyn ar Erin, a gwenodd hithau arno. Roedd y môr fel gwydr, yr wyneb yn llyfn, yr haul yn boeth ar eu pennau. Man llonydd ynghanol y môr, a doedd dim allen nhw ei wneud ond aros. Aros tan i rywbeth ddigwydd, rhyw symudiad, rhywbeth i wneud i'r byd droi unwaith eto. Gwrandawodd Cwilsyn, ond doedd dim smic. Dim. Ac yna daeth sŵn cwch yn torri drwy'r dŵr. Edrychodd o'i gwmpas ond doedd dim byd i'w weld. Swish – dyna'r sŵn eto. Blaen cwch yn torri drwy'r tonnau gwynion. Safodd y tro hwn, edrych o'i gwmpas, codi ei ysgwyddau ar Erin, a'r eiliad honno trawodd cwch yn erbyn eu cwch nhw, gan daflu Cwilsyn i'r ochr. Daeth sŵn chwerthin wedyn. Straffaglodd Cwilsyn i eistedd ac yna gwelodd Jona yn pwyso drosodd gan chwerthin, a'i dad ei hun â'i freichiau ar agor led y pen. Aeth Cwilsyn draw atyn nhw, neidio ar eu cwch a thaflu ei hun yn syth i freichiau ei dad gan gladdu ei ben yn ei grys. Arhosodd y ddau'n llonydd am oesoedd, a'i dad yn cusanu top ei ben drosodd a throsodd.

"Dwi mor browd ohonot ti!" meddai. "Mae'r haf 'di dod 'nôl o'r diwedd!"

Edrychodd Cwilsyn arno. Doedd e ddim wedi ei weld ers cymaint o amser, ac roedd y galaru yn amlwg wedi dweud arno. Edrychai'n deneuach, yn llawer hŷn, ei wallt wedi britho o gwmpas ei dalcen, ond ei dad oedd e o hyd, ei annwyl dad. Rhoddodd Cwilsyn gwtsh arall iddo.

"Mae gymaint i ddweud wrthot ti, Dad," meddai.

"Ble mae 'nghwtsh *i*, 'te?" Roedd Jona yn tynnu ei goes wrth wthio'i dad o'r ffordd ac agor ei freichiau'n llydan. "Ti 'di dod yn archarwr nawr, dwi'n clywed," meddai, gan fwytho'i wallt a'i wasgu. "Mae gen i gymaint i ddweud wrthot ti hefyd. Yn un peth, dwi'n mynd i fod yn frawd mawr!"

Gwenodd Cwilsyn. "Na!"

"Ydw!" meddai Jona yn gynnes. "Mae gymaint 'da ni i siarad amdano."

"Wel, mae'n dda bod picnic 'da fi 'te," meddai Erin tu ôl iddo.

"Wow, wow! Cyn i ni ddechrau bwyta," meddai Jona, gan bwyntio ato, "mae arnat ti nofiad yn y môr i fi," a thynnodd ei grys-T. "Bla bla bla, brenin mawr yr isfyd neu beidio, dim ond Cwilsyn wyt ti i fi o hyd, ac fe wnest ti addo."

Chwarddodd Cwilsyn wrth i Jona neidio tin dros ben i mewn i'r môr, ac edrychodd ar ei dad.

"Wel, cer 'te!"

Tynnodd Cwilsyn ei grys a neidio i mewn ar ôl Jona. A dyma'r ddau yn sblasio'i gilydd dan haul cynnes yr haf, rhwng yr uwchfyd a'r isfyd, rhwng un byd a'r byd nesaf, lle roedd Cwilsyn yn teimlo'n gartrefol iawn.

Cydnabyddiaethau

Diolch anferth i fy ngolygydd gwych ac ysbrydoledig, Sarah Hughes. Rwyt ti'n gwneud y gwaith yn bleser llwyr ac rydw i mor ddiolchgar am dy weledigaeth a dy dalent. Diolch hefyd i holl dîm Macmillan sy'n dod ag egni a brwdfrydedd i bopeth.

Hoffwn ddiolch hefyd i fy asiant a fy ffrind Anwen Hooson. Rydw i'n ei hedmygu hi'n fawr ac mae ganddi'r ddawn i ddweud y peth iawn o hyd.

Rydw i wrth fy modd gyda'r ffordd mae darluniau gwych Marina Vidal wedi dod â Cwilsyn a'i ffrindiau yn fyw, a gyda chlawr trydanol Khadijah Khatib.

Yn olaf, diolch i Guto, fy mab, oedd yn ddigon hael i rannu ei arbenigedd am ddreigiau ar gyfer y llyfr yma, ynghyd â'i luniau technegol a manylion eraill. Rydw i'n gwerthfawrogi'n fawr dy gyfraniad dreigaidd ac fe fydda i'n dy wobrwyo am dy amser gyda Lemon Sherbets, fel gytunon ni.

Yr Awdur

Mae Caryl Lewis yn awdur nofelau a llyfrau plant Cymraeg a Saesneg, yn ddramodydd ac yn sgriptiwr ar gyfer y sgrin, ac wedi ennill nifer o wobrau. Mae ei nofel gyntaf, *Martha, Jac a Sianco*, sydd yn cael ei hystyried yn glasur modern yn y byd llenyddol Cymraeg, yn rhan o'r cwricwlwm addysg, ac enillodd y ffilm – Caryl a ysgrifennodd y sgript hefyd – 6 gwobr BAFTA Cymru. Mae ei gwaith arall ar gyfer y sgrin yn cynnwys y cyfresi cyffrous *Y Gwyll/Hinterland* a *Craith/Hidden* ar gyfer y BBC ac S4C. Mae hi wedi ennill gwobr Llyfr y Flwyddyn Llenyddiaeth Cymru dair gwaith, yr unig un i ennill y wobr am ysgrifennu yn y Gymraeg a'r Saesneg. Mae ei llyfrau ar gyfer plant wedi ennill Gwobr Tir na n-Og ddwy waith, a chyrraedd y rhestr fer ar gyfer gwobrau Branford Boase a *The Week Junior*. *Cwilsyn a'r Genhedlaeth Olaf* yw ei nofel ffantasi gyntaf, ac mae wedi ei seilio ar chwedlau Celtaidd ac ar straeon Cymraeg ei phlentyndod. Mae Caryl yn ddarlithydd gwadd mewn Ysgrifennu Creadigol ym Mhrifysgol Caerdydd, ac mae'n byw gyda'i theulu ar fferm ger Aberystwyth.

Y Darlunydd

Mae Marina Vidal yn hoff iawn o ddarlunio llyfrau ffuglen, ffantasi, gwyddonias ac arswyd, ac wedi darlunio llyfrau ar gyfer nifer o awduron rhyngwladol nodedig, fel Terry Pratchett.

Mae'n mwynhau creu *zines* a mynd â nhw i ffeiriau llyfrau comics. Mae hi hefyd yn dysgu mewn ysgol comics yn Sabadell, Sbaen.

Mae'n hoffi cathod, racwniaid, madarch, gemau bwrdd a the gwyrdd. Mae Marina yn byw yn Barcelona, Sbaen, gyda'i chath.

Darlunydd y Clawr

Cafodd Khadijah ei geni yn ninas heulog a phrysur Kuala Lumpur, ac mae hi'n ddarlunydd ac artist cysyniadol o Malaysia sy'n angerddol am gerddoriaeth, ffilm a ffasiwn. Mae Khadijah wedi darlunio mwy na phum deg o gloriau llyfrau ar gyfer cyhoeddwyr fel *National Geographic*, Disney, Scholastic, Penguin Random House, Simon & Schuster, yn ogystal â Macmillan Publishers. Gweithiau mwyaf adnabyddus Khadijah yw ei chloriau newydd wedi'u hailddychmygu ar gyfer Percy Jackson a Heroes of Olympus gan Rick Riordan. Yn artist amrywiol ei gwaith, mae Khadijah hefyd wedi gweithio ar gelf gysyniadol ar gyfer ffilmiau a gemau, yn ogystal â darlunio clawr albwm ar gyfer y gantores K-pop, AleXa.